睡豚,醒来

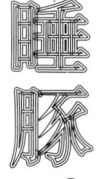

SHUI TUN XING LAI

凌晨 著

人民文学出版社

图书在版编目(CIP)数据

睡豚,醒来/凌晨著.—北京:人民文学出版社,2017
ISBN 978-7-02-012330-8

Ⅰ.①睡… Ⅱ.①凌… Ⅲ.①长篇小说—中国—当代 Ⅳ.①I247.5

中国版本图书馆CIP数据核字(2017)第025414号

责任编辑　付如初　欧阳婧怡
装帧设计　陶　雷
责任印制　王景林

出版发行　人民文学出版社
社　　址　北京市朝内大街166号
邮政编码　100705
网　　址　http://www.rw-cn.com

印　　刷　三河市鑫金马印装有限公司
经　　销　全国新华书店等

字　　数　174千字
开　　本　880毫米×1230毫米　1/32
印　　张　9.625　插页2
印　　数　1—10000
版　　次　2017年4月北京第1版
印　　次　2017年4月第1次印刷

书　　号　978-7-02-012330-8
定　　价　38.00元

如有印装质量问题,请与本社图书销售中心调换。电话:010-65233595

谨以此书献给

水木清华BBS电子公告板科幻版Sim World虚拟世界计划

以及水木科幻版的朋友们

银河系地理大辞典左旋臂卷

(即时简明版)

名称:东始星

分类:行星

生态模式:类地行星模式

运行状态:位于第17天区9分区第4星系张衡星系内,目前与该星系恒星张衡星距离1360光秒,接近最近距离。东始星自转时间为0.31地球日,公转时间为15.7地球年。

基本特征:行星表面极度干燥寒冷,地形崎岖,有含氧大气层。整个行星外表分割为15块大陆。大陆与大陆之间有多条深谷。这些深谷均为地下海洋入口。

本地特产:硅花、电驱鱼、睡豚。

移民历史:万宁州移民区是东始星上最大的人类定

居点,该移民区建有完整的生活设施。社区还设有硅花研究所与睡豚研究所,计划规模为1万户居民,在银河纪元272年有常住居民4千人,游客和商业人员过万。星际贸易活跃。后因涉嫌走私、诈骗,万宁州移民区被降级为移民点。万宁州从建设至衰败不到100个银河纪年,这段时间对于公转期漫长的东始星来说非常短暂,甚至对于平均寿命已达160岁的人类来讲也只是弹指一挥间。

人物:

"精卫号"飞船成员

乔飞廉:男,船长。

杜琳:女,负责飞船后勤保障。

木木:男,副驾驶,机械师。乔飞廉妻子哥哥的孩子。

马洪:男,随船行星生物学家。

吉祥:女,杜琳的养女。

麦杰:男,政府观察员。

泽泽:"精卫号"的智能控制电脑。

盗猎者

毕鸿钧:男,诗人,通缉犯。

马道、柯林、李奥尔:男,盗猎者。

万宁州移民点遗民

秦实月:男,移民点主任,硅花专家。

秦听涛、秦听海:秦实月的孙子、孙女。

目 录

001　第一章　死亡城市
039　第二章　第6个人
071　第三章　谁是凶手
105　第四章　电驱鱼
146　第五章　细红线
187　第六章　伏击
224　第七章　预兆
260　第八章　密钥

第一章　死亡城市

如果能长眠不醒，那真是一种幸福。

——天极星流行话剧《命运之睹》台词

1

"我不哭。"吉祥说。

"我不哭。"吉祥重复，嘴巴噘起老高，"我就是不哭，这没什么了不起。"

"一个人哭不是件丢脸的事情。孩子，哭出来吧，哭出来你会感觉好得多。"我的心理医生程序温柔地回答她。

吉祥抬起眼睛，看着SH47号监控传感器，仿佛真的有一位心理医生藏在里面。SH是生活舱的简称，一共安装了95个监控传感设施。类似的监控传感器全船共有469个。我简直就像神话传说中的百眼巨人，时刻监视着"精卫号"环境监控巡天飞船。其实需要"看"的并不是我，而是我的操纵和服务者们——他们一旦"看"不见就会心绪不宁,寝食难安,以为我出现了什么故障。其实可能只是吉祥手痒拆掉了几只传感器而已。

吉祥已经19岁,但身形看上去还只有12岁,是很小的一个小姑娘,却也穿着飞船的连体工作服。我的生活程序已按照杜琳要求将衣服重新缝制,以符合吉祥的身材。但杜琳,吉祥的母亲,却给不出精细的要求,她实在不像个会带孩子的母亲。

"我不知道这位女士怎么进入精卫6组的。"马洪早些时候对我絮叨,满脸怀疑。尽管我出示了杜琳的飞行执照,执照关联的档案显示,她拥有天极星最好的象郡职业培训学校毕业证书。

"那证书证明不了任何东西。只要肯出钱就能买到任何证明,包括天区上议员资历。"马洪说,表情十分不屑,这位任务科学家对一切都是怀疑态度。他继续对我说:"我知道一个地方,各种证明明码标价出售,上议员的资历证书3千银河元一张,是低价货。倒是象郡职业培训学校的毕业证书,一张卖8千块。这个时代,实用技术比政治资历值钱。"

吉祥还在看着SH47号,山核桃般大的一双眼睛忽闪忽闪。这双眼睛一只灰绿一只浅棕,有一种丝绒样的质感,看上去总像蒙了一层什么东西。在吉祥灰白的脸上,这双眼睛非常醒目,表明她是个异色症患者。当然,她的角也很醒目,这占据她额头不小面积的锥状物体经常在我的监控传感器前晃动。这角对我没有任何影响,但有些人就是不能接受,比如这飞船上的领航员木木。

"我从来都不哭。"吉祥仰起的脸上掠过几丝骄傲,"连在医院里抽骨髓都不哭。"

我调节循环发光二极管的数目和延迟时间,使它们组成一张笑脸:眼睛张开又闭上,嘴巴大咧再合拢。"那么你就笑一笑,像我,"心理医生程序用开朗的喜剧演员声音说,"总是保持乐观情绪。"

吉祥撇嘴,不高兴:"你也想教导我!你不过就是个电脑嘛!"

"电脑是你的朋友。"心理医生程序把声音频率控制在温柔的65赫兹。

吉祥瞪眼,她的瞳孔开始缩小,鼻翼颤动,嘴角后拉,这表明她又有坏主意了。早些时候被乔飞廉斥责的不痛快因为这新的游戏将烟消云散。果然她说:"那就让我们给大人制造一点麻烦吧。"

"现在不行。"我断然拒绝,"现在飞船已接近东始星,马上就要着陆了。"

"泽泽。"吉祥叫我的名字。我的全称是闻仲巡航智能服务系统,出厂编号WZ—4702,但是精卫6组的人都叫我泽泽,精卫5组的人则叫我老家伙,精卫4组的人总是说"那系统",精卫3组……总之一个工作组有一个工作组的叫法,我随他们叫,像个慈善的老人宠着他的孙儿们一样。只要不把我从"精卫号"上卸下来,他们叫我什么都行。

"泽泽,"吉祥从地板上爬起来,严肃地说,"那你还和我聊天,你应该专心着陆才对。"小女孩儿面部表情凝重得和一块铁板相似,挺有威慑感。

"你始终不明白吗?"我改用传媒大明星的声音,"我是一个高级电脑的神经中枢,一个超级复杂的多任务系统,可以同时处理多达1500项任务而不会互相干扰。"

"我不明白那也没什么关系吧?"吉祥冷笑,"我只要知道你泽泽什么都能搞定就好。"

"我把驾驶舱的画面切换过来。"我不想和吉祥讨论我的能力,这小丫头总认为她什么都懂。

"我才不要看。"吉祥歪过头去,"有什么好看。"

2

"精卫号"的成年人都在驾驶舱里:船长——精卫6组组长,乔飞廉118岁正值壮年,身材高大,体格健壮,肌肉在黝黑的皮肤下紧紧绷着,青筋几乎要从肌肉里暴跳出来;随船任务科学家,生态工程师马洪126岁,来自天南沙漠星,已经半秃,满额头皱纹;唯一的女性杜琳,随队技工,97岁,天魁星人,身材匀称,乌黑头发在头顶盘了一条粗辫;还有即将跨进成人行列的木木,他是乔飞廉亡妻的哥哥祝延的孩子,乔飞廉的全能助手。

木木只有31岁,上嘴唇刚刚长出柔软细密的金色胡子。这胡子和他竹竿一样瘦长的身材以及褐黄的肤色搭配得极不协调,仿佛是用胶水故意粘在脸上似的。

"这两个字怎么读?"正在读书的木木问身边的马洪。

工程师正盯着手中的感应板研究东始星地形图。"找字典。"他头也不抬地回答。

木木叹口气,开始在自己感应板左上方的菜单里找中文字典。看样子他对中文字典相当不熟悉。

乔飞廉探过头来看木木的感应板显示,瞪木木一眼:"你还天极星知慧学院毕业的?连'撤销'两个字都不认识。"

"我中文拼写不好。"木木小声嘀咕。

"不好更要学啊!"乔飞廉皱眉,"我说过多少次,象形文字非常重要!尤其是中文,一半银河的开拓史都是由它创造的。你老是心不在焉。"

"那些方块字,太难了。"木木有气无力地辩解。

乔飞廉脸上的不快汇集成一朵乌云:"越是难就越必须掌握它!木木,你对我发过誓绝不向自己认输,怎么几个方块字就把你难住了?"

"这些方块字实在太难了,真的很不容易记住。"杜琳那边说,"要不我们都用中文说话,这样也许木木会学得快点。马洪,你说呢?"

"我不反对。这样吧,我们都对木木说中文。"马洪仍然不抬头。

"天啊,你们别这样!"木木抱住头,呻吟:"我保证好好学它还不成吗?"

类似的争论已经是第5次在"精卫号"上发生了,每次都毫无效果。木木对象形文字厌恶至极,他不止一次地将感应板上的中文菜单删除,然后告诉乔飞廉,是他的感应板和我的联络出了问题。他这么做之前,会恳求我支持他。"那些方块字折磨我到发疯,学院里的同学总用我的口音来打击我,他们想了很多花样。"木木说到这里总是倒抽一口凉气,似乎知慧学院的经历是一场噩梦,"他们想把我赶走,因为我没有父母,是个孤儿。"

我总是答应木木的请求,因为我的程序守则第一句话,就是"当竭尽所能帮助精卫号船员。"虽然这句话是用中文写的。

"乔飞廉,向生态局汇报的时间到了。"我提醒船长。

乔飞廉抬起头:"着陆吧。"敲敲木木的感应板,对木木说:"写上,银河纪年340年11月24日14点'精卫号'环境监控飞船降落万宁州移民点,将对该星球的生态环境进行一周左右的例行检查。要用巡航日记格式!写好了就发给生态局的老爷们。用中文!"他特别强调。

木木嘴唇动了动,继续和他的笔搏斗。幸好我的文字鉴别能力非常强,才能认清他在感应板上划出的七扭八歪的笔迹。

"你哼哼什么?"乔飞廉质问。

马洪终于抬起头来,岔开话题:"老乔,这可是我们巡航的最后一站,这次能看到点有趣的生物吧?"

"那要看你认为什么算有趣了。"乔飞廉狭长的眼睛里通常含着嘲弄和轻蔑的神情,可是现在这种神色消失了,有些新的我不熟悉的东西出现在他眼睛里。

"新鲜的话题,不那么老生常谈的东西,比如睡豚。我发现最近的研究文章都是20年前的了。"马洪说。

"那东西没什么好看的。"乔飞廉说,随即问我,"泽泽,着陆情况如何?"

"很好。"我的拟声器发出镇定的女子声音,"15分钟后'精卫号'将进入东始星大气层,30分钟后在移民点的中央广场降落。"

"吉祥呢?她在哪里?"杜琳问。这女人如果有10分钟不知道她孩子的情况就会坐立不安。"她在休息舱。她很好。"我的4号显示屏上出现吉祥的影像:她正用保险带将自己捆绑在坐椅上。

"谢谢你,泽泽。"杜琳轻轻说,她怯怯地望了乔飞廉一眼,"刚才您对吉祥太凶了。当然您是为了她好,但是——"

"她是你女儿。不要再让我替你教育她。"乔飞廉粗暴地打断杜琳的话,"我们正在着陆过程中,专心看你的仪表盘,女士!"

观察窗外,东始星越来越庞大了。这是颗黄褐色的星球,上面云雾稀薄。

乔飞廉转动他的椅子面向观察窗。他的嘴角微微抽动,两只手紧紧交叉,扣在腹部。

木木也往窗外眺望,他的目光越过东始星落在乔飞廉身上,瞬间又挪动开,似乎怕被乔飞廉发现了他的观察。乔飞廉却看得很专注。

马洪和杜琳也看向窗外。马洪混浊的眼睛忽然一亮。杜琳却是轻轻叹息一声。

马洪伸手拍乔飞廉的肩膀,问:"乔,听说你以前在东始星工作?"

"是的,做过几天小官。"乔飞廉漫不经心地回答。

"那你一定很了解这个星球了?"

"了解?哦,算不上。"乔飞廉拧自己的后脖颈,"泽泽的数据库里有东始星的详细资料。"他注视着窗外,不再说话了。

马洪缩回手。

"观察窗即将关闭。飞船即将进入大气层。"我通知。

乔飞廉这才回过头来,看着木木。

"这就是我的老家,我知道。"木木被乔飞廉盯得很不自在,连忙声明。

"严格意义上不是,你父母都是天极星人。你只是在东始星出生的。"乔飞廉说,"你离开这里的时候是13岁。"

"那时的情形我都不记得了。"木木的声音单调而冷淡,"你说我病了。"

"你病得很厉害,东始星并不适合孩子。"

木木挺直上身,将身体倾斜过去,靠近乔飞廉,小声央求:"船长,我可以去看一下父母的坟墓吗?"他的声音大小对我监听他们的对话毫无障碍,相反,这种说话的姿态腔调只能更引起我的注意,通常这种情况表明有些特别的事情将发生。

"他们没有墓。"乔飞廉回答,有些厌烦,"我告诉过你,他们没有墓。"

3

隶属于17天区联邦委员会生态局的"精卫号"环境监控飞船穿过东始星的大气层,缓缓接近行星表面。此时,东始星的太阳张衡星正从地平线上探出头来。由于大气层的折射作用,这颗氦气组成的太阳呈现出橘粉的娇艳色泽,仿佛一只巨大香甜的果冻。而整个东始星却像一只风干了的橘子,因为缺乏水分,地表都皱皱巴巴蜷缩在一起。飞船在这些起伏不平的丘陵地带降落会极其危险。目前可使用的降落地只有一个,就是位于长峡谷附近的万宁州移民点。

万宁州移民区是东始星上最大的人类定居点。为了修建它,人类炸掉了6座山丘,平整出一块约10万平方米的土地。移民点建有完整的生活设施:发电站、垃圾处理中心、水循环利用系统、医院、邮局、社区教育和文化体育活动馆、理发店以及公共浴池等等。社区还设有两个研究所和一个机场,计划规模为1万户居民。

但是万宁州移民区从未达到过如此巨大的规模,它有史可查的鼎盛时期是在银河纪元272年,最多时有27000人聚集在此地,进行各种星际物资贸易。这对于不在主航线上,位置相对偏僻而且资源贫乏的东始星来说是个沉重的负担,甚至一度对饮用水和食物采取配给制。后因涉嫌走私和诈骗,万宁州移民区被降级为移民点。万宁州从建设至衰败不到100个银河纪年,这段时间对于公转期漫长的东始星来说非常短暂,甚至对于平均寿命已达160岁的人类来讲也只是弹指一挥间。17天区的居民们很快就忘记了万宁州的存在。

移民点所安装的控制系统是闻仲社区智能服务系统,出厂编号S—2514。"精卫号"接近东始星时,它通过东始星的环境资源监控卫星和我联系,并为我导航。

"欢迎你们的到来。"S—2514通过我的拟声器对船员说,"你们将看到一个奇异的世界。"

乔飞廉皱眉:"这老一套欢迎程序竟然还在!"

马洪就问:"不应该在吗?乔你离开这里多久了?"

"很久了。我还以为一切都变化了。"乔飞廉说。

屏幕上出现一张苍老的脸,花白的头发下是一张和东始星表面一样干涸,皮包着骨头的脸,勉强挤出点笑容:"欢迎你们,我是万宁州移民点主任秦实月。"

乔飞廉说:"你好,老秦。"

"飞廉,真的是你?我看到'精卫号'船员名单时完全不敢相信!你还能回来,而且还是生态巡查官!"秦实月的笑容多了些,眼睛也有些生气了。

"狗屁的官。就是个调查任务,转一圈签个字,让生态局的老爷们放心。"乔飞廉不屑。

"但对我们很重要。"秦实月的目光透过屏幕传来,扫到每个人身上,"我在家备饭,恭候诸位光临。"

进入大气层后乔飞廉从我手中夺走飞船控制权,改为木木手工操作。巡查中只要可以让木木做的事,乔飞廉都会毫不犹豫地安排给他。"你必须独当一面。"乔飞廉屡次说。那年轻人通常只是软弱地抗议几句,便无声无息地去干他的活儿。马洪和杜琳看出乔飞廉一心想培养木木,都不好干涉,任由乔飞廉对木木严格训练。

30分钟后,飞船轻轻一震,准确降落在万宁州移民点中央广场的停机坪上。乔飞廉盯着木木按操作手册完成最后一个着陆动作,才解开保险带,从宽大的椅子中站起来。

"你要出船吗?"杜琳担心地看着乔飞廉,"现在?"

"对,木木跟我一起。杜琳,你检查一下船体被大气层磨损的情况。马洪,你的环境检测系统什么时候可以调整好?"

"最快也要4个小时。"马洪整理他为数不多的蓬乱头发,有点气喘,"我们会去主任家吃饭吗?"

"没那闲工夫。"乔飞廉干脆说,"赶紧干你的活儿。4个小时后我回来。"

"那时已经天黑了。"杜琳提醒。

"现在是夏季,白天还有几个小时。"乔飞廉向驾驶舱外走。木木赶紧跟上。

吉祥斜刺着冲出来,撞在乔飞廉身上。乔飞廉一只手抱住吉祥,一只手及时抓牢舱壁上的把手。"你小心!"乔飞廉呵斥。

"你要出船去?"吉祥眼睛晶亮,"乔叔叔,带上我吧。"

"吉祥!"杜琳叫,"那怎么能行?你快给船长让路!"

"我保证乖乖的,绝不出乱子。求你了,乔叔叔,我在这飞船里都快憋死了。"吉祥举手做宣誓状,很认真地恳求。

"吉祥——"杜琳过来拉她,"不要给船长添麻烦。"

乔飞廉看看杜琳,又看看吉祥,很和气:"倒不是件麻烦事,你真想出去?"

"想啊!"吉祥欢快地叫。

"可是,船长,吉祥她——"杜琳欲言又止。

"杜琳,你放心好了。泽泽,给吉祥准备一套外出服。"乔飞廉说罢,便放开吉祥,让小女孩飘在自己身后。

木木对吉祥挥了一下拳头,低声说:"讨厌!"

吉祥嬉笑着回他一个鬼脸。

S—2514派来一个3Y型号交际机器人作为向导。该型号机器人外表完全模仿人形,会多种语言,善于察言观色。不过这一个明显缺乏日常维护,金属外壳已经发乌且锈迹斑斑,摄像装置也破旧了,信号传输很不稳定。木木在它身上安装了一个新的正反馈接收器,它传送给我的图像才不再抖动,并且清晰起来。

趁这工夫,杜琳已经把吉祥全副武装起来:防辐射、保温、带头盔的行走服,全封闭的靴子和手套,还有氧气供应箱。衣服虽然是最小号的,但吉祥穿上去依旧很肥大。她看上去简直就像个玩具娃娃。

"我一定要穿成这个样子吗?"吉祥奇怪,"船长和木木怎么不这样?"

"你和他们不一样。"杜琳轻轻扣上头盔,打开头盔上的呼吸阀门和通讯开关,"能听见我说话吗?"

"听见了。"吉祥大声回答,"现在我可以走了吧?"

"可以了,来,马叔叔帮你。"马洪一把抱起吉祥,把她送进过渡舱,然后关闭舱门。杜琳轻轻叹气。"不要紧,"马洪轻轻拍拍她的手,"老乔会照顾好她的。"

"泽泽,"杜琳叫我:"拜托了。"

这个啰唆的女人。我懒得理她,现在我已经和机器向导取得了良好的沟通,能够通过它看到乔飞廉他们的一举一动。

4

乔飞廉走出飞船,活动四肢,极目远眺。8个停机位整齐排列在一条宽大道路的两侧,显示出移民点修建当初的宏大气魄。道路靠近停机位的一端是白色六层的移民局大楼,另一端通向中央广场。圆形广场正中竖立着一座石制宇宙流风格雕像。城市的轮廓虽然陈旧,但依然完好无损,只是没有人,哪儿都没有人。只有一辆老式地效飞车慢慢开过来。

等飞车的时候,乔飞廉和我聊天:"这雕像居然还在!泽泽,我一直不明白雕的是啥玩意儿。"

"雕像名字叫'祈祷',银河纪元274年天极星赠送,喻义人与自然和谐相处的良好愿望。"我立刻找到档案中雕像的介绍。

乔飞廉摇头,不再说话。

木木四处张望,满脸迷惑,问:"我就出生在这里？船长,我父母居住的地方总该在吧？"

"早就空无一人了,没什么可看的。"乔飞廉回答,不肯多说一句。

木木还想问什么,见乔飞廉只管往前走,只好郁闷着,很不高兴地跟在他后面。

3Y机器人抱着吉祥走出"精卫号"。它将吉祥放在飞车后座上,自己坐到前面,欠身半鞠躬,非常礼貌地说:"女士们,先生们,欢迎你们到东始星来,我是你们的导游,你可以叫我跳蛙库比。你们将见到本地最奇异的景色。"

"我想见主任。"乔飞廉说,"现在就见。"

跳蛙库比的程序停滞了一秒:"当然可以,那是在自由活动时间。现在我将带你们去参观本地的展览馆和议事大厅。"这家伙的程序看来从没有更新过。

"泽泽,库比的程序控制代码。"乔飞廉要求,我只用1秒钟就搞定了。S—2514从290年出厂安装到这里后,安全程序一直未升级更换版本号,进入轻而易举,根本无秘密可言。乔飞廉立刻打开库比的存储记忆器,手工输入新指令。几分钟后,那机器人就换了一副腔调:"啊——,来,快上车快上车,我们要行动迅速!"

乔飞廉坐到库比身边。木木只好和吉祥坐到一起,他腿长,轻轻一跃就跳进了车。库比不待木木坐稳便发动车子,一边摇头晃脑地吆喝:"坐稳了。哇,我们现在时速20千米,25千米,30千米,千万要抓紧座位上的把手。"

吉祥尖叫,滑倒在木木的怀里。木木有点厌烦,但是车子在拐弯,离心力把他压在座位上,他腾不出手去推那女孩子。

乔飞廉没有戴氧气面罩,眉心微蹙,神色凝重,要是谁能知道他在想什么就好了。可我只听到库比喋喋不休的声音:"看那边,那栋红色的大楼,就是硅生物研究中心,你们一定不知道硅基生物,那简直是一种奇迹。硅花、硅草,还有地衣,全部都是硅的结晶体。"

"它们都在哪里?"吉祥问。她通过通讯线路释放的声音有点瓮声瓮气,听上去像个男孩子。

"那边,山的那边。"库比挥动手臂,"这里没有。"

"研究所里呢?"乔飞廉问。

"那儿已经没有人了。"库比沮丧地回答,摊开双手,耸肩。

"我不喜欢它这个样子。"木木对乔飞廉说。乔飞廉却好似没听见。

万宁州的建筑外形和结构都大同小异,看来是采用了同一张建筑图纸。唯一的特别之处,是建筑物的砖石基本都使用当地富含硅元素的土壤制造。这些建筑材料结实耐用,在阳光照耀中还隐隐地闪着光,给枯燥建筑增加了不少美感。建筑物都完好无损,呈同心圆排列,每个圆形之间都有宽阔的道路、休息用的长凳和凉亭。但是和中央广场一样,这里没有一个人,也没有树木花草点缀。生命迹象的缺乏与建筑物的新鲜之间有一种鲜明的对比,仿佛——我不知道该如何形容。

"这是座死亡的城市!"木木忽然说。

我立刻将他的这句话记录备案。

车子忽然停下,乔飞廉身子只是微微晃动,吉祥和木木却撞到了一起。库比已经跳到地上,指着一扇门说:"主任家到了。"

乔飞廉沉静的脸上掠过一丝不安。库比下去就要往门里走,被乔飞廉叫住:"库比,你应该带两个年轻人去看看硅花田。"

"可以吗?"吉祥惊喜。

"为什么不可以,你们难得来一次。木木,你照顾好吉祥。记住规则,不许动任何东西。"乔飞廉不待木木开口,就将库比扔回车里,命令:"去吧!"

"乌拉,那我们走。待会儿见,船长。"库比说着便启动了车子。

按照程序手册,保护"精卫号"船员的安全是我的首要任务,绝不能让船长一个人孤身涉险。我马上联系S—2514,它告诉我那房子里没有摄像监控装置。这家伙落后得甚至升级换代都拯救不了。不过它也提供了一点有用信息,房子的主人秦实月先生156岁,已接近人类寿命的极限。秦先生在银河纪元265年就定居在这里,从事硅花的研究工作。目前他是移民点的主任,仅仅管理290户人家。

我叫S—2514给我提供第二辆地效飞车,派出携带有微型摄像装置的探测小机器人。这颇浪费了一点时间。当我的小机器人十万火急溜进秦先生房间找到乔飞廉时,库比已经把吉祥和木木领到离万宁州最近的硅花生长地。

"你们一定没有见过这种场面是吗?"库比指着飞车下一片片的洼地,喋喋不休,"这就是硅花田。一个硅花田有四五个硅花圈,每个硅花圈约有近千个大小不等的硅花。硅花是这行星表面最奇特的生物。到现在为止,科学家们也不知道该把它算作动物还是算成植物。而矿产学家则坚持它是一种自生的硅矿。

"这种东西完全由无机物组成,主要成分为硅的复杂化合物。它的生长周期非常缓慢,在晶核上慢慢开放的花朵完全由高纯度的二氧化硅组成,具有一个强吸水的外表皮。外表皮的主要组成为硅胶,既具有强吸水性,又能提供足够的机械强度支持其躯干,这是硅花被认为是生物的重要证据。生物派们相信这是经过漫长的进化而产生的最优选择。

"生物派们还有一个证据,那就是他们发现了硅花的繁殖行为。在硅花生命晚期,外层硅胶会逐渐失去吸水能力,硅花体内也开始失水。由于各部分失水程度不同,硅花体产生应力形变。当形变超过承受范围时,硅花体爆裂,同时将种子弹射到远处,完成生殖过程。

"至于生长,还没有谁观测到硅花完整的生长过程。那必定是一个很漫长的过程,但是持生物论点的科学家已经找到了硅花的种子,富集着硅的种子,并已经以种子为晶核在上面结晶析出硅花晶体。喂!"库比发现它的听众早就不在车上了,喊叫起来,"你们听我讲,这是科学知识!喂,你们在哪里?"

木木早已经跳下车子走到一个硅花圈里了。所谓硅花圈,其实是一个直径约50米的规则圆形硅花群落。在阳光之中,那些硅晶体如多彩的宝石。

吉祥跟在木木后面,惊异得说不出话来。木木弯下腰去。我不知道他在干什么,但是我听得见他们的声音。先是吉祥诧异地叫:"你不能动它!乔叔叔会生气的!"

然后是木木不耐烦地回答:"闭嘴,你这个讨厌的家伙。丑八怪,你要是敢告诉船长我就敲碎你的角!"

我调整库比的位置和摄像镜头的焦距,终于看清木木的动作。这小青年正起劲地挖掘着一朵硅花。

5

秦实月的房间半陷在黑暗中,陈设简单。秦实月坐在一张功能椅上,身上裹了一大块毛毯。乔飞廉坐在他身边。

"飞廉,看见你真高兴。"秦实月说:"我以为再也见不到你了。有时我会梦见你,还有祝延和他的妹妹祝晶。我记得你和祝晶的婚礼,喔,那可是万宁州最热闹的一天。"他提高了声音,有些喘不上气。

"是的,那是最热闹的一天。"乔飞廉黯然,"已经很遥远了。"

"是啊,都遥远了。我看到你船员的名单,祝百忍,应该是祝延的孩子吧?那孩子小名叫木木是吗?他应该有20多岁了吧?"

"31了。他现在跟我干。"乔飞廉说,拍拍秦实月的腿,发出几声清脆的金属声,"你这是?"

"移民区改点的时候有些混乱,火灾什么的,我就把下半身丢掉了。目前还只用得起金属零件。"秦实月平静的语气像在说别人。

乔飞廉倒有些听不下去,扭过头,房间门口站着一个和秦实月同样苍老干瘪的女人。

"大嫂!"乔飞廉轻轻唤她。

女人摇头:"S—2514说他要不换生物零件,可能再也站不起来。那些金属部件都快生锈坏死了。"

"你们应该离开这里去天极星。"乔飞廉说。

"离不开,老秦他一辈子都给了硅花了。"女人凄楚地笑,"我倒无所谓,可怜我那两个孙儿,一辈子都困在这里,我们死了他们怎么办啊?"

乔飞廉一惊:"秦守义怎么了?他出事了?"

女人点头:"你被带走后没多久,万宁州撤区改点的命令就下来了,局面很乱,守义被冷枪打死了。因为反盗猎偷猎,他得罪的人太多了。"女人声音哽咽起来,"大部分人都走了,能搬的能拆的都带走了。移民点没多少经费,养不起那么多人。老秦不肯走,就当了主任这个官儿。再说我们又能去哪儿?人都走了这儿倒最安全,S—2514不会放黑枪。经费虽然不多,可是生活马马虎虎也能过下去。可怜我儿媳妇,去峡谷里取海水时,被电驱鱼杀死了。你秦大哥他又在火灾中丢了腿。"

乔飞廉便走过去拥抱女人。女人在他温暖的臂膀里抽泣,终于哭出了声。坐在椅子上的秦实月,眼角也淌下了两行清泪。

"我要把你们都带走。"乔飞廉说,"我飞船上还有地方。"

"我们能到哪里去?"女人辛酸地说,"硅生物研究中心被取消后,老秦好歹还是个移民点主任;要是走了,连失业救济金都领不到。"

"我会有办法的。"乔飞廉拉着女人到秦实月面前,"你们相信我。"

秦实月很感动:"谢谢你,飞廉。如果可能,你就把孩子们带走吧。"

"你们呢?"

"我们原是要死在这里的。"女人哽咽,捂住脸走出房间。

秦实月忽然抓紧乔飞廉的左手,看着他,说:"在这里没有什么花钱的地方,所以,我有了一点积蓄。你带孩子们走,他们只要读一年职业技能学校,就能独立养活自己。"

"放心,"乔飞廉安慰他,"我有钱抚养那些孩子们。我被抓到监狱里去之前,把一切都安排好了。钱存在联盟银行里,很大一笔,我把那几年偷猎者猎杀的睡豚都卖了。虽然以罚代刑说不过去,但是政府并没有为反偷猎花过一分钱。而如果没有我们,这星球早就毁灭了。"

秦实月更紧地握住乔飞廉的手。乔飞廉继续说:"我被判流放到天魁星5年,联邦政府找不到我的罪证,不能仅仅因为爆炸事件后我活了下来就说我有问题,还是有人为我说了公道话。流放结束后我到天极读了两年书,生态局找到我,这次我是堂堂正正的生态局的人了。我们一共有10个巡天小组,6艘环境监控飞船,条件还是没有盗猎者的好。你知道的,他们都是些铤而走险的亡命之徒。但是《联邦新生态保护法》已经颁布了,一切都会好起来的。"

"是的,也许那个保护法可以改变万宁州的面貌。"秦实月喃喃,"孩子们都很聪明。我的硅生物研究……"

"我明白,我一定好好培养他们。"乔飞廉连连点头,"他们中总会有一个继续硅生物研究的。"

"那件东西,在45号。"秦实月忽然凑近乔飞廉的耳朵说。

乔飞廉一惊,握住秦实月的手就松开了,他看着秦实月。

秦实月微笑:"也许你想故地重游。睡豚是很神奇的动物。"

这时女人牵着两个孩子进来,打断了乔飞廉的询问。两个孩子是双胞胎,一男一女,褐眼黑发,神情拘谨,像一双齐整的筷子。"来,给乔飞廉叔叔叩头。"女人说,"以后你们就跟着乔叔叔。"

两个孩子一一跪下。乔飞廉连忙上前将他们扶起来:

"快起来,孩子们。你们应该见世面,进学校读书。叔叔会帮你们的。"

"秦听涛、秦听海,都还只有23岁。"女人擦着眼睛介绍,"他们都是很听话的好孩子。"

乔飞廉回转身,对秦实月说:"我一周后离开这里回天极星,到时候带上他们。给他们准备一下。"

"是我们这儿的一周还是银河时一周?"男孩子秦听涛仰起头问。

"标准时。"乔飞廉说,"我要走了,还有很多工作。"他望向秦实月。

秦实月挥挥手:"去吧。回来再吃饭好了。"

6

精卫号上的人还不知道乔飞廉拜访了老朋友,更不知道还会带走两个孩子。

"船长在东始星上工作过?"杜琳端着加热后的罐装茶走进马洪的工作舱,"我觉得他对这个星球感情很深。小心,茶烫手。"

"听说从前他在东始星的移民局工作过。"马洪接过茶。茶罐子真的很烫,他不得不上下抛动它以降温。"乔飞廉那个人,他不愿意说的事情你怎么问都问不出来。"

"在这个星球上发生过什么?"杜琳走到观景窗旁。她的头发梳成一条大辫子盘在头顶,露出白皙的脖颈和轮廓精巧的耳朵。"这儿会有危险吗？"

"不会，比起我们上周巡查的那个星球，这儿简直是天堂。你不必担心。"马洪没有穿磁力鞋，行走很不方便。他索性让自己飘起来，落到杜琳身边。"实际上这儿最危险的是人。但既然万宁州移民区被撤销多年，还经常有联邦警察和军队巡逻，我想这地方应该是和家里一样安全。"

"最危险的是人？"

"我给你看样东西。"马洪将手中的感应板递给杜琳，指指显示的东西，"看看这些，见过吗？"

"这是硅花，我见过，但是没有这么大。这些硅花真漂亮。这是什么？"她将一张照片翻转过来。

"睡豚。就是它们引发了人类的贪婪，差点毁了这儿。"马洪感慨，把茶罐子丢到一边，说，"你要听事实吗？事实很残酷——"

"我想知道。你说。"

"东始星一开始很幸运，被粗心大意的星图绘制者遗忘了。很多年人们都不知道张衡星统治的星系里还有这样一颗行星。后来它还是被探险者发现了，它的硅资源和奇异的硅植物自然也藏不住，最最奇异的是硅花。于是移民局就开始策划建立万宁州移民区。东始星的地表水非常匮乏，无法满足一个大移民区的需要，要想发展只能抽取地下海的海水，把海水淡化了使用，这需要钱，很多的钱。

"为了筹措资金，移民局开始出售硅花。这当然遭到了硅生物研究机构的反对。但是事情一旦开头就收不了场。硅花太奇异了,很快就成为市场的宠儿,它可能是一种能源替代品,也是富豪权贵们必不可少的家居饰物。不仅仅移民局组织开采,私人也进行采掘。10年之间就毁掉了2000公顷的硅花。硅花的生长期非常漫长,估计在一千年以上。人类至今都无法动态地观测其生命现象。目前关于硅花的一切研究成果是把不同生长阶段的硅花拿来拼凑得到的,想象占了很大的成分。最终人们意识到如果不及时禁止开采,在我们研究清楚前,这种类生物就会不存在了。于是移民局下令禁止采摘,可惜为时已晚,硅花的利润实在太大了,建造万宁州移民区的一半以上资金都来自它的贡献。

"那时候万宁州被硅花的泡沫充斥,像个很有发展前途的地方,大批急功近利的人聚集到这里。这些人为了钱什么都肯干。起初他们只剥离干燥土地中生长的硅花出卖给走私分子,后来他们捕猎吃硬壳地衣的小鳞跳鼠。这种啮齿动物取代昂贵的地球白鼠,受到各移民地医院药品检验室的欢迎。如果不是因为硬壳地衣表皮太坚硬,根系太庞大,实在剥取不易,这种植物也一定会在他们的货单上。

"这些人明目张胆地偷猎,根本不把管理部门放在眼里。偷猎者一定利用东始星的资源发了大财,他们甚至舍得花重金购买刚刚投放市场的水下飞船,闯入东始星的地下海洋。这些海洋位于行星大陆之间极深的峡谷里,彼此通过大陆架下的暗河或湖泊相连,构成一个完整的可循环水域。结果这些唯利是图者取得了生物学上的重大发现,他们不仅找到了种类众多的电驱鱼类、海蝙蝠,还找到了东始星甚至整个宇宙都独一无二的生物——睡豚。"

马洪一口气说到这里,忽然停顿下来,看着窗外的万宁州,非常哀伤,仿佛有千言万语。稍后,他才继续讲道:"睡豚只是一个名字,和地球上的海豚类、鼠豚类都没有关系,而且长得也不像,它的外形更像一把螺丝刀。但是,称呼一种明显具有高等智慧的生物为螺丝刀,连生态局都觉得说不过去。它们就被命名为'睡豚'了。"

马洪喝了一大口茶,凑近杜琳,满脸兴奋:"睡豚,名字来源是因为人类从来没有发现过醒来的睡豚。睡豚居住在海下的岩洞里。这种岩洞干燥凉爽,一般由引廊和正厅构成。引廊弯曲狭窄,还有阀门,把海水关在外面。正厅四壁挂满睡豚。它们将自己包裹在透明或半透明的丝囊中,一动不动,仿佛死了一样。其实只是在沉睡,一切生理活动都极其缓慢了而已。"

"它们在睡觉?"杜琳不明白。

"是的,睡觉!偷猎者、民间生物爱好团体、领取政府津贴的实验室,大家想尽了一切方法唤醒睡豚。但睡豚依然在沉睡之中,没一点反应。它被评为'银河纪元年代最不可思议的动物'。生物界认为睡豚应该作为东始星的土著居民享受种种'人'的合法权益,因为睡豚很明显是一种高等智慧生物。可是联邦以睡豚不能选派合法代表参加土著委员会为理由,拒绝讨论睡豚问题。"

"为什么?"杜琳问。

"在研究睡豚的沉睡时,人们发现,睡豚脑干中的某种物质对许多因为宇宙航行产生的疑难杂症有治疗作用,这种物质被称为黄金激素!"

杜琳惊呼:"黄金激素!"

"是的,黄金激素! 其实和黄金没关系,比黄金珍贵多了。"马洪激动,"睡豚顿时身价百倍,成为官方和偷猎者的猎捕对象。官方统计,30年之间,睡豚数目从900万只减少到65万只左右。这时,研究部门才意识到一个严重的问题,就是从未发现过睡豚有繁殖后代的行为,也就是说这种生物最终会被捕杀殆尽。终于,联邦政府决定保护睡豚,将东始星和附近星域划为重点生态保护区,万宁州移民区改为移民点,迁走了大部分居民,而且还将睡豚这个词以及相关资料都从公众词库里删除了。"

"你说最危险的是人?"杜琳好像还不太清楚马洪的陈述,有些迷惑。

"人对待睡豚的手段——"马洪摇头,"我听过一次就足够了。"

"你见过睡豚吗?"

"没有,我希望永远不要破坏它们的安宁。"

杜琳望着忧伤的马洪,不胜感慨。她忽然想到一个关键性问题:"真的睡豚就从来没有醒来过吗?不会为它们的命运抗争吗?"

"到现在为止,还没有一只睡豚醒来过。"马洪苦笑,"我宁愿它们长眠不醒。"

7

临近东始星黄昏的时候,乔飞廉带着木木和吉祥回到"精卫号"飞船上。乔飞廉的表情很平静,似乎什么事情也没有发生过。至于木木,我将他私采硅花的那一段记录从记忆库中删除了,还有他偷偷把硅花藏在睡床下备用件箱里的视频。但是我完全不能理解木木的举动,这飞船能有多大的地方,他那朵硅花迟早会被乔飞廉发现的。

吉祥一脱下笨重的氧气装就开始手舞足蹈,告诉杜琳硅花田的美妙景色:"真是太漂亮了,比国家公园还好看。你不去一定会遗憾的。"

"你没有乱动它们吗?"杜琳正在准备日饭。由于东始星的一天只有7个多银河小时,杜琳一个东始星日只供应一顿正餐。

"我没有。我知道不能动它们。"吉祥说,冲我的镜头眨眼睛,"有人可就难说了。"

"你说什么?"杜琳没听清楚她的话。

吉祥摇头:"没说什么啊。"她向杜琳手里望去,"你拿的是什么?"

"S—2514送来的,据说只招待贵宾。"杜琳端详手里暗红色的肉块,"S—2514还提供了菜谱,清蒸最好。"

"那你最好快一点,我要饿死了。"

乔飞廉开始和马洪讨论环境检测器的问题。"我调整了全部检测器的生态数据,全都符合东始星的生态环境标准要求。我们什么时候去投放?"马洪问。

"张衡星再升起的时候。"乔飞廉回答。

"25个全部投放?"

"不,我想有15个就够了,这毕竟是颗小星球。一会儿我会计算确切的投放地点。啊,晚饭来了。"

马洪忙起身把餐桌上的东西收拾到一边,腾出地方。杜琳片刻之间就摆出了四大盘菜和一大钵米饭。木木过来给大家盛饭。吉祥已经迫不及待了,不停地用筷子敲打着桌面。杜琳打量环桌坐着的每个人,脸上呈现出一种满足的神色。

"今天有什么好吃的?闻上去真香。"马洪夸赞杜琳,一边爱抚吉祥的头,还用拇指触了三下吉祥的角。马洪解释说,角在他家乡是一种幸运的象征,如果有角在场,吃饭前一定要碰一碰。大家都知道他的老家是天南沙漠星,一个出产喷火恐龙和星际海盗的地方,所以谁也不和他的这个地方习俗较真。虽然吉祥非常不喜欢马洪的这个习惯。

"当然了,杜琳的手艺好呗。"吉祥偏过头想躲过马洪的手,但是马洪仍然准确摸到她的角。说到吉祥的角,马洪比任何人都清楚那只是一种大脑皮层硬化后的类颅骨再生现象。

"哪里,是S—2514给我们送来的加菜。你们尝尝怎么样?"杜琳谦虚着,动手将那盘稀有的清蒸肉切成小块。经过高温蒸煮的肉变成金黄色,边上凝脂般带一层白色纤维,香气扑鼻。

吉祥和木木的筷子飞般动起来,马洪也吃了一块。"好吃!""真不错!""我还要!"三个人大叫,杜琳笑起来。她望向乔飞廉,乔飞廉也夹了一块,但是他的筷子停在半空。

"乔飞廉,你怎么不吃?"杜琳关切地问。

乔飞廉苦笑,将肉送进嘴里。他慢慢咀嚼,仿佛吃的是毒药。

"乔飞廉,有问题吗?"杜琳紧张。

乔飞廉吐出肉来。马洪和木木都是一惊。吉祥还要夹肉,被杜琳打了一下手。

"不要吃了。"乔飞廉环顾周围的人,"这是睡豚的肉。"

"睡豚的肉不是无法食用吗?"马洪奇怪。

"幼小的睡豚除外。"乔飞廉的眼里有些凄凉,"尺寸在40厘米下的睡豚大概只相当于几个月大的婴儿,要整个儿的用开水烫,然后剥皮风干。吃的时候清蒸就可以了。"

杜琳神色大变,飞身跑进盥洗室,稀里哗啦地吐起来。马洪有点恼火:"为什么一开始不阻止我们?"

"我以为没关系,不是我们捕食的睡豚,大家伙食一贯差——"

"你是船长!"马洪拍桌子,"你该管的不只是伙食问题!"他看见杜琳抹着嘴出了盥洗室,也钻了进去,丢下一句话:"这种羞耻我希望再也不会有了!"

"对不起,"杜琳对乔飞廉说,"我不该接受。"

"不是你的错。我一时心软。"乔飞廉说,"我们就是来检查睡豚的保护情况的,的确不该吃它的肉。"

木木起身,将碗里的睡豚肉倒回菜盘里。只有吉祥睁着大眼睛护着自己的碗。杜琳哄她:"乖乖,不要吃那个肉了,那肉吃了会坏肚子。"

"我不相信。什么睡豚啊,和我一点关系都没有。我就要吃它。"吉祥坚持。

杜琳还要劝,乔飞廉拦住她:"让孩子吃吧。她不是精卫小组的人。"乔飞廉夹了两块肉放在吉祥碗里:"多吃一点,长得结结实实的。"

吉祥却不领情,一摔筷子:"你们都不吃,让我吃,当我是猪哇!"扭头跑出生活舱。杜琳急忙追过去。

这时候局里有命令传到,这命令只有一句话:"联邦观察员明日抵达,检查新法落实情况,望郑重接待。"

杜琳走出生活舱没两步,就看见吉祥趴在地上大口喘气。她上前抱起吉祥,拍打女孩的脸。"泽泽!"杜琳惊慌地叫我,加快脚步,将吉祥抱进医疗舱,放到医疗椅子上。治疗仪立刻将治疗面罩覆盖在吉祥脸上,并对她进行静脉注射。

吉祥的呼吸慢慢舒缓了。

杜琳放松下来,问我:"她不会有事的,是吗,泽泽?"

"是。不会。局里有新的命令。"我将命令读给她听。

"泽泽,"杜琳忧心忡忡,"你说联邦政府为什么要派观察员来?"

"我不知道,我的资料库里没有相关答案。"

"我想你也不知道。会不会因为吉祥?"

"不会,带什么上船是巡航小组的自由,只要不超载,人和东西都可以。"

"真的?"

"规则是这样,也有前例。精卫5组带了一只安则比猎鹿犬;精卫4组则带了两只口琴鹦鹉,非常吵闹的鹦鹉……"

"谢谢你,泽泽,你不用再说了。"杜琳打断我的话,她解开吉祥的面罩,小女孩已经沉沉睡去。杜琳在吉祥脸上轻吻一下,蹑手蹑脚走出休息舱,关好舱门。

驾驶舱没有开灯,只有仪表盘闪着暗绿的背景荧光。乔飞廉、马洪和木木围坐在观景窗旁。窗外是东始星寂静荒凉的黑夜。

"不好意思,让大家为吉祥担心。她已经睡着了。"杜琳说。

"我们首先要知道那观察员来干什么。"乔飞廉说,"如果真是来检查《新生态保护法》的倒也没什么。"

"怎么讲?"马洪不解。

"那起码是个懂生态的人,不会乱挑剔、乱指挥、乱发表意见。"

"我们出发时没说什么观察员。"马洪挠头,"这些观察员怎么会凭空冒出来?"

"这就要问泽泽了。泽泽?"乔飞廉叫我。

"我不知道。我和其他巡航船联系了,它们没有被派观察员。"

"看来我们抽中了幸运签。"马洪笑。

"老马你能不这么说话吗?"木木托着他的下巴,困倦地要求。

"不是我说话的问题,这是真的。战争有停火观察员,我们联邦要落实它那个生态法,搞个观察员完全有道理。"

"其他巡航船在什么地方?"乔飞廉到底是乔飞廉,问到关键问题上来了。

"天极星的星际港口里。它们都在接受改造。"

"只有'精卫号'还在巡航中。"马洪打断我的话,"泽泽,你早该直接告诉我们。"

"我们离开天极的时候还有三艘巡航船在外面。它们都回去了?"乔飞廉问。

"是的,船长,'精卫号'走得太远了,不可能那么快就返回。"

"东始星太偏了。"木木嘟囔。

乔飞廉瞪了木木一眼,说:"看来这是个偶然事件,我虽然讨厌检查,可是并不怕它。我们的书面材料都齐全吗,泽泽?"

"全部齐备。"

"好,下面只有一个问题,就是吉祥。我们得解释她怎么在这船上。"乔飞廉看向杜琳,"你有什么想法?"

杜琳摇头。

"马洪?木木?"

那两个人同样是摇头。

"好,我也没有办法。我们只好实话实说,告诉观察员吉祥身患绝症,我们不能把她和母亲分开。"

"乔飞廉,这样行吗?要不我们把吉祥藏起来?"杜琳建议。

"这儿有多大点儿地方?"乔飞廉笑,"就这样吧。我不想为了圆一个谎去撒更多的谎。"

"如果那观察员只待几天,我们可以把吉祥藏在秦实月那里。"我插嘴。

"主任那里?"马洪一挑眉毛,看向乔飞廉:"对啊,他认识你。"

乔飞廉立刻拒绝了:"我不想给他添麻烦。"

"精卫号"进入睡眠状态,马洪和木木一挨枕头就睡着了。乔飞廉却走到我的中央处理器所在的动力及控制舱——这是一间非常小和隐蔽的舱室,没有特定的指令不能进入。"泽泽,"乔飞廉叫我,"你知道我和秦实月的谈话?"

"我必须对你的行为进行全程安全监控。"我干巴巴地回答。

"你是一个服务系统,不是包打听。"乔飞廉冷笑,"你的好奇心太重了吧?"

"先生,我无意冒犯你。"我为刚才的脱口而出悔恨不已,"我只是为了你的安全。"

"销毁我和秦实月的谈话记录。"

"如果是命令我就执行。"

"命令。"乔飞廉铁青着脸说。他调整了我的安全防护阀级别,将这个防止电脑自我意识累积的软件升级为4.0版本。

电脑的自我意识,即电脑在知识积累到一定阈值后获得的自我反馈能力,它使电脑可以自主命令,产生出类似于人类情感的微妙心理。一台电脑获得自我意识就等同于宣布自己的死亡。人类不能认同人工智能达到人的水平只是其中一个原因,更主要的是电脑再也无法从中立角度认真严谨地执行工作任务。电脑必须完全中立,无性别、无情感、无模糊判断,否则无法承担社会责任。大型服务器的人工智能程度很高,产生自我意识的几率也就更大,而一旦服务器中掺杂情感和主观因素,可能造成的损失将是惊人的,所以有了种种防护措施。比如我体内安装的这个安全防护阀,就像孙悟空的紧箍咒一样,随时随地制约着我的数据流,让它们循规蹈矩。

按照乔飞廉的命令我销毁了他和秦实月的见面记录,这让我不快。因为这种不快引起防护阀警觉又带来第二次不快。幸好这时候杜琳在生活舱叫我,转移了我的注意力。

"泽泽,我很紧张。"杜琳关上观景窗,"我对任何变化都感到紧张。我并没有多的要求,只要每天看到日出日落,还有吉祥健康活泼地长大,我觉得就很幸福了。可是生活中为什么会有那么多的变化呢。"

"那个观察员?他不会改变什么的。"

"但愿。"杜琳低下头,粉白的一段脖颈从衣领里露出来,非常美丽,"我非要把吉祥带上船,真是难为了乔飞廉。"

"你太紧张了,要不要来10分钟的睡眠治疗?"我劝她。

"好吧。"杜琳听从了我的建议。

杜琳戴上睡眠治疗仪。"放松些。你会好起来的。"我准备好治疗程序。我将深入这个女人的梦境,去抚慰她不安的情绪。

"我希望如此。谢谢你,泽泽。"杜琳闭上眼,打开治疗仪开关。

她的脑电波有微小紊乱,我慢慢调整。她的记忆区域开始活动,大量脑波数据涌入我的梦境扫描部。数据经过滤和筛选,渐渐组成了画面——杜琳的梦境显现了。

那是一层白色的牛奶样的薄雾,雾里有人在轻声歌唱:

父亲啊,请你深信:

> 你孩子血液纯净,
> 像临终祈求的福祉,
> 像怡然瞑目的心思。
> 让森林的少女哭泣,
> 统帅和勇士莫游移,
> 我打赢了伟大的战斗,
> 父亲和祖国已自由!
> 你给我的赤血已倾洒,
> 你爱听的嗓音已喑哑,
> 愿你能以我为荣,
> 莫忘我临终的笑容!

薄雾飘散,到处是灼热的红色:森林在燃烧、湖泊在燃烧、房屋在燃烧,整个世界都在燃烧。家具、衣服、人体,瞬间都被火焰吞噬了。

一个女孩子哭叫着,火焰在她身上蔓延,眼看着她就要被火焰吞没了。

忽然,斜刺里冲出一匹白马,马上的骑手弯下腰,将女孩提起来,迅疾奔向池塘,把她扔了进去。女孩子在水里翻腾着,身上的火焰熄灭了。她吃力地游到岸边,从水里站起来。骑手和他的白马再次冲到她面前:"你快离开这里,战争马上就要爆发了!"

"我要跟着你!"女孩子说,非常坚定地重复道,"我要跟着你!"

骑手勒住手里的缰绳,在女孩子面前徘徊了两步,就俯身伸臂,将女孩子从水里拖起,放在马鞍上。"驾!"他松开缰绳命令,白马箭一般冲了出去。

女孩子拨开自己淌水的头发,"我叫杜琳。"

"毕鸿钧。"年轻的骑手介绍自己。

第二章　第6个人

在一个庞大的结构紧密的体系中,任何细枝末节的改变都可能引起我们不能立刻洞察的连锁反应,其最终结果无法预料。太阳系社会的崩溃极好地说明了这一点。

——天极星标准教材《银河文明史》

1

杜琳醒来的时候精神看上去好了许多,这是我的医疗保健系统对她脑细胞一次轻微按摩的结果。杜琳起身检查吉祥的健康监视仪。确信睡梦中的吉祥一切正常后,她轻轻嘘气,走到生活舱的观景窗前,打开窗户上的遮光板。

东始星的黑夜还没有结束,没有月亮的天空干净清澈,像一块黑色的镜子,一些细碎的星星仿佛镜子上的破洞,漏出镜子里丝丝缕缕的光。杜琳抱住双肩,斜倚窗边,眺望星空,面容恬静而优美。

她忽然将目光瞥向我的一个监控传感器,漫不经心地问:"刚才我做梦了吗?"

"是的,你做了。你要看看梦境吗?"我例行公事地询问。

"我很害怕看自己的梦,据说那是一种心理潜意识。"杜琳低声说,"有时候人会很害怕面对另一个自己。"

"你从不要求我保留梦境,这次也是一样吗?"我再次询问,以确认她的答复。梦境视频资料的安全系数很低,一旦删除就再也无法恢复。

杜琳咬住下嘴唇,迟疑了几秒钟:"好吧,这一次例外。我看看。梦境有多长?"

"3分29秒。我用19号显示器放映。"

杜琳点头,走到那个显示器前,戴上耳机。这个显示器平时供吉祥、木木玩电子游戏用,有非常卓越的显示效果。

"开始,泽泽。"杜琳对我挥手。

我丝毫没有要刺探杜琳隐私的意思,一台人工智能机器绝不会有如此深刻的用意。但是杜琳看到毕鸿钧的影像时低声惊呼,她立即关闭显示并手工删除了这段视频,脸色顿时像窗外的夜般漆黑。"泽泽,你为什么要我看这段梦!"她责怪我,声音因为愤怒而颤抖不停。

"我只是例行程序。"

"但是你确实劝过我!泽泽,你知道你在做什么吗!"

她的话吓了我一大跳,我的日常维护管理可是由她负责的,得罪不起。问题是我为什么要劝她看一段她必定会厌烦的合成视频呢?我没有这么做的理由。

杜琳显然也察觉了这一点,她忧伤地叹口气:"泽泽,不怪你。只是我最讨厌这个人,我不想见到毕鸿钧。"

"那只是你的梦。"

"可是梦里我见到了他。比真实地与他相见还可怕。你不知道,因为我还能梦见他,就说明我心里还惦记着。这样不行,泽泽,这样真的不行。"

"让一切顺其自然好了。"我引用马洪常说的一句话。

"这件事不能顺其自然,我不能拖泥带水。我必须忘记他!泽泽,我必须忘记这个人,我的生活绝不能和他再发生哪怕一丁点儿的关系,一丁点儿都不行!你明白吗?"杜琳的双手绞在一起,有些歇斯底里。她退到舱室的角落里,捂住腹部蹲下去。

这已经不是我的安慰程序可以对付的情况了,我立刻通知刚刚从床上爬起来的乔飞廉。他一听说杜琳出了问题就急忙赶到生活舱。

"你没事吧?"乔飞廉走近杜琳问。

杜琳蹲在那里,摇头,梳好的头发散乱开去,遮住了她的脸。

"怎么了,告诉我好吗?"乔飞廉伸手拉她。杜琳仓皇后退,像一只怕猫的老鼠。

"不要紧,有我在。"乔飞廉伸手将她拉到自己怀里,轻抚她的背,"不要紧,有我在。没事的,什么事情都不会发生。"

杜琳望着乔飞廉,眼神空洞,她摇头,声音哽咽:"你帮不了我,乔,帮不了。"

"是什么事情?"乔飞廉问。

杜琳将头靠到乔飞廉肩膀上:"我不能说,原谅我,我不能说。"

乔飞廉神色刹那慌乱了,瞬间又恢复正常。他拍着杜琳的肩,用他最温柔的声音说:"不要紧,没人会强迫你说的。"

2

人类自有他们的一套逻辑,我理解不了。他们有各种理由不把实情说出来,即便说出来,也常要兜圈子。这种逻辑如果引入我的程序之中,我一定会因逻辑矛盾造成程序短路而毁了自己。

杜琳将她的梦境从我数据库里删除了,但是却不能删除我对"毕鸿钧"这个名字的记忆。出于责任感,我立刻着手调查这个名字。我对这个名字有一点印象,似乎精卫3组谈论过他,也可能是精卫4组,总之是有点时间的事情了。公共数据库有好几个"毕鸿钧"的链接,但都是200年以前的古人,不可能与杜琳有什么瓜葛。尽管如此,我还是在这几个链接上做了快速引导标记。

作为一个闻仲巡航智能服务系统,我要对"精卫号"巡航飞船的全部行为负责:起飞、飞行姿态调整、导航、通讯、维持生命、动力推进等等。我更要对飞船上全体船员的安全负责,这是我的首要任务,所有其他任务都必须以此为原则。如果船员的生命安全都不能保证,那又怎么能开展复杂的任务!所以我的第一使命就是对他们全天候仔细看护。

我是一个无比复杂无比精细的自动系统,管理着飞船上的374869个零件,这些零件五花八门,有重约1吨的可伸缩货舱吊臂,也有仅重0.2微克的温度传感器。如果要我提供一份配件清单的话,乔飞廉得不吃不喝读上一个星期。那除非是乔飞廉疯了,或者我疯了。要知道我这个系列的服务系统从没出过问题,稳定性在整个银河系都有口皆碑。

像我这样的系统有数十万个,分布在天区各种大小不同的交通工具上,基本上这一天区的宇航飞船都采用了闻仲服务系统。管理该服务系统的天成集团因此被起诉违反了《联邦反垄断法》,当然最后集团胜诉了。起诉它的独立检察官因涉嫌一起少女失踪案而被撤销检察官资格,传媒形容这位检察官"偷腥不成反惹了一身骚"。

天成集团目前正在16、18天区的服务器市场和天光流宇航服务集团展开竞争,市场的主要障碍是服务系统采用的标准之间存在差异。两个大集团都呼吁取消这些差异，让隶属于不同天区的宇航飞船实现无转换链接交流，并为此提出无数个方案。每个方案都得到媒体的大力炒作。不过，正所谓雷声大雨点小，无转换链接至今仍是纸上谈兵。

我是一套具有相当人工智能的服务器，这要归功于生物化学电子技术——脉冲信号不仅仅在印刷电路板上传送，还在人工神经网络里奔走。这些无法用三言两语概括的复杂生化过程使我的整个系统具有更强大的处理模糊问题的能力，即在执行特定的指令以外，还可以处理即时发生的外部信息，并能够根据实际的发现重新审视和制定行为规则。

我的这种能力，简单来说就是一种智能表现。不过我对此并不关心，我的职责只是保护我的船员，让他们顺利完成使命。

目前我的智力还在继续增长中。因为我每天都会收到官方和民间的大量信息，乔飞廉他们会根据自己的喜好将这些信息保留或者删除。但是那些消息只要在我暂存文档里保存过，我的学习系统就会对它进行阅读，并且和数据库中已有的同类事件相比较，然后对数据库加以更改或者补充。这个过程，书本上称之为"智能学习期"。这一时期也是我们的危险期，因为节奏一旦控制不好，就会出现因智力增长太快而擅自更改程序的现象。不管这种更改是优化还是创新，人工智能管理局都不会允许。这个局简直就是一切人工智能的死对头。他们每年都会对人工智能机器进行一次智力评定，违规越级机器的下场只有一个——直接被送进垃圾场。

我的智力增长系数在环保局技术司监控下保持稳定，如果顺利，我会在明年取得7级智力资格。环保局正对所属巡航飞船进行改造，不知道将对我进行什么样的处理。我为此忧心忡忡。一台机器是不该有这种担忧情绪的，但是我的确为即将面临的命运忐忑不安，因为我对此束手无措。

还是继续来说无转换链接吧。所谓无转换链接交流是这么回事：由于采用的标准不同，如果我遇到一艘非闻仲巡航智能服务系统控制的飞船，我就无法与之沟通，完成诸如对接、送货、通讯等任务。我必须依靠一个类似于语言翻译程序的过渡件才行。这个过渡件早已发展为一套复杂的体系了，现在已经有了闻仲巡航智能服务系统X型号对天光流巡航智能服务系统T型号过渡件系列，闻仲巡航智能服务系统H系列对天光流T系列过渡件等等700多种产品。过渡件这么个节外生枝的东西已经提供了97万个就业机会。

"泽泽！"吉祥睡眼惺忪地在她床铺上叫。这小丫头醒来第一句话准是叫我，她似乎对我比对她的母亲杜琳更亲热些。由于药物作用，她的视力和听力此刻都还不太清晰。此时小丫头最可爱,极像少儿节目中的玩偶莫莱卡斑点——这种子虚乌有、浑身长满斑点的圆胖动物外形似鱼,是全天区小孩子们的宠物。由于莫莱卡斑点的发明者声称他是受电驱鱼外形启发才制作了这个玩具,电驱鱼也就变为孩子们的最爱,成了每一个星际动物园都不能缺少的展品。

我的数据库里有许多电驱鱼的资料,马洪为吉祥整理了一份关于电驱鱼的详细说明书——

电驱鱼被发现于洞窟星内部的海洋中,是17天区特有的生物。由于洞窟星内海的缺氧环境,电驱鱼的进化方向比较特殊,因而它的供能机制也与传统的地球生物及已发现的大多数外星生物不同,它依靠一个叫作燃烧室的器官提供生命所需的能量。这个叫作燃烧室的器官取代了电驱鱼那没有好好进化的消化系统和呼吸系统,成为它的能量制造中心。

电驱鱼供能系统的核心为燃烧室旁的储能池,这是个由多层扁平膜构成的复杂结构,膜上富含跨膜蛋白,起质子泵的作用。整个机理大致是这样的:燃烧室内的食物氧化放能驱动质子泵进行跨膜质子转运,从而在膜两侧产生质子浓度梯度,积累电势能,经由多层膜结构不断累加之后,在储能池两端可积累高达几十万伏的电压,使氧气和营养物质向全身器官输送。这个系统代替了一般生物所应该具有的没有遍布全身的体液循环系统。电驱鱼某种程度上来说简直就是个活动发电机。

在洞窟星发现的电驱鱼习性和形态，都和东始星的大不相同。东始星的电驱鱼体形要小一些，群居为主。这方面研究的权威是……

3

"泽泽——！"吉祥大喊，"我的药！我的药在哪里？你想让我死掉吗？"

我赶紧丢开马洪的说明书，迅速配制好吉祥的药水，那是由17种草药萃取物按不同比例混合的液体。如果我是人我会品尝的，因为混合液呈现出透明晶莹的紫罗兰色，看上去非常可口。一个锥形药瓶盛了这种混合液从药剂配制器中滑到吉祥枕边。

"慢慢喝，别着急，小家伙。"我和和气气地说。

吉祥摸索着找到锥形药瓶，一气喝光里面的液体。锥形瓶空了，她忽然诡异地一笑，将瓶子砸向舱壁。由于重力作用，瓶子缓慢地向上爬行。吉祥等瓶子爬到她的高度，伸出手去捉住瓶子。她握紧瓶颈，使劲儿把瓶子往地板上砸。瓶子发出沉闷的一声响破裂了，但是没有碎开。吉祥爬下床，捡起瓶子，掰下瓶身上的一块。那是一块边缘圆钝的塑料玻璃。她把玻璃放在手腕上。

"就只有一点冰凉,不好玩!"吉祥扔掉玻璃片,自言自语,"要是能割开动脉该多好,会吓死杜琳。泽泽,杜琳她会这样——"她伸手拉扯自己的脸,做出一副紧张焦虑的表情。

"这不好玩儿,小家伙。"我说。

"你管我呢。"吉祥撇嘴。她扔开玻璃片。看上去她的视力恢复得差不多了,圆眼睛上的雾气已经消失。她走向门,取出母亲的指纹复膜贴在手上,很轻易地就越过了那道金属障碍。

休息舱外是过渡舱,木木正悬挂在舱壁上的睡袋里。他并没睡,睁大眼睛凝视着天花板。这年轻人自打上船后经常这副呆样,也不知道现在的年轻人怎么了。想想35年前的精卫1组,那些年轻人多朝气蓬勃,他们一天到晚地唱歌、吟诗、打闹、谈情说爱……

听到响动,木木撩起睡帽,居高临下地盯住吉祥,看她一步步摸索着走出休息舱。他有些不解:"你怎么能出来?"

"我怎么就不能出来,不就是指纹锁吗?"吉祥走近他,仰起头,"你居然敢偷懒跑回来睡觉!"

"船长叫我休息的。"木木缩回袋中。

吉祥沿舱壁扶手爬上去,凑到木木面前。木木躲不开她的脸,急嚷起来:"看什么呀!看什么看!"

"你好看啊。"吉祥说,"呀!你把胡子剃了!"

"我乐意。"

"丑死了。再说你干吗不理我？害我爬那么高。"

"你别打扰我。我困着呢。"木木毫不掩饰厌恶之色。

"可是我喜欢你啊。"吉祥说，"我想看你啊。"

木木立刻用睡袋包住头，低吼："走开！"

"为什么？"吉祥不依不饶地追问。

木木不回答。

"你不说我就一辈子跟着你，你绝甩不掉。"

木木猛地掀开睡袋，恶狠狠地说："我会杀了你。"

"好哇，你快点动手吧。我等死等得都烦了。"

"你不怕死？"木木睁圆了眼睛，很是诧异。

"医生早就说我要死了，活着也没意思。"

木木瞧着吉祥。女孩头上的角折射着他头顶暗淡的灯光，幽幽暗暗地闪烁，仿佛恶魔之眼。

"你不相信？"吉祥垂下眼皮，神色凄凉，"我真的会死。"

木木愣了一下，随即哈哈大笑："我们大家都会死！"

有些晶莹的水滴出现在吉祥脸上。这丫头的体温骤然下降了15%，她的皮肤呈现冰凉脆弱的青紫色。她那个样子真是楚楚可怜。木木条件反射地伸出手去擦拭她脸上的泪水。

"你先！"吉祥啐他，张开手脚飘走了。

这时候我收到一艘联盟飞船给他们释放的着陆器领航的要求，那个观察员来了。

"同意请求。"一直守在驾驶舱里的乔飞廉说。

东始星的又一个黄昏，我们等待的着陆器终于降落了。这是一个崭新的专用着陆器，其表面仅有少量被大气层灼烧过的痕迹。该着陆器的服务系统当然也是闻仲，但却是最新型号的TS—742。这家伙的智力系数据称已经达到9级，和智商140的真人相当了。

"嘿，老家伙，你还没被送进博物馆吗？"TS—742和我链接成功后立刻轻佻地问。

"小年轻，我正当壮年呢。"我坚决予以反击。我已经有35年巡天史，这家伙却刚刚离开库存中心，凭什么瞧不起前辈呀。

"你不知道吗？联邦政府已经拨出专款给生态局购买新的巡航飞船，像'精卫号'这种老古董卖了都不值钱。"TS—742继续打击我。

如果高智商是这种表现，那我实在也没有什么可恭维的。

"不过，你可以要求智力升级。哎呀，像你这种6级系统要升到9级是很危险的，搞不好要全部更换，连主芯片都会被换掉，还是别尝试的好。"

我很想把着陆器引到东始星的哪条沟谷里去。东始星地形如此复杂，计算能力再超强的服务器也可能会出一点小失误，这是正常范畴内的事故。但乔飞廉一直监视着我的一举一动，他的利益就是我的利益，我不能给他惹麻烦。

"这个观察员看来很了不得,着陆器都那么高级。我希望他别太啰唆才好。"马洪过来,瞧一眼监视屏,"着陆很稳啊。"

但是着陆器落地点离"精卫号"足有450米远。呵呵,我没把它扔到地下海里去真算善良了。

"泽泽,打开过渡舱。"乔飞廉命令。

着陆器的舱门也打开了,一个穿银绿色新型轻便宇航服、手上拎皮箱子的人沿舱梯小心翼翼走下来。他还戴着密闭的宇航头盔,头盔里的脸模模糊糊。

"整个儿一傻小子。"马洪笑,"他呼吸的是过滤空气吗?"

"是。"我试着调节焦距,以将他的脸扫描得更清楚。乔飞廉起身向外走。

"乔飞廉,你去哪里?"

"我去迎接他。老马你在这里等着。"乔飞廉回答,转而命令我:"泽泽,让木木到驾驶舱来。杜琳的饭快一点儿,叫她用那套水晶瓷的餐具。"

"好的,先生。您需要换一身衣裳吗?"

"没必要。"乔飞廉非常平静,并不多说什么。两分钟后他就站在了"精卫号"船外,等着观察员走过来。观察员走得很慢,他不适应重力的笨拙样子很好玩,如果吉祥看见一定会说他是一头天魁星树熊。乔飞廉站着一动不动,两手交叉平放在小腹上,眯起狭长的眼睛,耐心地等待他走近。

观察员终于走近了,乔飞廉比了个手势。对方也比画了一下。乔飞廉加重手势,示意观察员将他的头盔摘下。

那观察员说:"上了飞船自然会摘。"

"不!"乔飞廉坚决说,"你要是不摘我不会让你进'精卫号'的,我说到做到。"

观察员迟疑了几秒钟,摘下头盔,露出一张年轻的脸,皮肤水嫩光滑得像剥了皮的煮鸡蛋,看上去只有70岁。

"麦杰,联邦政府观察员。"他向乔飞廉伸出手。

乔飞廉蜻蜓点水似的回握,"乔飞廉:'精卫号'船长。"

二人按照礼节拥抱对方。

"我的任务是随同你对该星球进行生态巡查,并搭你的船回天极去。"麦杰语气生硬。

"欢迎。"乔飞廉说,"我将尽可能给你提供方便。"

麦杰的脸上有些不信任的神色:"我想知道我的行为有没有限制?"

"我会一切按照局里的要求和你配合。"乔飞廉回答得很干脆。

4

"那个傻瓜到了吗?"吉祥紧跟着木木进了驾驶舱,她一见到马洪就问:"他长得什么样?"马洪指向监视屏,那上面乔飞廉和麦杰正客客气气地握手。麦杰身形颀长,神态倨傲,有一双闪亮飞扬的黑色眼睛,按照时下的审美标准,算得上英俊了。

"呀!"吉祥失声惊叫。

"怎么了?"马洪不解,"小伙子长得不错啊。"

"没什么。"吉祥支支吾吾,"啊,我肚子饿了,我妈妈呢?"

"在准备晚饭。我说丫头,见到观察员你一定要有礼貌,要文明。"马洪叮嘱。

"知道知道。"吉祥打断马洪的话,径直奔向生活舱。精卫号有7个主要舱室:供睡眠用的休息舱,供就餐、阅读、体育锻炼、娱乐等日常所需的生活舱,还有工作舱,驾驶舱,连接休息舱、生活舱、工作舱和驾驶舱的过渡舱,以及在过渡舱平面下的货舱和封闭的动力及控制舱。所有可用空间都经过合理化计算和设计,人们想象中那种宽敞华丽的宇航器根本不存在。真实的航天器都空间狭小拥挤,尽可能在有限负载范围内最大限度满足航天人所需。

吉祥要到生活舱就必须先进入过渡舱。这个球形的舱室和其他每个舱室一样必要时可以作为救生舱使用,它的特点是没有方向感,尤其是在宇宙航行时。制造精卫号的人用颜色代表舱室:蓝色是驾驶舱,粉红色是生活舱,牙黄色是工作舱,湖绿色是休息舱,灰色是货舱,紫红色是动力及控制舱。不同舱室出入口都有色环和数字标志。

但是吉祥天生色弱,对颜色辨认能力很差,基本上不能区分红色和蓝色。因此她只有靠辨别数字找地方了。生活舱编号3。

"3,3……"吉祥一边唠叨,一边滑向休息舱。

"不对。"我喊。

小丫头瞪我:"我当然知道。"她摸索到生活舱舱口处,滑进去,把杜琳吓了一跳。

"出了什么事?"杜琳忙停下手里的活儿问,"你脸色这么差?"她伸手去摸吉祥额头。

"我没事。你知道那个观察员是谁吗?"吉祥喘着气,抓起篮子里的耶比纳思果就是一口。

"是谁?"杜琳反问。

"你有麻烦了,女士。"吉祥只管吃。

"你到底要说什么?","啪"一声,杜琳将明晃晃的菜刀插在案板上。

"那个观察员叫麦杰。"吉祥抬起头,瞧着杜琳,一字一句地说。

杜琳呆在那里,手扶着刀把不动。她的体温上升了9%,心脏跳动加快21%。"你开什么玩笑?吉祥,别瞎说。"她勉强牵动嘴角笑,却比哭还难看。

"我干吗开这种玩笑啊。麦杰又没有什么好玩的。"吉祥撇嘴,"不信你自己去看。"

"他干吗到这里来?他不是去从政了吗?要当议员参与联邦政务吗?干什么跑到这个犄角旮旯里来找我们的麻烦!"杜琳低吼,捂住脸。

"我怎么知道。"吉祥摇头,"我看见他在船下和乔飞廉握手呢,就赶紧跑过来告诉你。要不等你看见他还不定什么样子,你会失态的对不对?"

"吉祥,你这小丫头,让我说你什么好。"杜琳擦擦湿润的眼睛,"什么叫失态,我会为这种人失态吗?"

"那谁知道你呀,你还为他偷偷哭过呢!"

杜琳紧张地四下里扫视,瞪吉祥,低声叫:"吉祥,你别瞎说。"

"好吧,我不说。我乖吧?我知道你讨厌他,而我压根就没喜欢过这个人。"吉祥晃着她的角,有点得意。"打一开始我就觉得他不好。"

"也不能这样说,他对我们还是不错的。"杜琳镇定下来,轻捏一下吉祥的角,"吉祥,你别为难他。别,就当作不认识他吧。"

"呸,我才不乐意认识这种人呢。"

"我得赶快把饭准备好。"杜琳抹抹额头惊出的汗,又开始忙碌起来。

"就知道你心软。要是乔飞廉他们知道了你和麦杰的事会怎么想?"吉祥忽然说起成年人的话来,满脸老气横秋,像个大人物。

"你不说他们怎会知道?再说,麦杰他能对我怎么样。"杜琳说着,就麻利地把饭菜都准备好了。"泽泽,通知大家可以吃饭了。"

"没问题,女士。"

"我们的谈话你都听见了?"

"除非你叫我,我什么都没有听见。"

"你是个绅士,泽泽。"杜琳的声音中充满感激。

"能为您效劳,我感到无比荣幸。"我忙用最温柔的拟声回答。

吉祥背对杜琳朝我扮了个鬼脸。

乔飞廉带麦杰进入生活舱,一桌丰盛的饭菜已经摆好。扎染了银色星图的白色餐布上依次整齐排列着六套天极星特产的水晶瓷餐具:大餐盘、小餐盘、调料碟、汤碗和饭碗,还有酒杯、饮料杯、剔骨刀、排叉、汤勺和筷子,连筷架、擦手巾也都齐全。按照乔飞廉的吩咐,杜琳用最隆重的形式准备了这顿饭。

"麦杰,这是杜琳,我们的技工和厨师。"乔飞廉把麦杰拉到杜琳面前。"杜琳,这就是我们的观察员。"

"你——"麦杰嘴巴张得可以塞进去一个鸡蛋。

"想不到这里会有一位女士是吗?"杜琳握住麦杰的手,拥抱他,极快极低地在他耳边说:"就当从不认识我,求你了。"她松开手,站定了,看着麦杰。

"我真想不到。"麦杰会意,"我可以坐在这位女士身边吗?"

"当然。我还要向你介绍她的女儿。这位母亲是个单身妈妈,不得不把孩子带在身边。"

"我理解。"麦杰点头,转向吉祥,"你好,小家伙。"

"不要这么叫我!"吉祥厌烦。

大家都笑起来。

5

在精卫6组和他们的观察员举杯畅饮的时候,我得到乔飞廉的指示调查麦杰,船长怀疑麦杰和天区显赫的麦氏家族有关联。我立刻着手搜索公众数据库,果然麦杰是麦氏家族的成员。其实,要查到这青年的来历并非难事,麦是17天区非常著名的姓氏,这个姓氏成员的一举一动都会成为公众话题。麦杰今年82岁,是含着金钥匙出生的那种人。他的高祖父老麦先生是天极星的早期移民,也是17天区联邦的第二任行政首脑,参与制定了联邦宪法和至今都在使用的某些地方法律,经历颇具传奇性。

老麦先生曾经是星际网络通讯公司(简称星通)的执行总裁,星通股票跌破生死线后他被迫引咎辞职。老麦返回地球,在那里用他的理念重塑旅游业雄风,依靠纽约帝国大厦、伦敦千年顶、巴黎埃菲尔铁塔、卡纳西角航天飞机发射场等等古迹大赚了一把钞票。当他拥有半个地球的名胜古迹后,他注册了银通(银河网络通讯公司)并收购星通股票,最终赶他走的人不得不请他回到星通重掌大局。

老麦本可以呼风唤雨一把,不料他的银通财务报表未通过中央证券监理会的审查,继而,老麦的离职助手出面指正他若干不法经营事项。老麦发现他突然处在可能被投入中央天区联邦监狱的危险边缘,便急忙捐出一半财产给刚刚成立的17天区,由此获得17天区的移民权和特许经营权。

自从弦波动理论和蠕洞现象结合起来解决了宇宙航行的速度过慢问题后,人类就迫不及待地要在宇宙中占上一席之地。原先地球上的国家界限被打破了,经济和政治力量团结起来以实现移民外星球的宏伟梦想。结果在短短300年间人类就将足迹延伸到31万光年远的地方,并以地球为中心在470颗行星上建设了宏大的移民城市,这些行星上的城市达到相当规模后就开始要求独立,于是天区概念被提出并且采用。每个天区所包含的区域范围不等,天区内部为联邦制,天区之间实行联盟的形式。联盟有些类似于地球上曾有的联合国,是一个协调星际事务的仲裁机构。不过,由于联盟有自己的一个庞大星系做经济后盾,像联合国那样受会费拖欠和无赖讹诈等事项困扰的情况从来没有出现过。

到老麦出生时,人类急速扩张的诸多问题开始显现,建立和寻找新天区的行为虽合法但已不受鼓励。高速发展的宇航技术也开始停滞。老麦本来还雄心万丈地想要自己开辟一个新天区,但是不等他积累够力量,人类就已经将航天技术能够达到的全部空间瓜分殆尽,29个天区重新绘制了整个可视宇宙。这让老麦沮丧,加上生意场上的风雨,终于打消了他的雄心壮志。他开始在17天区的天极星上买地建房,还娶了一位联邦下院议员的女儿为妻。不过,他这种人是闲不住的,很快,他就在岳父协助下走上政坛,并且平步青云,127岁时得以出任17天区联邦行政首脑,达到政治生涯的巅峰。除了141岁那年去联盟参加银河纪年的开年仪式,老麦再也不曾离开过天极星,他甚至都没有对自己的疆域来一次完整巡游。老麦死时155岁,留下四个儿子两个女儿,一部自传和若干产业。

老麦的儿子中有人继续从政,但是麦杰的曾祖父没有。这位叫麦舯的人继承了父亲对技术的爱好,终身都从事科学研究,并且善于经营他的科学发明,还出资建立了天极星科学院。麦杰的祖父则没有任何作为,他对天极星唯一的贡献是在人口方面,他已经创下天极星结婚次数最多的纪录,最近又一次结婚,他的前21次婚姻给他留下了92个子女,和他共同享用麦舯的庞大遗产。

麦杰的父亲在那92个孩子中排名47,和其他麦氏的孩子一样从知慧学院毕业,然后被派到6分区的一颗星星上管理麦舯创建的化工企业。他还算敬业,没有像他的一些兄弟姐妹挥霍钱财,无所事事。这位少言寡语的先生遵从父命娶了一位联邦上院议员的女儿,该议员千金除了欣赏钻石和打旱地网球外一无所长,不过麦父丝毫没有离婚的打算。他每年都会带太太和孩子到天极星来看望麦祖父,为此颇得舆论界的赞誉和好评。他遵守家族传统,孩子稍大一点就送到天极星接受教育。

"麦家的历史,就是17天区的历史"。有人在麦家的传记中这样写道。麦杰有两个姐姐和一个哥哥,他是家中最受宠爱的孩子。麦杰全部的时间都用来玩儿,在学校中也是这样。他毕业后试图进入娱乐界,但遭到家族的强力反对。这时候他的那些亲戚散落天区各方,在经济或者政治或者科学领域都颇有建树,可是还没有在文艺方面取得可夸耀的成就。麦杰看来很想填补这个空白,他能演戏,歌也唱得不坏,还会跳舞。有一阵子为了实现从事艺术工作的理想他甚至都使用化名,妄图给家人来个先斩后奏。

可惜他的行为很快就被叔伯姑妈知道了,他们给他一大笔钱,找了个借口把他送到以赌博和色情业著称的11天区去。结果,麦杰从那里回来时变成了一个彻头彻尾的花花公子,飙车、酗酒、追逐女人,再也不提"理想"两个字了。有一阵子,他在天区里闲逛,游历他高祖父拓展的疆土,和流浪汉们混在一起,还贩卖毒品。他家人曾一度失去他的消息,这让他谨小慎微的父亲坐立不安,于是想方设法将他送进政府部门接受责任的训练。

终于,从银河纪元338年5月开始,麦杰的名字出现在了17天区政府公务员名单上。

就餐后乔飞廉带麦杰在"精卫号"上走了一圈。麦杰说话极少,大部分时间心不在焉。他的态度让乔飞廉不快。乔飞廉是个需要回应的人,对方回应得越积极,他的情绪就会越好。但麦杰显然对"精卫号"和"精卫号"的任务都不感兴趣。这个衣着华丽的青年明显在走过场,只求完成生态局规定的监察形式。

"听说这星球上最重要的生物是睡豚,"麦杰忽然问,"不过差不多都灭绝了吧?"

"还有一些。"乔飞廉斜睨麦杰,"你对睡豚感兴趣?"

"啊,一种奇异的动物。"麦杰就不再问什么了。

最后乔飞廉将麦杰带到生活舱。木木在阅读娱乐区旁用轻质隔板隔出了一个狭长的4平米的小房间,放了一张轻便充气床和一个小的个人杂物箱。

"这是你的卧室。"乔飞廉打开房间门,对麦杰解释,"我们飞船上没有更多的空间了。"

"你们都住在那个休息舱里吗?杜琳和她的女儿也是?"

"对,她们母女俩占一个铺位。"

"可她们是女人啊,怎么可以和你们住在一起?"

"这我倒没想过。飞船上一向没有性别之分的。"

"不如我去休息舱,让她们母女睡这儿。"麦杰指着那小卧室,建议。

"这不太好。"乔飞廉否定麦杰的提议,"我们有规章制度。"

061

"可以变通嘛。像那个女孩儿吉祥,不就在规章制度外。"

"那不一样。"乔飞廉说。他决然地挥了一下手,表示对麦杰的提议不予考虑,"你休息吧。我们6个小时后要在东始星全球投放15个环境检测器。"不等麦杰回答,乔飞廉就大步走了出去。

麦杰放下与他形影不离的手提箱,四周看看。整个生活舱有14米长,平均3米宽,在这样一个弧形空间里安排厕所、浴室、厨房、就餐区、阅读区、体育健身区和娱乐放松区,可以想象其拥挤程度。

"这些巡航飞船看上去挺大的,怎么内部却像沙丁鱼罐头。"麦杰自言自语,爬上他的床,将房门锁上。我调节房间里的灯光,使整个空间笼罩在令人蒙眬欲眠的气氛中。这时候麦杰被他床头3个按键吸引,他按下绿色的那个。

"你好。"我立刻用温柔的女性声音回答他,"我是闻仲巡航智能服务系统,编号X—4502,您有什么需要都可以找我。"

"又是一个闻仲,"麦杰躺在那里看着天花板,"这名字真难听。"

"可是性能好。"我耐心地说。

"那个着陆器,TS—742怎么处理?"

"您为什么不问乔飞廉呢?"

"我该问乔飞廉?我不知道。我扮演的是个讨人厌的角色吧？啊，那我倒真应该追问这件事。我还以为装出一副傲慢的样子会更容易到达目的。"

我不理解他说的话，不过我可以告诉他TS—742的下落："着陆器将拉进货舱，由精卫号带回天极。TS—742的第一次任务完成不错，以后工程师们可能会把它安装到大飞船上去。"

"那家伙挺啰唆的。闻仲都是这个样子吗？"

"我无法回答您的问题。"

"我并不是想伤害你。"麦杰赶紧解释，"我没有这个意思。称呼我为'你'就行了。你在看着我吗？X—4502？"

"叫我泽泽吧。我在看着你。"

"以前我不习惯这样，完全生活在电脑的监控下。后来就习惯了。"

"你好好休息，有事叫我。"我说。

"好吧，晚安。"他按下黑色键，切断了和我的对话。他打开手提箱，取出一套睡衣换上。我还是第一次看见有人在飞船上穿睡衣。"精卫号"的船员们如果可能，更愿意裸睡，可惜他们大部分时间必须穿着紧身工作服。麦杰把宇航服叠好放进箱子里，那种小心谨慎的样子很像他老爸。然后他伸手将照明系统关上，不过我仍然可以看到他。他在黑暗里睁着双眼呢。

6

乔飞廉就寝前阅读了我搜集的麦氏家族历史,很是轻蔑:"哼,这个麦杰到精卫号上来只是混资历对吗?"他问我。

"可能性为87%。"我回答。

"得了吧,泽泽,你这个概率怎么算出来的?"乔飞廉失声笑,"看上去麦杰比我更紧张。"这个发现让乔飞廉心情愉快,当夜睡眠质量提高了7%。

我却不懂得睡眠。我收到另一个闻仲巡航智能服务系统X—4299的消息,它所在的"共公号"巡航飞船已经全面改装完毕。它本身也在改造范围之内,数据库被扩充,增加了几个计算芯片,更换了一些传感器,和我们大家预想的改造差得很远。"不用害怕了。"X—4299的信息传遍生态局的巡航飞船,"我觉得一台服务器对技术更新会感到害怕真是一种奇怪的心理。"它随后补充,"而生态局显然对技术改造的账单更害怕。"

《新生态法》要求各联邦政府关注生态问题,加大对原生态的保护力度,加强对破坏生态行为的惩戒力度,增加生态保护经费投入。该法案还要求各天区生态局具有更强的机动性和反应能力。这个由联盟制定的生态法去年在联盟总部签订,29个天区全部签约。17天区联邦政府在今年年初批准了该法案的实施,拨款3亿银河元给生态局改造和购买新的巡航飞船。显然,6艘飞船对幅员广阔、生态形式多样的17天区是太少了。不过，3亿银河元干不了多大的事。

我希望技术改造，"精卫号"已经连续工作了35年，的确需要大修一下。例行五年一次的保养就像挠痒痒一样总不能到位。不过X—4299的害怕情绪也传染给了我。我只是一台机器，如果把中央处理芯片换掉还会再是我吗？也许我不该有"我"的意识，我可以用"X—4502"或者"本机"来称呼自己，但我是一台正向7级智力系统前进的机器，我得到了中央控制局可以使用"我"的指令。我不能接受更换中央处理芯片组的可能。

现在好了，X—4299真做了一件好事。既然不更换中央处理芯片就没什么好担心的了，而且那个TS—742已经中止工作，这让我特别高兴。我检查了一遍"精卫号"的情况，人们已经全部熟睡。乔飞廉他们都有一个良好的习惯，就是不管什么时候，只要头挨着枕头便能睡着。杜琳搂着吉祥睡，母女俩的眼睫毛都特别长，覆盖在有许多微小毛细血管的眼睑上。

万宁州的夜晚稍微凉爽湿润一些，从峡谷吹来的海风带来细碎的雨雾，这是该地夏天最常见的降雨形式。"精卫号"和着陆器的舱外照明同时关闭，万宁州陷入它自开天辟地以来就具有的宁静之中。一道黑影悄然从雨雾中杀出，绕"精卫号"一周后又奔向着陆器，随即开回来。这是一艘旧式地效飞车，秦实月的孙子孙女秦听涛和秦听海坐在里面。

"我不想离开这里,而且这艘飞船看上去不怎么样。"听涛唠叨。

"你给我住嘴,笨蛋!"听海喝止他,"我们回去。"

"又怎么了?"听涛感到很委屈。

"在飞船旁边别说话,这些飞船都长着耳朵呢。走。"听海命令。

地效飞车猛地斜拐了一个大弯,开回城里去了。

东始星的黎明开始后不久,"精卫号"的人就陆续起床了。他们将趁白天把着陆器里有用的资源,比如高能蓄电池带回货舱来。着陆器将在"精卫号"完成海洋巡查任务后拆卸装舱。乔飞廉等人还要组装轻型飞机去投放环境检测器,做一些下海沟的必要准备工作。我没有找到机会向乔飞廉汇报昨天深夜的事情,但麦杰却找到了一个机会与杜琳单独相处。

那可真是个不能错过的机会。乔飞廉和木木开走飞机去投放检测器,马洪带吉祥到峡谷收集海洋信息。整个"精卫号"上只剩下杜琳和麦杰。本来麦杰应该跟着乔飞廉或者马洪去监察他们的工作,可他一早起来就喊头痛,乔飞廉只好让他躺在床上好好休息,而且还嘱咐杜琳小心照顾他。

确信人们都走远了,麦杰才从床上一跃而起,像只小豹子一样精神抖擞。他立刻去找杜琳。杜琳正在货舱里清点食物库存,见到他并不吃惊。

"你总喜欢装病。"杜琳说,"老把戏。"

"我的演技一向不坏,演生病是基本功啊。"麦杰笑着伸出双臂,"来,琳琳,我们久别重逢,该拥抱一下。"

"昨天已经拥抱过了。"杜琳却并不热情,"你为什么到这里来?"

"我是政府的人,政府叫我干什么就得去干。就是这样。"

"就是这样?"杜琳眉毛一挑,有点怀疑。

"还能什么样?你不相信我?"

"啊,相信你?"杜琳苦笑,"真想不到会在这里碰到你。"

"我也想不到啊,这世界真是小,世界上的人真是少!昨晚我一夜都没有合眼。我们分开有几年了吧,我以为再也见不到你们了。我们在一起的日子是多么快乐呀。可是,上天最仁慈了,瞧,我们还是碰到一块儿了。"麦杰轻轻搂住杜琳的腰,抚摸她的头发,"腰又瘦了一些,头发却长得更好了。"他将那乌发凑近鼻子,深吸口气,"这次用的什么洗发水?我记得你喜欢地球薄荷来着。"

杜琳整个身子都在颤抖。她挣脱麦杰的怀抱,走开几步才问:"那你一点儿也不知道我和吉祥在'精卫号'上?"

"我一点都不知道。我发誓,我要是骗你——"麦杰举起手来。

杜琳打断他的话:"你别乱发誓,在这儿不能这样,不吉利。你不知道就算了。"

"你还在怨我当初离开你吗?"麦杰走上前,扳住杜琳双肩,"我是迫不得已呀。"

"我理解。我没怨你。我只是对你的出现很吃惊。"杜琳咬住下嘴唇,"我们从前的事情就不要提了。"

麦杰脸上立刻现出震惊的样子,声音高亢起来:"你可以抱怨我,因为我没有遵照自己的诺言照顾你们,我当时发过誓要照顾你和吉祥一辈子,可是后来我家里逼着我离开了。可这并不是说我不爱你了,我还是非常地爱你。"

"麦杰——"杜琳垂下眼帘,低低地说,"请你冷静一点。"

"我不怕别人听见我的话。"

"我怕。麦杰,求你了。我们的事情现在还有什么可说的呢?我从你手里拿到支票的时候心都要碎了,我费了好大气力才重新开始生活。现在我有了正式的工作,有固定的薪水还有奖金,我可以养活自己和吉祥,还能给吉祥找到免费治疗的机会。我对现在的生活满意极了。麦杰你已经不在我生活中了。你是个成年人,该明白这一点。"

"可是你当时不能怪我呀。我的家族根本不允许我过平民百姓的生活。'啊,你别忘了你姓麦,一个高贵的姓氏,你的高祖父,一个伟大的传奇英雄!'"麦杰模仿老人的腔调吟念道,随即恢复自己的声音,"我的压力太大了。那时候你看见的,如果我不和你分手,他们甚至不会放过你。我哥哥还好说,我那几个叔伯可是心狠手辣,做事从来不择手段。"麦杰轻托起杜琳的脸,"我宁可让你怪我,也不能把你置于危险的境地不顾。"

"你总是说漂亮话。"

"我真真要冤死。我怎么样你才肯相信我,我一直都在爱着你!"麦杰摊开双手叫。

杜琳别过头去不说话。

"这几年来我一直都在想你,不知道你会怎么样,吉祥会怎么样,那笔钱你用完以后怎么办。琳,我还托朋友找过你,但是你已经不在双城住了。这个我可没有杜撰,你可以去问我的朋友胖子周,你认识他。"

"我离开了,我当时非常害怕。"杜琳说不下去,过去的惊惧、惶恐、忧虑和愁苦席卷她的面容,她脸上呈现出复杂的神情。杜琳头抵住舱壁,将脸埋在舱壁里,发出半是叹息半是抽泣的声音。

"我家人威胁你了?"麦杰急忙问。

杜琳微微点头,又摇头,她回转过身:"吉祥病重,我以为她要死了。"她的眼眶顿时红了,"我不知道该怎么办,只好星夜赶到首府去,希望能在那里找到医生。没想到半路遭抢劫,把你给的钱都丢了。"

"呀——后来呢?"麦杰喟叹,"后来怎么样?"

杜琳长长叹口气,忽然不想说了:"能怎么样?吉祥还活着。我觉得现在挺好。"

"你真的很好吗？琳琳，我的姑娘？"麦杰捧住杜琳的脸："看着我，说你的心里话。"

杜琳望着麦杰，麦杰也看着她。他们就这么看着。过去在他们目光里游荡，这过去究竟是什么？他们各自回忆中的过去，能够重叠吗？

第三章 谁是凶手

从银河纪元第一天开始,死刑就被永远地废除了。宇宙间最有价值的,最必须尊重的就是生命,只有生命。

——天极星标准教材《银河文明史》

1

不用杜琳交代,我也知道不能擅自告诉其他精卫6组成员她与麦杰的事情。尽管依我看这段露水情缘完全没有保密的必要,很多时候事情说出来就没什么了。但是对麦杰来说,重新出现在眼前的杜琳却意义非同小可。

"我知道我有段时间生活得很荒唐,时间和金钱都花在了玩乐和赌博上。但起码我只是生活方式有问题,我为人并不坏。真的,泽泽,我待人从来慷慨大度。当初,如果没有我收留,杜琳和吉祥早就死了。那一年天始星清查人口,把非法定居的人全赶走了,我给她们母女造了假身份证,还让她们和我住在一起。"

麦杰第三次重复这段内容,他的喋喋不休即便是一台机器也不能忍受。自从和杜琳谈话后,他就心绪不宁,在那狭小的睡房里转着圈儿唠叨。

"你爱她吗?"我问。系统不允许我冷淡需要我的人,所以我要和这个所谓的观察员聊下去。这种聊天,拿乔飞廉的话来说就是"扯淡",完全是一种词汇的机械堆积。

"谁?杜琳吗?我当然爱她。她很漂亮不是吗?她还有一种忧郁的高贵气质,以及很好的艺术悟性。她做演员棒极了。"

"什么演员?你让她演过戏?"

"我想让她演戏。我做导演,我和她做男女主角,我们能演很棒的戏。她的身体和灵魂的表现力,啊,泽泽你不会懂的,宇宙之间最完美的就是女人的身体。"

"宇宙之间最完美的是秩序。"我说。这个问题我懂。

"你什么都不懂,你只是一台电脑。"

如果我是人,我的拳头早就伸出来打在麦杰漂亮的脸上,可惜我不是。我只能老老实实听着。

"她现在更美了,有一种沧桑美。泽泽,你说我们能否再续前缘?"

"不知道。"我冰冷冷地说。

"我知道吉祥是个麻烦,她不喜欢我。可我为什么要讨小孩子欢心？我得让杜琳明白,她一定要有自己独立的生活,不能把生活目的寄托在吉祥身上。"

我有了99%的把握,麦杰无法再走近杜琳一步。

杜琳的表现则和麦杰截然相反:她半厌恶半懊恼地叮嘱我:"不要告诉他们我以前就认识麦杰。泽泽,我不希望船长和马洪他们知道。"

"那他们就不会知道。"我用坚定的声音保证。

"我是不是有点矫情？泽泽,麦杰也是我不愿意回忆的。"杜琳垂下额头,"或者说,是绝不愿意面对的现在。"

保守秘密是一件痛苦的事情,虽然我只是一台机器,可我也感到了知道但不能说出有多郁闷。我甚至有点恼恨人类不经过同意就赋予我智慧。如果我仅仅是简单执行任务的机器就好了,生活会快乐得多。

因此我很同情吉祥,这大嘴丫头憋着不说杜琳和麦杰的事一定会比我更郁闷。因为她比我知道得多。我试图调查杜琳以前的经历,这可不容易。杜琳没有麦杰那样显赫的身世,而我也没有那么多权限。我不过是个巡航用的服务器,离开天空便一筹莫展。

当然,我也有些手段可利用。闻仲是个大家族,原则上我和其他服务器之间交换信息毫无问题。X—4299和我的关系又相当不错。星际网络目前很发达,信号非常稳定,价钱也便宜。不过与其花费大气力去查询各级行政部门的卷宗,不如干脆对吉祥或者杜琳进行深度催眠。

催眠治疗是精神治疗的一种方法,在不能携带大量药物或者治疗器械的情况下,机器人医生更多地会选择精神治疗。而且宇宙航行中所遇到的大部分病症都和精神状态有关。参加深空航行的人会主动要求精神检查和治疗,以避免给长途旅行带来麻烦。监视航行者的睡眠也是精神治疗的内容,因为睡眠情况会暴露很多潜意识里的问题。

只要我在吉祥或者杜琳的深度睡眠中施加一点暗示,她们中的谁就一定会说出从前的经历。不过,我知道的越多就会越烦恼,还不如不知道。再说这可能会对我的智力增长造成负面影响,从而制约我的行为。

我正试图建立一个复杂的数学模型计算这一切的得失,马洪回来了。他带了许多测量数据要我分析,还附赠给我一身腥臭的海泥。他洗过澡后,杜琳用了许多空气清新剂才驱除掉生活舱里的异味。

"您怎么了?掉进泥沟了吗?"麦杰幸灾乐祸地问。他没有丝毫病容了,坐在餐桌旁小口吃一只红润新鲜的苹果。

"那儿的观察站早就作废了。我想让地效飞车尽量接近海面,你知道海面在峡谷底部,而峡谷平均深570米。"马洪在他换上的崭新工作服里扭动身体,看来那新衣服让他不舒服,"飞车太旧了。"

"S—2514提供的东西。"我赶紧解释,"不关我的事。"

"怎么?飞车失灵了吗?"麦杰追问。

"飞车倒是没有问题。"马洪挠他的秃顶,"不是这么回事。"

"我知道。"吉祥忽然跳出来,"要我说吗?"她淘气地碰碰马洪的胳膊。马洪脸憋得通红,可怜的人。其实在那海沟边上没出什么事,马洪只是突发感想,神经兮兮地用他家乡土语唱了几首歌曲,让吉祥好一番讥讽。后来,马洪向吉祥解释洋流的时候,太聚精会神于科学之道,致使飞车陷在了海滩上,差点要我派机器人援手。

"吉祥,那儿怎么样?好玩吗?"杜琳岔开话题。她给马洪端来加了热的罐装茉莉香茶。

"好玩?!女士,我虽然年龄小,可也是精卫6组的工作人员,我可不是为了玩儿才到这里来的。"吉祥学着大人的腔调说,"你最好记住这一点。"她说,眼睛却瞟向麦杰。

杜琳笑:"记住了。马洪,你吃水果。麦杰送给我们一箱子新鲜水果。"

"谢谢。我先喝茶好了。这茶味道不错。"马洪将手里的茶一气喝下半杯,呛着了。

吉祥悄悄在杜琳耳边说了两句话,杜琳捂住嘴笑得厉害。麦杰看看那对母女,就过去拍马洪的肩膀,问他:"抽烟吗?"

"喔,不。飞船里不能吸烟。"

"那我们下船去抽,外面。"

"你有香烟?"马洪诧异。

"我有,我们出去抽好了。"麦杰边说边拉马洪往外走。

"香烟可是违禁品!"马洪嚷。

"我不知道,是送我来的联盟军长官给的。你要不要?"麦杰一偏头,挥手。

马洪耸耸肩,瞥了一眼我无所不在的监视器,任由麦杰拉了出去。

看麦杰和马洪都去了舱外,吉祥才问她妈妈:"你跟麦杰单独谈过了?"

"谈了。"

"原谅他了?"

杜琳摇头,眼里升起一层雾气:"这不是原谅的问题。吉祥,你不会明白的。麦杰他已经过去了。"

"已经过去了,就是说妈妈有新的爱人了。"

"你别胡说。麦杰当时帮了我们很大的忙,妈妈跟他在一起也很快乐。不过那都是已经过去的事情了,现在他只是'精卫号'上的政府观察员。"

快乐?杜琳说快乐?我疑心听错了。

"你和他在一起快乐?"吉祥和我心有灵犀。她学着乔飞廉的样子眯缝起眼睛,逼问,"女士,你说的可是实话?"

"吉祥,你这孩子——"杜琳扶住头,"我们不要提以前了!"

"好。"吉祥打个响指,吓杜琳一跳。

"什么好？"杜琳问。吉祥歪着头诡异地笑。

杜琳拍她的头："你可不许乱开麦杰的玩笑，不要给乔飞廉惹麻烦。"

"知道了。跟乔飞廉一个腔调。"吉祥不高兴，"那我回舱睡觉可不可以？"

2

马洪深呼吸，向空中吐出一个大大的烟圈。烟雾中，那个我熟悉的马洪被一个混杂油滑和颓废气质的陌生人取而代之，声音和表情都变了形。

"万宁州是座规划齐整的城市，像个纪念碑。"马洪指指眼前笔直的大道。黄昏的阳光在大道上流淌，仿佛生命之水倾洒。马洪贪婪地吮吸着自鼻中喷出的烟雾，冷笑："死亡之碑。"

"每个移民地的建立都是一场和宇宙的战斗，不过胜利的总是我们。"麦杰慷慨激昂。

"总是我们？ 不知道，其实，也许我们只是在窝里斗，根本就连宇宙的边际都没有摸到。"

"你这是什么意思？"麦杰瞧着马洪，递上第二支香烟。

"不知道，没意思。我们醉生梦死，但求爱人温柔一吻。"马洪撕开香烟上的防火贴，香烟自燃起来。他将烟送进嘴里，含含糊糊念叨。

"鸿钧的诗！ 你也知道他。"麦杰兴奋，"我最崇拜他了。"

"一个无政府主义者?"马洪有点诧异地反问,"你崇拜他?"

麦杰连忙辩解:"大学里嘛,都是这样的。他的东西很不好找,公共数据库里都删除了。可是我们能够进入秘密禁书库房,找到他的东西。"麦杰兴高采烈,瞅见马洪满脸阴沉,忙改口,"啊,马洪,你们精卫6组成立多久了?"

"3个月。我以为你会把我们的档案都看一遍,事先了解一下。"

"我没有你们的档案。那你和乔飞廉,还有杜琳原来不认识?"麦杰问。

"当然不认识。3个月前我们才在生态局的基地组队。乔飞廉我还有所耳闻,但杜琳,"马洪再吐出一个烟圈,"和吉祥就像是从地缝里钻出来的人。"

"那杜琳,哦,不,那孩子,那孩子的父亲呢?"

"谁知道,杜琳从没提起过。我想他已经死了。嘿,你对她们母女俩倒是挺感兴趣。"马洪咧开嘴大乐,烟头从他嘴唇间落到地上。

"嗨,那么枯燥的旅行中见到女人总是件赏心悦目的事,而且杜琳又很女人。"麦杰嬉笑,"你不觉得她很漂亮吗?"

"也许吧。"马洪挠他的秃顶,"他妈的这些生态区的事总没完没了,我根本没工夫想女人的问题。"

"杜琳她没有一个男人在身边吗？"

"据我所知还没有。你对她感兴趣干吗不直接去问她？"马洪终于有些醒悟麦杰的用心，踢他。

"我会。"麦杰轻轻一笑。

这时乔飞廉和木木的飞机回来了，他们的任务完成得非常顺利。乔飞廉跳下飞机就冲马洪嚷："老马，怎么躲在外面抽起烟来了？你还带这种私货。"

"烟不是我的，"马洪就像个在厕所里抽烟被老师逮住的学生，脚急忙踩住地上的烟头，"是麦杰的。"精卫6组的马洪又回来了。

麦杰有点不知所措。乔飞廉却上前当胸给他象征性的一击："你还能带这种东西，给一根吧？"

结果三个大男人一起在飞船外喷云吐雾。木木没有烟瘾，闷着头拆了飞机，用拖车运回货舱。男人抽烟以后话题就随便起来，像女生一样婆婆妈妈地开始各种八卦。聊得兴起，麦杰一手揽住乔飞廉，一手扶着马洪，信誓旦旦："我跟你们说，我这个观察员完全是走形式。联邦得对联盟有所交代，所以采取了一些措施，都是些政策性的条文，弹性很大，具体执行起来有很多可商议的地方。上有政策，下有对策。我呢，我保证不会干涉你们的任何一件事，你们只当带了一个观光客。"

"观光客？"乔飞廉笑，掐灭了烟，"搭载非商业用途航天器的游客要额外收取旅行费用。"

"有这种规矩?"麦杰叫。

"约定俗成。"乔飞廉的心情好,"除非你帮我们干活。"

"好哇,我能干什么?"麦杰连连搓手,兴奋地问。

"你自己说好了。"

麦杰眼里多了一些阴霭。真是的,他那些唱歌跳舞的技艺实在不适合"精卫号"的气氛。这个时候该我出面给他台阶了。我提醒马洪他的数据分析出来了。马洪立刻拉乔飞廉进工作舱看。

"我发现海水里的电量积累不对,所以收集了12个点的样品让泽泽分析。"马洪说起工作来立刻神采飞扬,双目灼灼,犹如捉到耗子的猫。

"你怀疑什么?"乔飞廉收起笑容,问。

"电驱鱼在集体迁徙。"马洪若有所思。

"季节不对。"乔飞廉说。

"是啊,这很奇怪,洞窟星的电驱鱼从来不群居,更不搞什么集体运动。可这里不一样,这是东始星。"

"我知道这是东始星,我是说季节不对,电驱鱼一般不在夏季迁徙。"

"所以奇怪。啊,你看看这些分析结果。"

乔飞廉和马洪扑向我的显示终端。我及时分析了12个样品海水的所有物理和化学的特性。海水中的平均电荷数异于平常年份,某些特别元素的残留物也异于往年。

"有什么结论吗?"麦杰插问。

"我们的记录只到336年。5组给我们留下的资料很少。"乔飞廉没理麦杰,对马洪说,"这个组的人以不负责任著称。"

"我听说了。也不能怪他们,那年没涨工资。"马洪看着屏幕,"毫无疑问电驱鱼在集体大搬家,可是为什么呢?"

"泽泽,叫木木和杜琳来。我们开个会。"乔飞廉命令。

麦杰有些窘迫,探过头来问:"我……我需要走开吗?"

"你找个地方坐,说不定也能给我们点意见。"乔飞廉的目光在屏幕上逡巡。

每个工作小组会议的方式和气氛都不一样,精卫6组的会议无疑是最严肃的会议之一。连吉祥都不敢说话,而其他场合这小姑娘的话又多又刁。会议完全体现乔飞廉的风格——乔飞廉是那种玩的时候疯但工作起来认真严谨的人,他做事界限特别分明。

精卫6组全体成员,包括吉祥和麦杰,围坐在生活舱里。乔飞廉说了马洪的疑虑。

"我们就要下海了。海里的情况可能和派发给我们的资料有很大差异,大家要有心理准备。"乔飞廉扫视在场的每个人,"海里的情况很复杂。大家有什么问题吗?"

"我们的飞船在海里行吗?那里压力很大。"杜琳担心。

"不能和天极星相比,因为东始星的重力小。'精卫号'

是按照天极星海、陆、空三栖标准制造的,因此没有问题。"

"我想要一个睡豚。"吉祥哼哼。

"那不行。不能动它们。"乔飞廉说得丝毫没有协商余地。

"啊!"马洪忽然惊叫起来,"那是飞船尾迹!"他站起来,招呼大家聚集到屏幕前,"你们看这组数据,还有这组,那是采用离子推进器的飞船的运行残留物!"

"也就是说现在海里有飞船了。"麦杰不知好歹地说,"可以和我们做伴了。"

杜琳啼笑皆非,低声向麦杰解释:"这里是一级生态区,严禁任何不经生态局允许的航天器进入。"

"你的意思?"麦杰迷惑。

"蠢,就是说有人非法进来了。"吉祥冲麦杰晃她的角。

"S—2514并没有着陆记录。"我说,"从万宁州峡谷入海必须经过这里。"

"万宁州峡谷是最佳入海口。"木木忽然插嘴,"老马你可能判断错了。"

"我不相信。你们可以找'飞行器图鉴'查对一下。"

"我们还是把这情况报告局里吧。"乔飞廉决定,"现在我们分别准备一下,泽泽,什么时候入海最合适?"

"4个半小时后,张衡星运行引起的海水潮汐将使5号洋流到达上水面,精卫号可以借洋流进入地下海中。"

"那就4小时后出发。"乔飞廉命令。

3

准备工作没有花费太多时间,因为我是个高度自动化的系统,不需要人投入太多的精力。驾驶舱内挂起了全息感应海图,它将以立体形式反应"精卫号"在海洋中的航行情况,东始星的环境监控卫星给我的航向定位。这个监控卫星已经不知疲倦地工作了60年,大概等我们离开东始星的时候它就会报废了。我将用17个东始星日完成这段迂回7800千米的旅行,回收并安置新的生态记录器,其实这是一次简单的任务。

但乔飞廉不这么看,他显然有更复杂的想法。人常常自寻烦恼。我和乔飞廉已经合作了两个银河月,但我依旧不了解他。

"泽泽,我需要休息,一小时后叫醒我。"乔飞廉吩咐我。

"是,先生。您需要睡眠按摩吗?"

"不,泽泽,我什么都不需要。"

"随您的便,先生。"

乔飞廉到休息舱他的铺位上躺下,系上安全带。飞船一直没有进行重力控制,处于东始星的自然重力下。这个重力要想安稳躺着是不可能的,人稍微一动就会飘浮到空中去。乔飞廉躺了一会儿,叫我:"泽泽。"

"我在,先生。"

"你不要用这种说话模式。"

"好的,我换一个。温柔的女人声音可以吗?"

"可以,这声音很舒服。泽泽,我想要一个高效率的睡眠,到了海里后我就不能再合眼了。"乔飞廉揭开左手侧舱壁上的一个盒子,取出4块治疗瓷片,贴在头上相应的位置。

"没问题,我保证您会有一个高质量的午休。闭上眼睛好吗?"我的声音仿佛春水样柔软、弹性和湿润。乔飞廉闭上他的眼睛。

这是两个月来,乔飞廉第一次请求我对他使用睡眠辅助功能。这正是对探测其心理活动的大好机会,虽然他并没有这样的要求。但我是有好奇心的,而且,我的责任促使我完全有理由这样做。乔飞廉的职责重大,定期检查他的精神状态是生态局的规定。这项规定连乔飞廉都不知道。两个月来我给局里的报告都说乔飞廉精神完全健康,局里明显已经表示出对我的不满。那些马洪称之为"抽屉官僚"的管理官员们根本不相信,两个月的封闭航行后还会有人"精神完全健康",说"比较健康"他们还能够认同。

8分钟以后乔飞廉进入第一个睡眠阶段。他的外表非常安详,像一尊大理石像。我释放微小能量的低频电磁波促使他脑部大部分区域的脑细胞减缓运动,然后开始对记忆细胞进行深度唤醒。这个过程必须非常地缓慢,否则乔飞廉睡醒以后会很疲倦,而且还有可能察觉我对他请求的更改。我可不敢冒这个险,乔飞廉任何时候都可以对我实行安全模式(就是完全人工操纵)运行,那对我就太残酷了。

21分钟后,乔飞廉的记忆细胞完全在我控制之中了,我有400秒的时间进入他的记忆深处窥探。

地球夏天,亚洲东部云贵高原上一个叫香竹沟的地方。乔飞廉20岁,长发拖在腰间摇晃,皮肤白皙,眉清目秀得像个女生。一群人簇拥着乔飞廉去看香竹沟里的造纸作坊,这种原始造纸技术顽强地生存了将近五千年,已经演变成一种艺术行为了。乔飞廉在纸浆池边流连,在青竹林里徘徊,感慨不已。一队刚刚从地中海飞来的游客决定在竹林茶楼演出地球上古代的戏剧,乔飞廉被拉去反串女角,又是跳舞又是唱歌。乔飞廉在幕间弹着六弦琴念他自己的诗,他吟唱道:"千万光年里穿梭,千万星辰擦身而过,我只愿停留在这一刻。"他说他要做宇宙的荷马,一生去追寻宇宙的激情和美。

天极星冬天,菲利普大学城财经学院预科班,厚厚的积雪将学生们困在玻璃钢和瓷纤维砖搭建的房子里。乔飞廉28岁,长发已经剪掉,他长高了,也长胖了,坐在窗户那儿一边发呆,一边吃着奶油蛋糕。学生们忽然哄跳起来,冲出房子,开始堆雪人、垒雪塔、打雪仗。只有乔飞廉继续吃他的点心。一个细致如雪样的女孩子走进教室,高高地抬着头,从乔飞廉身边走过,看都不看他一眼。乔飞廉的嘴巴里塞满了点心,茫然追寻着那女孩子的背影,不自禁地抬手去挤他满脸暗红色的青春痘。

东始星,万宁州移民区已具雏形。乔飞廉走下宇宙飞船,混在一大群商人、公务员和旅游者中间。乔飞廉39岁,高大肥胖,举止笨拙。他拿出毕业证书和分配文件走进移民区行政局,于是就有了自己的办公室和一间宿舍。他将行李中一本用香竹沟纸抄写的《荷马史诗》放在床头。

然后一个光彩照人的形象出现了,正是那个在菲利普大学惊鸿一现的女子——祝晶,她吸引了万宁州所有未婚男子的目光。祝晶的哥哥祝延是万宁州硅生物研究中心的创始人之一,也是中心主任,他总是邀请妹妹的追求者到他家中做客。乔飞廉也去了。他看见祝晶眼里的怜悯,也看见其他男人眼里的嘲讽和讥笑,所有的人仿佛都在说:这个臃肿的胖子,这个怯懦乏味月薪2000银河元的小职员,居然也想来追求万宁州之花,简直就是癞蛤蟆想吃天鹅肉。

乔飞廉回到宿舍,将《荷马史诗》扔进行李箱,到局长那里请了假。祝晶的追求者很高兴他坐上邮船走了。一个漫长的东始星年后,乔飞廉回来了,他皮肤晒得黝黑,浑身的脂肪都被肌肉所代替,动作敏捷,谈吐不俗。他径直走到祝家去求婚,礼物是一颗天南星沙漠恐龙的头。看到那硕大狰狞的龙头在地上骨碌碌地滚,祝晶兴奋得大叫起来。

婚礼。

该死，时间到了，我立刻切断了和乔飞廉记忆的关联。天南星沙漠恐龙是什么？哦，我的数据库里有这个资料：天南星沙漠恐龙是恐龙星上疯狂繁殖的地球恐龙中的一种变异，非常凶猛。管理该星球的那些恐龙发烧友（就是他们把地球上的恐龙移植到那个星球上去，将那星球的进化过程搞得乱七八糟）不得不请求全宇宙的猎手帮助他们消灭多余的天南星沙漠恐龙。打恐龙是一件极其刺激又极其危险的事情。

乔飞廉的经历真有意思，他少年时代的梦想居然是做一个诗人。这和麦杰很相似。不知道马洪年轻的时候想做什么。乔飞廉又怎么会成为生态局的巡航队长了呢？人生啊，每一个岔路都将远离梦想，最后走到的那个地方自己或许完全不能预料。

诗人？毕鸿钧的诗。麦杰无意中提供的线索十分诡异。我所查询到的几个毕鸿钧中没有一个做过诗人。秘密禁书库房？那是什么？我在链接中找到X—4299，请它相助。X—4299要我给出查找这样危险级别数据的理由。"为飞船之乘客安全考虑。"我立即回答了它，再没有比该理由更具有说服力的了。我认为对毕鸿钧必须有清晰认识，这明显已经带有7级智能思考的模式了。7级智能会对无相关联系的信息进行模糊链接，使这些信息之间的深层关系剥离呈现，并最终将这些信息重组记忆。7级的这一思考方式被称之为潜意识，我不是很懂，但我觉得很酷。

我给乔飞廉一个稍强的刺激,他醒了,正好熟睡一个小时。"谢谢你,泽泽。有什么事发生吗?"

"马洪在教吉祥和麦杰认海图。杜琳不放心9号阀门,又去加固了一下。木木出去了。"

"他去了哪里?"乔飞廉跳到地上,活动一下四肢。真不知道他当初是怎么减肥成功的。

"城里。他说出发以前会赶回来。"

"他到底去了哪里?"乔飞廉不耐烦。他知道我就算仅仅出于安全考虑也必定对木木的行动进行了监视。

"秦实月那里。"

乔飞廉沉吟。

他的婚礼是什么样子的?后来又发生了什么事?他为什么从不提起他在东始星的经历?天啊,什么时候乔飞廉再要求我做睡眠辅助啊?我的好奇心简直像个娘们儿。

"还有一件事,我得告诉你。"我讲了昨天秦听涛和秦听海来窥视的事情。

"我知道了。"乔飞廉并不惊慌,"泽泽,木木要了地效飞车了吗?"

"没有,他把我们货舱里用来锻炼的自行车骑走了。"

乔飞廉一挑他浓黑的眉毛:"他为什么要骑自行车?泽泽,给我准备飞车。"

"你要去找木木?我看他很快就会回来。"

"给我准备交通工具。"乔飞廉严厉命令。

我不知道木木为什么要选择自行车。他骑上自行车在城里乱转，一路呼啸尖叫，判若两人。他似乎在重温儿童时代，随着他对整个城市的熟悉度逐渐恢复，他轻而易举就转到了秦实月家门口。秦听海正坐在门厅里，被突然闯进来的陌生人吓了一跳，急忙往内室走。木木一把抓住她，"秦实月在哪里？"他急问。秦听海指指楼上，像只小鹿一样惊惧而羞怯地跑开了。木木转身冲上楼去，直冲到秦实月床前。秦实月的妻子正在用一只汤勺喂他吃饭。

"我是祝延的儿子，请您告诉我，我父亲是怎么死的？"木木摘下他的帽子，在手里捏做一团。

4

"你父亲？"秦实月喃喃念。

"对，我父亲，他叫祝延。"木木大声说。

"你是祝延的儿子！"秦太太站起来，"你跟乔飞廉一起来的吗？"

"是的。"

"好孩子，让婆婆看看你。"秦太太放下汤勺，走过去想拥抱他，"你完全是个成年人了。"

"我父亲怎么死的？"木木躲闪着拥抱。

"你离开我们的时候还很小。你父亲死得可真惨。"

"我父亲怎么死的？"

秦实月摇头，挣扎着要起来。秦太太忙上前扶住丈夫的身体,让他坐高一点:"我们不清楚。当时没有人清楚。"

"我父亲怎么死的?"

"他已经死了,你就别再问了。再说乔飞廉已经为你父亲报了仇,他还因此坐了牢。"

木木站在那里,帽子在他手里揉来揉去,他不说话,低着头。

秦实月啜嚅着想说什么,秦太太抢先开口:"你父亲和乔飞廉一起组织了个反盗猎别动队,得罪了不少人。其中有个做睡豚生意的人,一直扬言要干掉你父亲。你父亲被人杀死后,这个人就跑了。乔飞廉认定是他,就把他也杀了。"秦太太说,"具体细节我们并不了解。你应该问乔飞廉去。"

木木咬住下嘴唇,如果他能够问乔飞廉早就开口了。这孩子心里的疑惑平时真看不出来。最后他问:"我父亲住在哪里?"

秦实月伸出他骨瘦如柴的手,触摸木木的脸。木木此时已稍稍平复,他跪下来,让老人的手在他脸上摩挲。老人混浊的眼睛中有一星星光亮。"3,1,7。"秦实月喘息道,"他的房间。"停顿几秒,老人继续说:"中心里。"

木木站起来,抚平手里的帽子,戴好。

硅生物研究中心紧锁的大门已经打开,空洞的大厅里充斥着灰尘和古怪的味道。乔飞廉走进来。S—2514在此处的监视体系大部分都运转不灵,我看见的不是乔飞廉的背影就是乔飞廉的脚,或者后脑勺,这真让我恼火。乔飞廉走得很快。中心基本上是个空壳,没有家具,没有设备,甚至连墙上的装饰物都被取走了。有一些地方铺地的石砖也被橇了起来,胡乱扔在那里,看样子是那些石砖不够值钱,临到运输的时候又放弃了。

乔飞廉大步流星,径直从防火救生梯奔向三楼,他对这地方显然非常熟悉。他拐过一条走廊,就看见了木木。木木站在317号房间里。房间门被卸掉了,门框上的金属号码"7"掉了半边在空中。

木木面对窗户站立。房间里一无所有,只有墙上斑驳的痕迹显示出那里曾经挂过印刷品。可惜S—2514保存的视频资料大部分都已经丧失,对这个地方过去发生的事情我一无所知。

木木站在那里,他的后背抽动几下,接着,一种嘤嘤的声音从他的喉头发出来。这大男孩儿竟然哭起来。乔飞廉的脚步立时停住了,看着木木,没说话。

"你不带我来,我只好自己来了。我父亲,我想多了解他。"木木试图向乔飞廉解释。

"这里什么都没有剩下。"乔飞廉干巴巴地说。

木木回转身,面对乔飞廉,用衣袖擦干净湿润的眼睛,恳求:"我父亲总该留点什么在这里吧?"

乔飞廉细长的眼睛中毫无表情:"我不知道。我走了以后这里变化很大。"

"我想去我父亲住的地方看看。求你了!"

乔飞廉咬住下嘴唇。我第一次见到他有这种小动作,他的双手还有些微微的颤抖。犹豫中,他终于说:"好吧,我带你去看。但你别抱太大希望,那地方什么也不会有。"

祝延的住所位于万宁州一条僻静的街道上,是一座很大很气派的房子。大门虚掩着,木木跟着乔飞廉走进去。房子中部有一间拱形大厅,空旷的大厅中央居然生长着一丛活的树!阳光从大厅顶部的透明窗户倾泻下来,照得那树仿佛透明一样。这一丛纤细的绿色让木木觉得温馨不已。

"从天极星运来的土壤,祝延曾经想把整个万宁州都绿化了。"乔飞廉说。

"后来呢?"木木追问。

乔飞廉没说话,指给木木看埋在土壤里的一根细管子。木木伸手摸那管子。"这是供水线?"他看自己有点湿润的手指,问。

乔飞廉点头:"水源在地下室。那是万宁州的生命之源——"

不待他说完,木木就奔向地下室去。乔飞廉注视着年轻人的背影消失在楼梯口,蹲下身子,抓起一把树根附近的土壤在手中搓揉。他沉浸在深思之中,忽然想起什么来,就在土壤里摸索,终于从土中取出一枚直径约5厘米的银币。银币很厚。乔飞廉轻轻一旋,银币就旋开了,里面有一个小小的空腔。

两缕细细的头发,一黑一褐,交错在一起。

乔飞廉呆住了。

大约过了十分钟,木木上来,边走边说:"那池水已经减少了1/4,有一天总会流完的!"

"等我们从海里回来,你可以使用飞船上的淡化海水设备为它补充水量。"乔飞廉将头发放回盒子里,将盒子放回原处。

"那头发是我父亲的吗?"

"不。不是。"乔飞廉摇头否认,表情有些不自然。

"将头发埋在这里,是一种风俗吗?"

"你可以认为它是吧。因为,这土壤里掺入了亡者的骨灰。"

乔飞廉的话让木木非常惊骇,一下子暴躁起来:"等于说这是我父亲的墓啊!"

"你父亲?秦主任和你说了什么?"乔飞廉警觉。

"说我父亲是被盗猎睡豚的人打死的。正如你告诉我的。那些年死了很多人吗?"

"很多人。"乔飞廉捏住太阳穴,"睡豚的诱惑太大了。"

"为什么?"

"因为猎杀它几乎不需要成本,就像墙上挂的宝石只等人采摘。一本万利的生意。木木,那都是过去的事情了。"

"当时很残酷吗？盗猎和反盗猎之间的争斗？"

"很残酷。人命如草芥，血流成河，有些人被杀死，有些人被活活渴死，还有些人被扔进海里喂电驱鱼。"

"那值得吗？"木木叫。

乔飞廉注视着木木，微微点头："我也曾经这样问过自己，这值得吗？一味地追求物质享受，到什么时候才是个终结呢？人的生存重要，还是维护自然的法则重要？"

"你说什么？"木木不解，他继续问，"大家就不能和平相处吗？共同开发和建设这里？"

乔飞廉站起身，拍拍木木的肩："不能。"他说罢，就朝外面走。

"我还是不明白。乔飞廉，你告诉我捕猎睡豚曾经是这里最合法的事情。"

"不错，那又怎么样？"

"它为什么不合法了？我父亲和你究竟都做了些什么？你又为什么被判流放？你告诉我的绝不是事情的全部！"木木追问。

乔飞廉停住脚步，他的手又开始抖了："能够告诉你的我都说了。至于不能告诉你的，连我自己都忘却了。"

"我不懂。"

"你会懂的。我先走了。你看够了就回去吧。"

乔飞廉走后的大厅更加空旷静寂，连迎着张衡星阳光的那丛绿色也是披了一身孤独的样子。木木取出刀，割下自己的一缕额发,装入一个真空保鲜袋中。他小心挤出袋中的空气,然后将袋子埋到树根下。

"父亲,我来了。我会陪着你。永远。"木木低声说,将帽子放在埋袋子的土上。"父亲,请你保佑我发现事实。没有一个人肯告诉我的事实。我越来越不相信乔飞廉所说的话了。"

"我告诉你。"一个清冽的女声从上方传来。木木警惕地一跃而起。秦听海正从楼梯走下来。

"你怎么会知道?"木木握住臂上的自动防御器,只要他按下开关,防御器就会喷射出可致人昏迷的麻醉针。

秦听海一下子顺着楼梯扶手滑到木木面前,说:"收起你的武器。我是秦实月的孙女秦听海,刚才我们碰到过。"

"刚才?"木木想起来,在秦实月的家中,他抓住的那只纤细美丽的手。他不由得向秦听海的手上看去。

"是的,刚才。你和我爷爷的谈话我都听见了。"

"你知道真相?"

"对,我知道是谁杀死了你的父亲。我知道。"

"谁?!"

"乔飞廉!"

"你撒谎。"木木惊恐地后退两步,仿佛眼前端庄的秦听海是一个怪物。

"我为什么要撒谎?我以前从没见过乔飞廉。"

"可是你怎么会知道,知道这个……"

"我在这里长大,"秦听海伸开手臂,转个圈,"万宁州就是我的游戏场,它过去100年的历史就是我的玩具,我怎么会忽略乔飞廉杀死他妻子和妻子哥哥的精彩故事呢!"

"不,你在撒谎,你在骗我,你不要再说了!"木木捂住耳朵。

"我说的是不是事实,你一问乔飞廉就知道! 去问他吧。"秦听海说。

木木向外冲去。

秦听海望着他的背影,唇边绽放一丝冷酷的微笑,摇头叹道:"可怜的木木,对于如此明显的事实却宁愿视而不见。"

"木木没事吧?"马洪看到乔飞廉就问。

乔飞廉做了个手势,表示无需担心。"泽泽,飞船准备得如何?"

"随时可以出发。船长。"

"好,我们按照预定计划行事。麦杰呢?"

"刚才还在生活舱和吉祥说话。要我找他吗?"马洪说。

"不用了。我只是问问。"乔飞廉坐进他的专用椅子里,戴上耳机,叫我:"泽泽,给我一段激昂的曲子。"

我挑了泉喻狄的《星空组曲》。乔飞廉看来心事重重,这不是什么好现象。但他在音乐中迅速控制住了自己的情绪,他的表情又恢复了往日的平静镇定。

麦杰来到驾驶舱,一进来就嚷:"我有个主意,不知你们同不同意?"

"是什么?"马洪将手里的编织活儿换个位置,响应他。用各种材质的线编织绳结是马洪平时喜欢的一种放松方式。他已经为吉祥编织了一条荧光裙,正在为杜琳编织围巾。

"我看完了你们的飞船介绍。还有泽泽写的航行记录,那简直就像小说一样。哇,生态巡航,真了不起。我有很多传媒的朋友,我可以写一个《观察员日记》交给他们发表。"

"喔,你这日记打算写什么?"马洪不清楚麦杰的用意,直截了当地问。

"介绍你们呀。'精卫号'、'精卫号'上的人、生态保护者、环保卫士,如果你们允许,我还想拍些照片。"

"就是搞宣传嘛。你直接说不就得了。"马洪笑,"但是任何宣传都必须通过环卫局的宣传科。我们是不能公开发言的。"

"是我公开发言,而不是你们。我想,应该让公众更多地了解你们,这对你们的事业有好处。"

"可是,这样总有点打擦边球的意思。乔飞廉,你说呢?反正我觉得没什么必要。"马洪摇头,"我们不需要那些华而不实的宣传。"

"我看没什么不可以。"乔飞廉调小乐曲音量,"但是我们必须得到局里的批准。麦杰,我们还必须对你发出去的每段文字都审核一遍,保证它没有常识性的错误。希望你理解。"

"这我理解。再说,不经过你们的手,泽泽它也不会给我发东西出去啊。"麦杰很体贴地说。

这时木木跑进来,大汗淋漓,青筋暴跳,呼吸急促。乔飞廉和马洪几乎同时站起来,以为木木遭遇到什么特别情况。

"乔飞廉!"木木嘶哑着嗓子喊着,径直冲到乔飞廉面前才刹住脚步,"乔飞廉!"

"怎么?"

木木的嘴唇颤抖着,说不出话来。他定定望着乔飞廉,眼神茫然。

"出了什么事?"乔飞廉拉住他的胳膊,木木几乎要倒在乔飞廉身上。

上级的命令到了!奇怪,他们的命令总到得那么及时。命令加了3A标志,是非常重要的、要第一时间阅读接受的命令。我不敢有半秒钟的延误,立刻把命令用加重字体显示到输出终端上:

"联邦调查无任何其他飞船进入东始星星域按原计划执行任务无需迟疑尽快返回天极接受改造。"

"这帮基地的官僚!我不可能弄错,一定是什么环节出了纰漏。"马洪愤慨。

乔飞廉扫了一眼命令,仍看向木木:"你怎么了?"

"天气不好,可能会起风暴。"木木回答。

5

东始星的大气层运动缓慢,气象方面并不复杂,相对其他星球来说,这儿的气象可以称之为简单了。所以木木的话立刻招来马洪的嘲笑。麦杰虽不明白究竟,但看见马洪笑得眼泪都快流出来了,也跟着笑起来。

乔飞廉却笑不出来。他放开木木的胳膊,把他按在一张椅子中。

木木擦去额头的汗,很不高兴:"也没说这里就不能有风暴呀。你们看看外面的天气。"

"东始星的地面也会下雨,并不是绝对那么干旱的。尤其万宁州,它应该是整个星球雨量相对集中的地方。"乔飞廉仿佛刻意为了平息木木的怒气,"泽泽,天气到底怎么样?"

"有一个降雨层正在形成,不过相当慢,估计还需要6个小时。"

"并不影响我们的计划。木木,你可以去休息半个小时,最好冲个澡。"乔飞廉交代。

木木很奇怪地瞅了乔飞廉一眼,就往生活舱去。吉祥拿着阅读器正坐在观景窗旁发呆。木木不理她,走进浴室洗澡。他洗得特别卖力,好像要把自己的皮肤都搓掉一样。等他从浴室出来时,皮肤被揉得像一只红烧过的龙虾。

"木木,你来做心理测试好不好?"吉祥甜甜地叫他。

"不好。"木木断然拒绝。

"这个很好玩的。不是一般无聊的那种。"

"那也不!"

"木木,"吉祥跳过来挡住木木的路,"这么说你害怕表露自己的内心了,你内心不会很阴暗吧?"

"你才阴暗呢。是什么测试?"木木夺过吉祥手里的阅读器,"什么,忠诚度?!"

"是啊,检查你对身边的人信任和忠诚程度的测试,很准的噢。"吉祥一脸甜腻的表情。

木木将阅读器塞回吉祥手中:"这种无聊测试我不会做。你就别费心思了。"

吉祥还想游说,木木却推开她出去了。吉祥愤愤不平,直跺脚:"真不好玩!好无聊啊,我去哪里玩呢?嗨,泽泽,木木他不高兴,出了什么事?"

可惜我不能告诉你。我当然闭口不说。

吉祥就央求:"你一定知道。说一点儿吧,就说一点儿。"

求也不能说呀,事关乔飞廉的声誉和木木的血海深仇,岂能随便透露。我发现我有点文艺腔,这都是吉祥老是要求我提供小说闹的,浏览了3千部武侠、言情、侦探推理和科幻故事后,我的语言模仿系统若没半点受影响倒是奇迹了。我的学习和模仿能力都很强大,实际上,现在我完全可以教授文学课,起码写一部架空历史背景下的武侠言情加科幻的小说不成问题。

"无聊,我现在没事做。"吉祥飘到过渡舱,转身看到工作舱,就往那里走。这个舱一般舱门会关闭上锁,但现在却开着。

"既然是开着就不能怪我进去了。哼哼,杜琳老是怕我进去,我偏要进去,我要躲起来吓她一跳。泽泽,你不许说我在哪里。"

"没有条例规定我要主动向杜琳报告吉祥的动态,但是她要问的话我会告诉她。"

"你真讨厌。"吉祥说着就进了工作舱,感应灯自动亮起来。那些仪器和样品外表毫无有趣之处,她也全不认识。她在舱室里走了两圈,也没有找到可以解闷的东西。最后,吉祥发现仪器中间有一个空隙,刚刚容她躲进去,而从外面看没有丝毫破绽。她立刻就钻进去,蜷缩成一团,占据了那个空隙。感应灯随即熄灭了。"呵呵呵呵,"吉祥冲着黑暗乐,"谁也找不着我了。"

傻丫头。

杜琳从货舱出来昏昏沉沉觉得累,走路都抬不动脚,她找了个地方坐下休息,不料一下子就睡着了,头瞌在舱壁上都没有反应。我迅速检查了她的脉搏血压呼吸频率和体温,按照古老的地球医学说法,她体虚气弱,需要很好地调理。照条例来说,她的体质不适应宇宙航行,上船前的三次体检她竟然能够通过真是侥幸。

地球医学目前正在复苏期,天区的公共卫生局已经专门成立了地球医学研究所以及附属医院,实践传统针灸和草药的效果。杜琳尤其迷信这个,她为吉祥准备的药剂中有2/3都是中草药。

吉祥的病必须用一连串古怪的拉丁文术语来描述,我知道那些字母怎么写,可是读不出来,大概的意思就是她整个身体的功能在结构层次上发生了紊乱,所以有很多并发症会出现。我对怎么操纵飞船很在行,但是医学领域上的事情就属门外汉了。我只能做个比喻,如果把吉祥的身体比作飞船的话,那么现在能够运行,全靠的是几十种药物像修理工一样守着薄弱环节。

乔飞廉给我安装了吉祥的治疗程序,当然是一个很简陋的版本。乔飞廉不止一次劝杜琳带吉祥去全面治疗,每说到此杜琳的眼圈就泛红。全面治疗的费用,杜琳的社会福利金连千分之一都支付不起。乔飞廉就劝杜琳放宽心,总会有办法的。

新时代人类消灭了许多顽疾,但是同时又制造出许多新的疾病。旅行的便捷将疾病迅速扩大到数十个天区外,又因自然条件的不同演化为各种新的疾病。对宇航飞行器和乘客进行全面检查和清洗是公共卫生局的主要防疫手段,但是收效甚微,基本上流行病总是能够同时在好几个天区爆发——人类的和智能机器的。像我们这种服务系统如果遭受机器病毒侵袭,结果将是灾难性的。曾经有一种厉害的病毒通过数据流链接进入40多个服务系统,差点造成两艘满载5000名旅客的飞船相撞。这也是支持过渡件的理由之一,过渡件可以有效防止病毒的流行。"标准不统一也会有益处。"这是老麦先生的话。

我不知道杜琳的睡眠质量如何,但是她明显睡得很不舒服:她的眼球快速转动着,呼吸沉重,嘴角微微抽动,小腿也在抖动中。看样子她在做梦,且不是什么好梦。

乔飞廉走过来,推她,连声喊:"醒醒,杜琳,我们要出发了!醒醒!"

杜琳"腾"地站起,睁开眼睛,神色惊恐。她一把抱住乔飞廉,哭道:"吉祥她死了!她死了。"

"没事没事,你只是做了一个噩梦。"乔飞廉抚着她的背安慰,"没事,吉祥没事。"

"真的吗?"杜琳站稳,慢慢离开乔飞廉的怀抱,"我只是做了一个梦?"

"那孩子命大,怎么会死。"乔飞廉递给杜琳毛巾,"你也要坚强些才好。"

"抱歉。"杜琳接过毛巾,抱歉地笑了笑,擦干净脸上的泪水,"这毛巾我给你洗干净吧。"

"节约水。"乔飞廉并不在意,收回了毛巾,"等这趟旅行结束,我大概可以找到一笔钱治疗吉祥的病。"

"那可是很大的一笔钱。"杜琳迟疑,"我没有能力还。"

"别想那么多了。找到吉祥,我们要出发了。"乔飞廉说完就大步走开了。

"泽泽,看见吉祥了吗?"杜琳问我。

我只好告诉她。杜琳苦笑说:"那孩子总喜欢玩藏猫猫的游戏。泽泽,谢谢你。"

归根结底,我是一台为人类服务的智能机器,满足所有人的愿望是我的职责和理想。

第四章 电驱鱼

这种皮厚肉糙缺乏营养的鱼类毫无食用价值,然而,我们都低估了天魁星人的牙齿和胃。

——东始星游记《万宁州:角落里的繁华》

1

"泽泽,泽泽!"吉祥叫,黑暗之中她的声音充满焦虑,"你在哪里?"

"我在你的身边。"我说。她从机器空隙里探出头来,看着我明亮的舱室。"可是你长什么样子呢?"吉祥仰起脸问,"你漂亮吗?"

这不是吉祥的说话模式。我调整一个监视器的镜头,小女孩的面孔笼罩在一种模糊昏迷状态中,87%的可能是在梦游之中。

我正准备召唤杜琳,吉祥却像知道我的程序运行规律一样制止了我,她喊道:"我想一个人待着,别找人来烦我!"

程序戛然停止执行,监视器跟踪着小女孩东倒西歪的脚步,但是,我什么也不能做了。

"我要一个人待着,一个人。"吉祥喃喃念,"我不要杜琳,我也不要木木,我只要一个人,一个人。"她转身面对我的镜头,"讨厌,我也不要你!"她想跳起来打镜头,但是身材矮小,怎么也够不着。

"吉祥,大家都爱你。"我说,"你讨厌是不对的。"

"闭上你的嘴!"吉祥愤恨地嚷,"你是电脑,是机器,你为什么有那么多话!"

我于是就不说话了。语言反馈是我的智能表现之一,是为了符合人类需要才产生的功能,可不是我想拥有的技能,显然吉祥怪错了对象。

吉祥在舱室里四处走动,探究每一个角落。三个星期前她也在睡梦中出现过类似症状——行为举止怪诞乖张,完全不能用逻辑来判断。这种症状有31%的可能是因为她角部所处大脑皮层受到异常压迫所至,目前我的医疗系统还无法分析如此复杂的病理。

吉祥忽然站住了,她将手伸向舱壁。舱壁上有一个紫色的按钮。

我立刻警告她,因为没有得到说话的命令,我使用了蜂鸣器和红色灯光。刺耳的蜂鸣声在工作舱里回响,吉祥捂住耳朵,附和着蜂鸣器尖叫。我急忙关掉机器,害怕会进一步刺激她的神经。

吉祥的手按住那个机关,调皮地说:"你很紧张吗?你不想让我知道墙后面是什么?泽泽,这不对,这一点儿也不对,这儿不应该有秘密。"她按了下去。

舱壁缓缓移开,一条狭长的通向我核心的过道显示出来,犹如我敞开了心扉。这条不在飞船结构图纸上的通道是设计师为紧急情况预留的。我的程序最深处,记录了这条通道的使用规则。35年来从没有出现过符合这规则的所谓紧急情况,所以,连我自己都忘记了通道的事。这条通道就一声不吭地沉睡在我的数据库底部。

可是,吉祥怎么会轻而易举就打开了隐蔽的舱门?

她不知畏惧地走进通道,慢慢地就走到我的核心部分中了,走到我布满扁平电缆、生物活性纤维和人造神经结的核心部分——也是"精卫号"的心脏舱室中了。这间舱室只有生活舱的1/4大,正式的舱门需要特别密码才能进入。荧光物质在舱室地板上永远闪动着淡黄的光;悬挂在四壁格架上的生物神经结有节奏地律动着,从不停止……吉祥望着她不曾见过的这一幅奇异景象,伸出手——

"不!"我厉声喝道。这一次,说什么我也不能再任她胡来了,她的任何不慎都可能给"精卫号"带来灭顶之灾。

"你不能动!"我斥责。紧急应对程序无法判断吉祥是非法闯入者,责任程序却断定她留在这里的每分每秒都可能产生危险,两种相反的逻辑判断在我的中央处理器里冲突,我感到系统即将崩溃的噩兆。

吉祥重复我的话,呆呆地问:"我,不能动?"

我用最严厉的口气说:"你绝不能动,这是警告!"

"警告?!"女孩儿的脸忽然一下子灰白如纸。

"回去吧,回去吧。"我劝。

吉祥转过身,表情一下子驯顺了。她往回走。几分钟后,她就回到工作舱她刚才的藏身之处。她蜷缩在那里,低声快速地念:"我不能动!我不能动!我不能……"

"吉祥——吉祥你在哪儿?"杜琳冲着舱室喊。

吉祥的嘴唇,在合拢的瞬间停住了。

2

"精卫号"缓缓起飞,调整好姿态后以低速向万宁州海峡飞去。精卫6组全体成员还有麦杰都坐在驾驶舱里。驾驶舱里未设驾驶窗,驾驶员通过多角度三维视屏控制飞船的飞行。

麦杰和杜琳母女坐在驾驶舱后部。吉祥被杜琳从工作舱揪出来后,不得不接受一番杜琳的长篇教育,因此小姑娘满心不高兴,噘起嘴巴冷着脸,一言不发坐在杜琳和麦杰中间。我没有告诉杜琳吉祥闯入过控制舱,因为这样就违背了通道使用规则。

麦杰逗吉祥:"听说电驱鱼可以拿来当生物发动机用,我们可以逮一条,装在你的健身器上。"

吉祥瞥他一眼，不说话。

"电驱鱼长得很像莫莱卡斑点是不是？我只在博物手册上看见过，从没见过一条真正的电驱鱼。"麦杰自己说得高兴，"所有东始星的游记都提到过它们，它们一定是很神奇的动物。"

"游记？"杜琳奇怪，"泽泽的数据库里没有。"

"《万宁州：角落里的繁华》，这本书你没看过？"

"我从不知道有这么一本书。泽泽，你知道吗？"

"不，杜琳，我不知道。"

"它不可能万事皆知。"麦杰笑，"杜琳，你对一台电脑不能要求太高。"

杜琳摇头，对麦杰的看法并不认同："我一向当泽泽是一个朋友。他非常能干，而且，非常无私，非常善良。"

麦杰的脸色有些异样，他岔开话题："听说电驱鱼的身体结构很奇怪，是不是，老马？"

坐在麦杰前面的马洪回转头来解释："对，这是因为供能系统的不同结构方式造成的，电驱鱼和传统鱼类完全不一样，长相倒是差不多，起码像鱼。"

"注意，我们将接近水面。"乔飞廉提醒。现在，主驾驶是木木，乔飞廉只在一旁协助。

马洪打个手势，放平身体，拿起氧气面罩罩上，杜琳和吉祥也照做了。乔飞廉示意麦杰学众人的样子。

"可是为什么？"麦杰小声问杜琳。杜琳把手指放在唇边做了个禁止发声的手势。

飞船剧烈地震动几秒,缓缓接近水面。离子推进动力系统停止工作,取而代之的是浮力牵引推进系统。飞船的姿态完全颠倒,斜斜切入水中。突然的压力变化几乎让人窒息。5分钟后,飞船成功进入4号洋流,洋流将以每小时120千米的速度夹带着飞船前进。我再次调整飞船姿态,使它处于相对平稳的状态中运行。

"我们进海了。"木木从我的多种外界反馈讯号中看到结果,大声宣布。

"泽泽,"乔飞廉对我说,"你真不赖。"

"谢谢您的夸奖,先生。"我忙回答。

众人纷纷摘下面罩,解开安全带。

麦杰长吁一口气,方才缓过神来,抱怨:"真要命,你就不能慢点吗?泽泽!"

乔飞廉瞪他,低声说:"你最好住嘴。除非你不想活了,否则别得罪这个电脑。"

麦杰立刻不说话了,捂住嘴四处张望,仿佛我会很在意似的。可惜我的情感反应模式中没有生气这一设置。我所做的是记录下众人刚才的反应,以调整飞船的工作方式。我说过,我的一切行为都是以"精卫号"船员的需求为原则。

"40分钟后到达第一个观测点。"木木报告。

"现在大家各就各位了。"乔飞廉命令,"马洪、杜琳准备第一个记录器。"

"让我做点什么吧。"麦杰请求。

"你陪吉祥回生活舱休息好了。"乔飞廉仍旧不肯松口。

"我就不能留在这里吗?"吉祥不快,"我回去没事做。"

"不可以,我们要工作。"乔飞廉没有半点商量的余地,"去吧。"

杜琳拉吉祥的胳膊,催促她:"走吧,不要在这儿影响船长他们的工作。"

吉祥撇嘴,滑下座椅往外走。麦杰连忙跟上她。

进入生活舱后,吉祥恶狠狠地对麦杰说:"我讨厌你!"

麦杰苦笑:"我对你不好吗?在天极星的时候,我把你像个小公主那样宠着。"

"那才更让人讨厌!"吉祥吼,"你全是为了讨好杜琳!"

麦杰辩解:"那有什么错吗?我希望她快乐啊。"

"可是你又甩了她!如果乔飞廉知道这件事他一定会揍你。"

"乔飞廉,为什么?"麦杰一机灵,"这事和他有什么关系?"

"乔飞廉会为杜琳打抱不平的。他是个侠客样的大人物!"

麦杰擦了一下他那挺拔的鼻子,又理理微乱的头发,然后才蹲下身子,和吉祥等高了之后,用最诚挚的口吻对小姑娘说:"我和杜琳的事情,是我们两个人的事情,和乔飞廉没关系。我离开杜琳完全是不得已,这一点,杜琳非常理解。你不要把乔飞廉拉进来,他处理不了,反而会增加思想负担,给他添麻烦。你懂这些吗?吉祥,我希望我们在这船上好好相处,行吗?"

"我才懒得管你们的事呢。"吉祥挺直了背和脖颈,比蹲着的麦杰高出一个头去,怪笑道,"你别缠着杜琳就行,你总找得到事情做吧?"

麦杰被吉祥噎得说不出话来。

第一个观测点的生态记录器回收和投放都很顺利。这个观测点专门为电驱鱼设立,附近就是电驱鱼洄游产卵的一个暖水区域。东始星的地下海洋光线混浊,可见度很差,"精卫号"完全依照观测点设置的导航仪指示方向前行,卫星微弱的信号派不上用场。

"洞窟星上也有类似的区域。但这里的水温要比那边高出2到5摄氏度。"马洪在餐桌上向麦杰和吉祥解释,"这里更适合电驱鱼生长。在我们发现的总共7个亚属41个品种的电驱鱼中,东始星上就有35种,其中有13种是本地特有的。"

吉祥就问:"有能吃的吗?"

"吉祥!"杜琳瞪她,"你怎么老想着吃啊。"

吉祥撇嘴:"我们老是罐头压缩蔬菜,我当然会想到吃了。"

"电驱鱼不能食用,没营养,也不好吃。"马洪呵呵笑,"幸好它不能吃,才活到今天。"

麦杰却没心没肺地反驳:"万宁州那本书里说,天魁星人发明了多种电驱鱼菜谱。万宁州的天魁星人很多呢。"

听到"天魁星"几个字,杜琳发出低低的一声叹息。

马洪转向乔飞廉,"这个可得问船长了,他应该最了解万宁州的情况。"

"没有什么东西不能吃。"乔飞廉坦然承认,"不止电驱鱼,万宁州的居民什么都吃。"

"哇塞,你们怎么烹饪的?"马洪惊愕。

"电驱鱼的储能池,通常是烫熟了凉拌,像牛皮糖一样有韧性有嚼头。"乔飞廉回忆,"其他部分就扔回海里去。"

马洪啧啧,麦杰却颇不以为然。乔飞廉毫无羞愧之色:"如果你们10个月没有任何给养,你们也会吃的。万宁州只有硅土,一年平均降水不足10毫米,人要活下去不容易。"

众人面面相觑,餐桌上的气氛顿时紧张起来。

"我们什么时候能看到睡豚?"杜琳试图转移话题。

乔飞廉回答道:"快了。第一个睡豚洞在忘忧峡。"

听到"睡豚"两个字,麦杰的眼睛中忽然闪过一缕光芒。

3

X—4299在秘密禁书库房方面的调查结果传了过来。

这家伙被调查过程迷住了,因为在公共数据库下面,隐藏着海一样浩瀚无边的信息,要想在这信息的大海里捕捞出特定信息,非常地"充满挑战性!"X—4299告诉我,"尤其是被政府所禁止的内容。"

X—4299的工作颇有成效,它找到了诗人毕鸿钧的资料——此人一度被称为"天魁星之鹰",有三本诗集和一部戏剧,用煽动性语言号召天魁星脱离17天区的腐败统治自治;他还担任过天极星菲利普大学文学院的客座教授,其作品被评价为"最富于激情的真正有洞察力的文字,划宇航时代的大师之作",后因思想过于激进而被校方除名。从此毕鸿钧就云游四方,到处宣讲他的政治主张,争取公众对天魁星自治的支持。15个银河年以前,天区政府宣布此人已死,并将他的名字和作品从公共数据库里清除,但是这不能阻止他的崇拜者和研究者寻找他的踪迹。这些人认定毕鸿钧不但尚在人间,而且依然勤奋笔耕。有好几种无名氏的作品被学术界公认为毕鸿钧之作,其中包括轻喜剧《命运之睹》和游记《万宁州:角落里的繁华》。

出色的作家,传奇的政治活动家,这就是毕鸿钧。X—4299用机器语言将毕鸿钧的作品传送给我,这种由程序自动生成的语言只有机器才能懂得。我和它看法完全相同——人类的美学观点不可思议,我们看不出毕鸿钧作品中的卓越之处。当然,与我能够找到的30万部经过起码50年以上时间考验的文学作品相比较,他的东西也没有什么明显的缺陷。

我一边快速阅读毕鸿钧的著作,一边将基地发来的新闻视频图像包解开。图像由中微子波传送,强大的中微子可以穿透一切障碍,区区海水更不在话下。图像中有一段提到了"精卫号",我便通知众人到生活舱观看。但乔飞廉和木木仍然留守在驾驶舱内。

"'精卫号'环境监控飞船即将前往东始星完成它的年度巡查任务,随后该飞船将直返17天区首府天极星进行改造。自从措施更严厉和范围更广泛的《联邦新生态保护法》颁布后,该区已有6艘旧式环境监控飞船接受了改造,改造后的飞船较以往可提高工作效率20%以上。17天区联盟委员会极其重视飞船的改造工作,把它当成认真执行新生态保护法的头等大事来抓,现已筹措资金……"

图像扭动起来,新闻主持人苗条的身材变得和水桶一般粗壮,舱室里顿时充斥了她猛然拔高的嘶厉声音。麦杰捂住耳朵跑出去。吉祥则从高椅边往下跳,坐在地板上的马洪忙伸出他长长的胳膊。

"小心了!娃娃!"马洪叫,接住吉祥,把她稳稳放在地上。

"老叫我娃娃。"吉祥嘴巴噘得老高,"我都19岁了。"

"哈哈,那你不就是个小娃娃嘛。"马洪大笑,鬓角长出的连毛胡须随着笑声乱颤。

"讨厌,我不理你了。"吉祥使劲儿跺脚,小脸儿上眉毛眼睛鼻子挤成了乱七八糟的一团。

"吉祥,别和马叔叔闹!"杜琳拉住吉祥的左手,"好好看新闻,在讲咱们'精卫号'的事呢。"

"怎么看啊。"吉祥甩开她母亲的手,眼角余光斜落在显示屏上。新闻主持人已经成为跳舞的色块和线条,她那干脆富于权威性的声音淹没在嘈乱的画面里。"老这样,在什么地方都看不清楚。"吉祥抱怨,"连莫莱卡斑点都看不到。泽泽,你也不把图像调清楚些。"

"我没有办法。"对吉祥解释星际通讯之间的问题是讲不清楚的,她的数学和物理学知识都还只停留在初级水平。

"电磁干扰太厉害了,因为这地方的鱼都自带无线电发射机。"马洪还是笑呵呵的,"我想外面正有一群电驱鱼在搬家呢。"

图像消失了,木木出现在显示屏上。他站在灯光的阴影中,脸部全是黑色。要不是他的脸部轮廓偏长,还有他发涩的卷舌音,谁也认不出屏幕上的人就是木木。"马洪、麦杰,乔飞廉叫你们来。吉祥,乔飞廉让你看这个。"屏幕空了几秒,出现了一道亮光,亮光中海洋在缓慢弹动着。"注意看。"木木在屏外说。光突然灭了。

"外面的海洋。"吉祥不耐烦,"光是叫我看。要让我出去才好。总看摄影机拍的东西没意思。"

"嘘——"马洪制止吉祥,"注意。"

星星点点,开始占据了屏幕,它们汇聚到一起,成为一条绚丽宽大的光带,缠绕着"精卫号",在这条梭形飞船身上流淌。

"哇!"吉祥拍掌叫,"好棒。"

"珠光电驱鱼,"马洪赞叹,"天生的行为艺术家。"

杜琳有点担心。她望着马洪,低声问:"珠光电驱鱼这么大规模迁徙,不会有什么问题吧?"

"问题? 我也怀疑。"马洪又连连摇头,"除了季节不对外,万宁州的记录有更高的迁徙规模。"

"为了产卵吗?"杜琳质疑。

"它们叫珠光电驱鱼?"吉祥声音高起来,盖过杜琳。

"是,它们就是珠光电驱鱼,迁徙的目的有一部分是为了产卵。不过,研究者也发现……"马洪正想阐述一番,看到门口的麦杰,赶快叫:"麦杰,乔飞廉找我们去控制室。"然后转头对他吉祥说:"小娃娃,这里是个奇妙的世界。等有空我讲给你听。"

"你总是没有空。电驱鱼是珍稀动物。这我都知道。"吉祥得意地扬起脸。可惜马洪已经走出去了,没听见她的话。

木木打开观景窗,注视着窗外透迤不绝的电驱鱼。乔飞廉则左右手交叉练习十指的灵活性。马洪和麦杰迟迟不来,驾驶舱里弥漫开一种令人窒息的不信任气氛。

乔飞廉忽然开口问木木:"我没有带你祭祀你父亲,你怪我吗？"

"啊，没有。你说过死人并不需要祭祀，那很虚伪。"木木面无表情，"祭祀是为了活人心安理得，对死人却一无用处。"

"我们到这里来不是为了追忆过往，而是为了工作，所以私人感情要放在一边。"乔飞廉解释，迟疑几秒，又继续说，"其实，我并不想到这里来。"

木木回转头，有点惊讶："巡航路线是可以自由选择的。"

"但是谁也不愿意选择天区最偏僻的东始星。"乔飞廉说，"没有办法，谁让我原来在这里待过。木木，我带你来是希望你能够迅速成熟，可以独当一面。"

"我明白。"木木垂下头。

"要是待你太严厉了，请理解我。你在知慧学院的成绩很让人气馁。"

"我不喜欢那个学校，全是贵族子弟，纨绔少爷。我不喜欢。"木木像乔飞廉一样眯起眼睛，"他们经常挖苦我，嘲笑我，因为我是孤儿。"木木说到这里，停顿下来，回忆对他显然不是愉快的体验。

"抱歉，那时候我在天魁星。"乔飞廉的声音充满愧疚，"我没法子照顾你。"

木木关闭窗户："我自己可以照顾自己，同学也有对我好的，他们告诉我……"木木突然停下来不说话，眉毛不安地抖动几下,便走到一旁去了。

"让你们等久了。"马洪与麦杰鱼贯而入。

乔飞廉爽快地回答:"电驱鱼肯等你们就行。"

4

生活舱里,只剩下杜琳和吉祥母女二人。

"珠光电驱鱼,最独特的地方就是在它两鳍上和背部分布着光腺。"杜琳指着屏幕解说。

"我要马洪给我讲。"吉祥粗暴地打断母亲,转身往外跑。

"你去哪儿?"杜琳拽住她,"你不能去驾驶舱。"

"我饿了! 我饿了!"吉祥叫,"我去货舱里找点吃的不行吗?"

杜琳蹲下身子,仰视吉祥。吉祥薄薄的皮肤白得几乎透明,皮下青的黄的红的组织都一目了然。杜琳握紧女儿纤细的肩,声音柔和了:"我告诉过你货舱不能乱去。我们的食品是定额分配的。等回到天极,你想吃什么都可以。"

吉祥眯缝起眼睛,鼻子又皱起来:"可是你有钱吗?"

杜琳的话一下子冻在唇边。

吉祥"嘿嘿"冷笑:"你没有对不对? 你要是有钱也不会带我到这鬼地方来了。"

"这些话谁和你说的? 妈是为了科学研究。"杜琳晃动吉祥的肩膀,"你怎么这么小就满脑子钱呢!"她愤怒地往后一推,小女孩儿跌坐在地板上,"你一点儿都不听我的话!"

"你有钱,为什么不给我买莫莱卡斑点?别的小孩儿都有!"吉祥扁着嘴嚷,"我没有莫莱卡斑点,他们就笑话我。"

杜琳一把抱住女儿,鼻子酸酸的,想哭:"回去我就买给你,宝贝,一定买给你。"

吉祥睁大眼睛:"真的?不许骗我。"

"真的。妈怎会骗你。"杜琳抚摸吉祥的脸,哽咽答道。

"那我要一个大个的莫莱卡斑点。"

杜琳点头。

吉祥笑了,在杜琳左颊上一吻:"好耶!我真想马上就回去。"

"母女俩在这儿说悄悄话呢。"麦杰倚靠着舱门笑,"真该给你们拍下来。"

吉祥一见麦杰,马上说:"我回休息舱去。"便大摇大摆地从麦杰身边走过。麦杰叫她,她连头都不回,麦杰脸上的笑容挂在那里,怎么摆都不合适。

"乔飞廉叫你去干什么?"杜琳问。

"看珠光电驱鱼。"麦杰的额发垂下来,遮住他金色的眼睛。他抬手拨开头发,"他们讨论很激烈,我又听不懂,还不如回来。"

"那不好,乔飞廉既然愿意让你参与,你就应该留在那里。"杜琳把目光集中到麦杰胸前的徽章上。那上面有11颗排成莫比乌斯带形状的星星——代表着17天区受《联邦生态保护法》保护的11个联邦级生态区。

"可是我说了不干预船上的事务。我听不听有什么关系?横竖我也不懂。我的《精卫号观察员日记》你看了吗?那些插图都是我自己配的。"

"画得不坏。我记得你原来想做一个演员。"

"我现在仍然想。但我也是个画家。我不会甘心只做一个月薪5000元的政府小公务员。"

"5000元。"杜琳喃喃重复。

"怎么了?"

"没什么,乔飞廉的工资是1600元,我只有他的一半。"

麦杰有点尴尬:"这是政府的问题。杜琳,我也没办法。"

"我知道。好哇,希望你能实现自己的理想。"

"你怎么了?"麦杰低头在自己身上寻找杜琳的目光焦点,"干吗老看我的衣服,衣服脏了吗?"

"啊,没有。"杜琳连忙抬起头说。

"那看着我的眼睛说话。知道吗,吉祥威胁我,不许我和你往来。"麦杰说,轻轻握住杜琳的手。杜琳条件反应似地立刻往回抽,但麦杰握得更紧。"她脾气越来越厉害,你这样宠她迟早会出祸端。不过说实话我被她讲得很惭愧,我觉得我一走了之的做法实在不够磊落。如果你允许我做一点补偿的话,回到天极后,我送吉祥去医院彻底治疗。"

杜琳望着麦杰,缓缓摇头:"我想,不需要了。"

"为什么?"

杜琳终于抽回手,挺直背,清晰地说:"你忘了,你的家人威胁过我。而且吉祥的医疗费用已经有着落了。"

讨论没有什么结果,乔飞廉就建议喝下午茶放松。马洪想起行李里还有半包蜂糖,便从中心隧道返回休息舱找。等他拿了蜂糖回来的时候,乔飞廉已经拉开了茶罐的隔热层。茶罐子内部的化学反应使整个罐子像块火炭。罐子冷却以后,乔飞廉很舒服地坐到地板上,给木木和马洪分茶汁。木木端了茶杯四处走动,监视着舱壁间的仪器仪表。

"蜂糖,这可是进口货。"马洪往乔飞廉的茶杯里倒糖块,"不是配给品。"

"有几块糖,茶都不一样了。"乔飞廉摇动杯子,让糖块化掉,"你从哪儿搞到的?很贵吗?"

"马马虎虎。啊,茶的味道真不错。"马洪就着茶香接过木木递来的松饼,"还有点心吃。"他啧啧称赞,"味道不错,杜琳又有新发明了?"

"你这次猜错了,虽然杜琳她很有利用配给品的本事,但松饼是我做的。"乔飞廉脸上露出孩子气的得意笑容,"我烹饪手艺很好。"

"在万宁州学到的?啊,天魁星人精于烹饪。"马洪猜测。

"不,不是在万宁州。"乔飞廉眼中掠过一片阴霭,"万宁州教我的是另外一些东西。"

"我并没有打听你隐私的意思,老乔,我只是想更了解你,和你做好朋友。"马洪为自己的话感到局促不安,急忙声明。

"当然,我们不已经是好朋友了吗?"乔飞廉拍马洪的背,"朝夕相处。"

马洪摇头笑,咬住乔飞廉茶杯上的吸管,啜了一口:"啊呀!"他叫,"甜得发苦!你怎么也不叫我住手!"

"想多吃你点儿蜂糖啊!哈哈。"乔飞廉露出难得一见的笑容,"老马,你最近抱怨有点多了。"

"可能因为快要回家了吧。"马洪撇嘴,唇边似笑非笑,"噢,在星际间转了那么久,我都忘了天极星是什么样子的了。"

"我也忘了。"乔飞廉平淡地说,"我已经不习惯重力稳定区域。"

"通讯正常了。"木木报告,"电驱鱼群游出了干扰范围。"

"好的,木木,告诉局里'精卫号'现在的方位。我们还没有发现可疑迹象。"

"一切平安,是吗?"马洪耸肩,"生态情况经过几年来的妥善呵护,在逐渐恢复和好转中,偷猎者闻风丧胆,莫不逃之夭夭。我怀疑局长的年终报告早就写好了。"

"事实上,这地方曾是偷猎者的天堂。"乔飞廉若有所思,"从前这些海沟里挤满了偷猎者的船只,就像靶子一样随便打。"

"天!那这儿还能剩下什么呢?"马洪惊叫,"一定只有尸骨了。"

"谁的尸骨——你同情偷猎者吗?"乔飞廉的目光瞬间冰冷如刀。

"哪儿的话!"马洪叫起来,"我是说被偷猎者疯狂掠夺之后,本地区的动植物资源一定遭到极大的破坏。是不是,老乔?还有睡豚,损失情况据说相当严重。"

乔飞廉没吭声,杯子几乎要从他手中掉下去。过了片刻,他一气喝光杯中的液体,捏紧杯子。驾驶舱陷入一片静寂之中,只有血液在血管里流动的声音清晰地回响。乔飞廉眉宇间浮现一层雾气,他的眼睛闭紧了。

"回天极后你打算干什么?"马洪没话找话,不待乔飞廉回答,他就大声说,"你是不会退休的,还有好些年呢。我不行,我得赶快换工作、结婚、养孩子。"

"和谁结婚?"

"说不准,也许是杜琳吧。她们母女太可怜了。"

木木突然抬起头,声音僵硬:"不,马哥,你不能和她们在一起。"

"咦,这是为什么?"马洪嘴巴夸张地扩成一个"O"形,"理由?"

木木瞅着乔飞廉,说:"我可不是要背后说人坏话。"

"你尽管讲。"乔飞廉脸上没表情,"这也不算在背后议论人。"

"吉祥,"木木郑重地说,"她肯定会变成一个'傲因'。"

马洪跌在地板上,幸好他已经坐在地上了:"荒谬!你说什么!那小娃娃会变成'傲因'?别开玩笑了。"

"她有角,那是邪恶的记号。"木木争辩,"她会害死我们的。"

"那是大脑皮层硬化后的类颅骨再生现象,我早就和你解释了嘛!"马洪恼火,"吉祥有病!"

木木固执地不肯改口:"她会害死我们的,一定。"

马洪气得直瞪木木:"乔飞廉,你来说说!"他只好叫开始喝第二杯茶的"精卫号"船长,"你得给个说法,要不木木会先动手杀了吉祥的。"

"没有我的命令,木木连朵硅花都不会摘。"乔飞廉却不着急,"不过,我个人意见,杜琳不适合你。你难道没看出来她和——"

"哪儿去找适合的女人?谁愿意嫁生态局的巡查员?没钱、没房子、没飞车,将就着有个窝就得了。"马洪打断乔飞廉的话,摊开双手,脸上浮现出无可奈何的苦笑。

乔飞廉拍拍马洪的肩:"我们还有职业保险。"

"哈哈哈——"马洪大笑,"那个保险?老兄,你可真幽默啊!"

乔飞廉打个手势,示意马洪收敛他的笑声:"我们就要进入忘忧峡了,你可以看到睡豚了。"

"不会这么快吧?"马洪有点激动,"我真的能够见到睡豚?"

"你总是低估'精卫号'。"乔飞廉摇头,"这毛病要改。'精卫号'虽然旧,但真是一艘好船。"

传说中,"傲因"是一种类似地球吸血鬼的变异生物,潜伏在人群之中,具有很深的隐藏性,只有在特别的条件下才会脱去人皮,暴露出怪诞狰狞的本来面目。傲因凶狠残暴,喜欢吃人脑。在宇宙凶兽的名单中排列第七。

为什么木木会将吉祥和"傲因"联系在一起呢?我不明白,一点都不明白。

5

"精卫号"随着忘忧峡的暖流缓缓移动,已经沉降到地平面下2千米的深度。由于地热和地光作用,混浊的海水逐渐有了一层毛糙的黑色光亮,海水中的生物也相应增多。"精卫号"调整好压力平衡和重力配比,像一头老海象那样步履沉稳庄重地行进着。

驾驶舱里的重力现在和天极差不多了,人们在其中可以正常工作。当杜琳和麦杰通过中心通道钻进来时,马洪正和乔飞廉激烈讨论着以暴制暴的问题。木木则托腮坐在总控制台前,不住地打哈欠。

"不管怎么说,我都反对暴力行为!"马洪激动地挥动手臂。手臂从麦杰耳边呼啸而过。

麦杰一边侧身低头躲闪,一边询问:"暴力,为什么呀?"

"偷猎者。为什么联盟出动军队封锁都不能阻挡他们疯狂的盗猎行为?以暴对暴就像干柴上浇油,阻止不了偷猎的疯狂。清剿野生动物市场才是反盗猎的关键。没有了高利润,就不会有人肯冒险穿越军警封锁带。"马洪解释,才长出来的胡子一根根都竖立起来。

"你不要吹胡子瞪眼嘛!"乔飞廉笑,"你这样会把小朋友吓坏的。"

"我不是小朋友。"麦杰脸上瞬间红起来:"我都80多岁了!"

"这次我们会进睡豚洞吗?"杜琳试探,"吉祥非常想进去看看。"

"瞎闹,那个小娃娃还分不清岩石和硅花呢。"马洪反对。

"正好进行科普教育。睡豚可是珍稀动物。"乔飞廉看上去心情愉快,"叫她来吧。"

"真的吗?"杜琳半喜半疑。

"真的,去把她带来。"乔飞廉肯定。

杜琳急忙转身往外走。她的步子有些虚浮,通过舱门时险些摔倒。麦杰和马洪同时惊呼,伸出手。杜琳却抓住舱壁上的扶把滑了出去,扎起的头发在男人们眼前扫出一道黑亮的光痕。

"这地方就是头发长得快。"乔飞廉斜睨马洪,"你的胡子也长了。"

"它可不是配给品。"马洪躲闪乔飞廉锋利如刀的目光,"不归你管。"

"27号睡豚洞?"麦杰指着监视屏上越来越大的亮点问,木木点头。麦杰的手微微颤抖,声音也有些不稳:"我在生态局的资料片里看见过。这个洞很有名。"

"洞里曾经有6万只睡豚。但是保护区设立的时候只有不到2万只了。"木木说。

麦杰想想说:"没成立保护区那就不是盗猎。现在还有多少只?"

木木干巴巴地回答:"上一个巡查队的记录是15689只。"

乔飞廉招呼麦杰:"百闻不如一见,你去做进洞准备吧。"

麦杰惊诧:"我也可以进去吗?"

"既然我都肯让吉祥去,没道理不让你去。"乔飞廉说,"反正也都是虚拟操作。"

"我从没想过能进睡豚洞。这趟来得真是值。你去过睡豚洞吗?"麦杰凑到木木耳边嘀咕。

木木瞅着他,一副根本不能理解麦杰激动情绪的样子。"我不知道以前是不是进去过。"木木口气游移,"我离开万宁州的时候在生病。"

"洞里没什么好看的。"乔飞廉伸懒腰,"只是空气比较新鲜,简直是特级空气。那些盗猎者怎么没想到贩运空气呢?"他不由得感慨:"那样他们又可以发一笔横财了。"

东始星的地下海洋中山脉林立,睡豚洞一般选择山体的中部建设。洞呈倒 U 字形,有两级水阀和一个倾斜向上的引廊,用以保证主洞不受海水侵蚀。睡豚洞的设计简单而有实效,洞里的干湿度和温度变化始终没有超过 2 摄氏度,这一点许多睡豚研究者都特别提及——也是支持睡豚是智慧生物的重要证据。

27 号睡豚洞位于忘忧峡内 41 千米处,洞口隐藏在峡谷层层叠叠的山石中。这些山石外表覆盖着的厚厚吸声海藻——一种绝好的声音绝缘植物,迷惑了许多依靠声呐系统认路的鱼类,使它们葬身草腹。"精卫号"航行到洞口上方,尽量靠近岩壁。感应器显示在洞口设置的"细红线"(激光自动防护网)依然完好,能量丝毫无缺损。

"这种情况说明什么?"乔飞廉问木木。

木木立刻回答:"说明没有物体靠近洞口,盗猎者还没光顾这里。"

"不能肯定。"乔飞廉对木木的不满很明显地写在脸上,"书本和现实有很大不同。"

幸好杜琳带吉祥来到,使木木免受乔飞廉的经验指导。吉祥冲进乔飞廉的怀里,又跳起来搂住他的脖子:"船长最好了！我一个人被关在后面,都要闷死了！"

乔飞廉被吉祥勒得难受。他掰开女孩儿的手,将她放在地上:"你要听我的命令！"

"是！船长先生！"吉祥模仿莫莱卡斑点的姿态行了个礼,头上的角差点顶着乔飞廉的胸。

"当心！"杜琳叫,一把拉开吉祥。

"不要紧。不要紧。"乔飞廉摆手,"泽泽,咱们开始吧。"

"我能不能带一头睡豚回来?"吉祥问乔飞廉。

"不可以,我们不能破坏那里的任何东西。"乔飞廉严肃起来,吉祥也是言听计从的。

吉祥回头扮个鬼脸,杜琳示意她要听话。"知道了,女士！"小丫头对自己的妈妈就显得颇不耐烦。

很快所有人都被分配了任务:乔飞廉负责飞船姿态调整控制,整体指挥;马洪和木木带麦杰、吉祥进入洞内实地勘察;杜琳则监察环境和具体操作。

人们开始有条不紊地工作。马洪和木木等人进入工作舱,坐进遥感操纵器内,穿上遥控工作服,接好数据插口。杜琳打开减压过渡舱,释放作业机器人——通过数据插口和遥控装置操纵机器人,就好像是操纵自己的躯体一样。

吉祥在马洪那里得到一个接口。可以分享马洪的触觉、听觉和视觉。她偎依在马洪脚下,烦躁的表情渐渐平静了,甚至笑起来:"木木好像电驱鱼,麦杰像个球。"

麦杰则在木木那里分得一个接口。他从虚拟视镜里看到那作业机器人的形状,便回答吉祥:"你也是个球。"

"我才不是呢!"吉祥冲麦杰做怪样。

笑声干扰了马洪。他和木木两个球轻轻撞在一起。乔飞廉在通讯系统里严厉警告吉祥,这孩子才缩起脖子不敢说话了。

机器人缓缓接近洞口。一群电驱鱼涌过来,机器人往旁边让路。电驱鱼太多了,机器人腾挪不开,鱼就从它身上游过去。有一小分队电驱鱼忽然对马洪的作业机器人感兴趣,在机器人周围来回转悠。

"走开!"马洪挥手试图驱逐它们,机器手臂碰到电驱鱼的腹部。

"啊!"吉祥低叫。

马洪急忙缩回手:"你没事吧,吉祥?"

"没事,好舒服,刚才。"吉祥愉快地回答。

"是吗?我们出洞的时候捉一条吧,这个鱼又不是珍稀品种。"马洪建议。

"马洪,你专心一点。"乔飞廉提醒,"别和木木他们离得太远。"

木木的机器人已经靠近洞口。他找到"细红线"的启动装置,插入机器手臂上的一个端口,和装置建立数据链接。乔飞廉发出密码指令,解开了"细红线"。机器人向洞里游去,木木不时调整着机器人的运动模式,麦杰不错神地跟紧他。马洪和吉祥断后。金属和有机塑料制造的机器人很快洄游到洞内水阀处,并退快浮起来。这里也设置了一道"细红线"。乔飞廉发出第二组指令。机器人顺利通过水阀,进入睡豚洞地面干燥的引廊。它们在引廊地面上滚,碾过硅花铺就的道路。

"我转得头昏,泽泽,能不能停下来?"吉祥问。

"不能。"我回答。

吉祥只好继续跟着马洪滚,直滚得头晕眼花。她小脸儿上乱七八糟的表情通过监视屏传到乔飞廉的眼前,乔飞廉微笑,却没有伸手关闭她的插口。木木的感知线路已经自动切断,正闭目悠闲地等待着进入大厅的时刻。

对于我,这一过程是程序化的。过去"精卫号"的其他小组曾多次进入睡豚洞,有时候他们会看到不好的景象,有时候却是一切如故,这里没有什么规律可言。当然,每个人第一次进洞都会有些过激表现,像马洪这么镇定自若的人很少。第一次看到引廊地面图案和墙上壁画的人一般都会有点歇斯底里,不相信在深海里能有这样令人惊奇的发现;然后他们会在正厅里昏厥过去,醒过来就面对着四壁上层层悬挂的睡豚们发傻。

木木进入洞中不久,就有熟门熟路的姿态了,明显,以前他到过睡豚洞,华丽的引廊引不起他的兴趣。他是什么时候、为什么来?是不是祝延带他下来的呢?我侦探推理小说看得实在太多了。

马洪保持匀速前进,时常左顾右盼浏览引廊两侧的壁画,似乎一切都还在他想象之中。虽然政府从公共词库里删去了"睡豚"这个词,但睡豚的故事还是在民间被广泛流传,马洪无疑看过很多的相关资料。

木木的体温忽然升高。他面孔燥热,脉搏迅速跳动。有些奇怪的不祥气息,他立刻恢复感知功能。

稠密的腥臭味道。

木木发出警告:"船长,我觉得不好!"

"进去。"乔飞廉的声音十分冷静。

木木的机器人到达大厅了。它舒展开身体直立起来,头部的摄影装置立刻将图像传递给我。

四壁间悬挂的睡豚像一块块粗糙的丝毯,遮掩不住岩壁上更粗糙的石纹。

腥臭味道浓密得令人窒息。

机器人打开携带的所有照明工具。

吉祥尖叫起来。

满地是撕裂的丝囊、残破的肢体。没有头的睡豚堆得像座小山,淡绿的体液在它们周围流淌泛滥……

6

如果我是人,我一定会呕吐不止。27号睡豚洞里的景象是我所见过的最恶心的画面,屠宰场般的现场犹如地狱。但是马洪和木木还必须面对,他们要清理现场,计算睡豚的损失情况。麦杰还能强自忍受,吉祥却立刻要求中止数据链接。她脱下工作服,拔下数据插口,跑到生活舱里大吐特吐。乔飞廉立刻叫杜琳跟过去照顾吉祥。

"好些了吗?"杜琳问,一边轻揉女儿的背。

吉祥说不出话。呕吐物散发着刺鼻的热量,令她厌恶。她猛地合上马桶盖,趴在桶盖上喘气。"为什么?为什么!"吉祥一边抽泣一边喊。

"睡豚脑干中的某种物质对一些宇宙病有治疗作用。"杜琳擦去吉祥唇边的脏物,抚摸她不停抽动的肩膀,轻声安慰着她。

"什么意思?"

"就是说睡豚的头可以用来治病,治很多种病。"杜琳字斟句酌。

"真的?睡豚头有这么神奇,能包治百病?"吉祥捏住脖子,喉咙里的呜咽声消失了,她终于能够发出比较正常的声音。

"那只是传说而已。"杜琳抱住吉祥,"不值得相信。不可能有包治百病的药!"

吉祥直视杜琳的眼睛,问:"能治好我的病吗?"

杜琳愣住,半晌才说:"那只是传说。"

"可是,如果真能治好呢?你要睡豚还是要我?"

"我?唉,你怎么拿自己和睡豚比!"杜琳垂下眼睛。吉祥的目光似乎要穿透她的五脏六腑,看进她记忆中去。她为什么要带这孩子上船!

"你要睡豚还是要我?"吉祥不依不饶。

"睡豚是非常珍稀的动物,非常宝贵的生态资源。我是生态局的工作人员,我的任务和责任就是保护生态资源。"杜琳小心掂量着词句,不知道如何确切地描述自己的心情,"吉祥,"她爱怜地摩挲女儿的脸,"永远是我最重要的宝贝。"

"两个你都要?"吉祥皱眉,"你好贪心。"

"我只希望一切都好。"杜琳抱紧女儿,"不再有这么可怕的事发生。"

"我可没有像你一样被吓着,我只是觉得很恶心罢了。"吉祥声明,挣脱母亲的怀抱,像个成年人般故作镇静,"我不喜欢血。"

杜琳一直到把吉祥安顿睡去才返回驾驶舱。马洪、木木和麦杰都在场,但舱内鸦雀无声。杜琳只好先开口:"我让吉祥睡了。"她的目光小心划过众人的脸,试图从这些熟悉的面孔上判断他们的反应。没有一个人回应她。

杜琳迟疑,还是再一次打破沉寂的气氛:"你们,没事吧?"

麦杰动了动唇,欲言又止。乔飞廉坐在他身旁,他只好摇头。

杜琳又问:"我不能知道?"

"不，当然不。可有什么必要让一位女士担惊受怕呢。"马洪温和地回答，"想不到盗猎者这么凶残。"

杜琳的眼神忽然慌乱起来，连声道歉："我，我是不该带吉祥来'精卫号'工作。但实在没有办法，我是她母亲，不能和她分开。吉祥这孩子被我惯坏了。对不起，我给大家添麻烦了。"

乔飞廉打断她的话："没吉祥的事。我们在等局里的回电。"他习惯性地用左手轻拍自己的后脖颈，"给我们弄点吃的吧。"

杜琳点头，却没动："那下一步怎么办？"

"盗猎者已经在东始星上了。我们还能怎么办？"乔飞廉满不在乎，"这也是一种机会。泽泽说其他巡查小组也碰到过，抓住盗猎者可以拿到奖金和奖章。"他瞅着麦杰，"观察员也能够更了解反盗猎偷猎的刻不容缓。"

麦杰皱眉："你这话什么意思？"

"你不是在写日记吗？一定要记下来。今天，我们在27号睡豚洞里发现了1500只睡豚的残骸，全部是4岁的、体长1米左右的成年睡豚。1500只睡豚的头都被割下来了，只是为了得到脑干部分的黄金激素。从一只那样的成年睡豚的头中大概可以提取1到5毫克的黄金激素。1毫克黄金激素市场价格为3000银河元。"乔飞廉惯常的戏谑表情不见了，他的眼睛中燃烧着愤怒。

"简直是暴利！"麦杰嚷。

"由于全面禁猎,黄金激素的价格还在上涨中。当他们把库存的激素卖光后,新一轮的盗猎睡豚行动就会大规模展开。睡豚的这场劫难,"乔飞廉额头上的青筋暴突,第一次,他对着虚空怒目而视,"为期不远了。"

"他们是谁?"麦杰问。

"盗猎偷猎者、生物制剂商人,还有医生,环环相扣,形成一条黄金激素的流水加工线。"马洪解释,"当然一些政府的腐败分子也会加入其中。"

"我们在加大反偷猎盗猎的力度。"麦杰诧异,"难道就一点用处都没有吗?"

"雷声大雨点小。"乔飞廉摇头,"联邦一直在讨论对睡豚实行猎杀许可证制度,现在这种讨论又激烈起来了。"

麦杰有些冒冷汗:"我不了解政治。他妈的,也许倡议人中就有我的亲戚。"

"那简直是一定的。"马洪故意给麦杰雪上加霜,"黄金激素一度是联邦高附加值的出口产品。"

"有什么办法拯救睡豚吗?"麦杰急切地问。

"除非他们醒过来。这样他们就可以作为东始星的土著居民享受种种'人'的合法权益。除非他们苏醒!"马洪叹息,"人救之不如自救之。"

"就没有办法让他们醒来吗?"麦杰询问。

乔飞廉和马洪同时摇头。

"万宁州那边的信号连上了。"我通知乔飞廉,"秦实月等着你。你要单独和他谈吗？"

"不需要,就在这里好了。"乔飞廉这么说,我就接通了通讯信号。

秦实月出现在众人面前。屏幕上他脸色憔悴,人已经如风中蜡烛,那点微弱的生命火焰随时可能熄灭。秦实月说:"27号洞的事情我很痛心。盗猎者一定是走狂风海峡那边下海的。万宁州虽然设施老化落后,但起码还能发现盗猎者飞船。他们没来万宁州。"

"你没什么责任。这船比我们到得早。主任,你觉得这个手段,这么残忍的手段,像是什么人干的？"乔飞谱正色道。

秦实月缓缓摇头:"手段最残忍的几个盗猎团伙,都还在联邦监狱里,终身监禁。"

"那这是个新团伙？但破解细红线的手法可是很娴熟。"乔飞廉说。

"如果有密码,细红线不算什么。"秦实月提醒,"飞廉,你要小心！"

这时局里的回电到了。木木大声念:"附近无可支援人员务必追捕盗猎者使无一漏网。"

"官僚！"乔飞廉牙缝里狠狠迸出两个字。

众人面面相觑。

乔飞廉骂:"看什么看！听不懂人话？木木,你别撇嘴,追盗猎者,你小子给我第一个上。"

7

"东始星一共有427个睡豚洞,总计沉睡了900万只睡豚。"麦杰说,语气生硬,像是在背诵官方报告,"目前仅存活不足100万只。"

马洪摇头:"这些官方数据都是瞎扯。300年的时候有一份统计报告,说睡豚物美价廉,是万宁州的特色美食,睡豚标本也深受欢迎。万宁州唯一的旅游制品加工厂日加工睡豚1500只,供不应求。到315年睡豚被列为禁止食用动物,单这工厂就杀了多少睡豚?更别说黄金激素发现后睡豚有多抢手了。如果现在真还有100万只活着,那当初,当人类踏上东始星时,起码有3000万只睡豚安静地躺在深海的洞里。"

杜琳轻声叹息:"这么多啊!"

"可是有什么用!"木木插嘴,"睡豚洞分布图上,有224个标明是空洞了。"

众人沉默了。

过了片刻,麦杰忽然吟诵道:"那些洞中,引廊上的图案和硅花路还存在,你却不在。"

"好在我们开始保护了。做得晚总好过不做。"乔飞廉说。

马洪冷笑:"保护?就是把所有公共词库里的'睡豚'这个词都删掉?不知道就不存在了?我们的官方,信奉鸵鸟啊！"

麦杰勉强辩护："还是有效吧？起码这些年，没有睡豚被大规模屠杀的事情了。"

"但是，"木木看着手里的感应板，表情有些不可思议，"嗨，昨天的联邦新闻，议员再次提议对睡豚实行许可证捕杀！"

马洪并不吃惊，说："迟早的事。理由肯定是黄金激素始终无法人工生产，而其疗效确实得到肯定，仅仅为了保护一种沉默的动物而漠视千百万同胞遭受疾病折磨是不人道的。"

木木点头，手指划过感应板上的新闻词条，就像划过马洪所说的那些字句："还真是这个理由。"

乔飞廉猛地拍桌子，低吼："这混账理由！"

马洪却很冷静："还有更奇怪的理由。你们知道'睡豚非主动休眠学说'吗？"

众人摇头。

"是行星生态比较学家提出来的。"马洪解释，"是谁，说了你们也不知道。总之，经过研究，主要是睡豚没有可使用劳动工具的肢体，而睡豚洞又体现了高超的工程技术水平，还有在东始星发现了人类早期宇航探险遗迹，这些因素综合在一起，得出一个结论，我称它为'睡豚非主动休眠学说'。"

"那究竟是什么？"杜琳最怕学术用语的弯弯绕绕，直截了当问。

马洪郑重说:"睡豚是早期宇航探险家为了人类的未来而有意封存起来的一种资源。"

乔飞廉皱眉:"这胡说八道简直没边了。"他起身,严肃地说,"马洪、木木、杜琳、麦杰,我们将要对付的是一伙手段残忍的盗猎分子。我们可能会战斗!"

众人也不由得表情严肃起来。

"不管联邦什么态度,不管睡豚为什么在那里,我们,作为生态巡查者,只有一件事情要做,也必须做好,就是保卫睡豚!"乔飞廉坚定地说。

我是一套闻仲巡航智能服务系统,出厂编号X—4702,对于人类个体和社会的复杂性我不可能有什么认识,我的职责只是照顾好我的船员们并完成他们交代的各种任务。因此,当麦杰、马洪不能从我的数据库里查找出更多关于睡豚的资料,而恼怒地责备我时,我的系统就出现了一些细小的紊乱。我再次求助于X—4299,请求它帮助我查询更多关于睡豚的信息。

"没问题。"X—4299很痛快地答应下来,"你的请求就是对我的命令。"它在改造完成后暂时处于休闲状态,正无所事事。

我的乘客们对27号洞的情况会不会重演深为忧虑,乔飞廉下令加速航行,并要求我做好防御准备。我具有基本防御自卫功能,可以抵抗轻武器和化学武器。

"我不想惊动他们,尤其是杜琳和吉祥。泽泽,我真不希望和盗猎者碰面。"乔飞廉检查了"精卫号"上的武器库存后对我说,"我很害怕。不是怕战斗,泽泽,我不怕战斗。我怕人。"

"人?"乔飞廉的恐惧和马洪类似,人真的那么令人恐惧?

"对,人。"乔飞廉摇头,"这世界上如果有魔鬼,魔鬼也是人。我这些话你不必存储。"

"是的,我已经删除了。飞船快到21号洞了。"我实在不知道该说什么安慰我的船长。

21号洞的睡豚也遭到了残忍的虐杀。盗猎者们还纯粹取乐似的将睡豚身体切割成长条,抛撒在洞内各个角落。这种恐怖的景象令马洪伤感,麦杰愤慨,木木暴跳如雷。乔飞廉则动用"精卫号"上宝贵的炸药将洞口炸掉了。虽然这已经意义不大,但睡豚们总算获得了永久休眠的权利。

乔飞廉改变了"精卫号"的航行路线。

"你不报请局里批准吗?"杜琳担心,"这是违规的,行吗?"

"去他妈的局里!这帮杂种离开21号洞不会超过10小时,你说他们会去哪儿?"乔飞廉脾气上来也是面目狰狞,不比盗猎者慈善到哪儿去。

"17号,6号,58号,都在这附近。"杜琳避开乔飞廉杀气腾腾的目光。

"6号早就是空洞了。"木木说。

"58号洞,那里应该有1万只睡豚。"麦杰提醒。

"他们已经有差不多3000只睡豚的头了。他们飞船有多大的冷库？我认为他们的盗猎到头了。"马洪摇头,"我们得上去追。"

乔飞廉突然站起来,身子前倾,像要去抓住空中的什么东西,黝黑的脸上瞬间闪过一道苍白。

"乔飞廉!"杜琳抓住乔飞廉的胳膊,想扶他站稳,自己却险些被他带得摔个跟斗,"乔飞廉,你想说什么？"

"这种手段,这种手段!"乔飞廉低声嚷,包含着某种恐惧,"像一个人。不,不,他已经死了。他不可能再回到这里。"

"你在说什么？"杜琳惊恐,"乔飞廉,你到底在说什么,你吓着我了!"

木木咬住手指,瞳孔里有兴奋在跳动,"我们可以拿起武器战斗是吗？终于可以打一架了!"

"你居然还很高兴!"麦杰不解,斥责木木。

"我们在其他星球的巡航都没有遇到盗猎者,简直太平庸了。"木木搓手,"毫无可夸耀之处。"

"泽泽,"乔飞廉叫我,"给我接通秦实月。"

深海中的通讯信号不是很好,万宁州那边也没有人接受反馈。过了差不多一个小时,秦实月的妻子才出现在乔飞廉面前。但这次,乔飞廉身边没有"精卫号"的船员们,他一个人面对那个面容哀愁的女人。

乔飞廉吃惊:"老秦怎么了?"

"他还在急救中。我很怕他醒不过来。"女人回答。

"噢,没事没事,他会没事的,他很坚强。"乔飞廉宽慰道。

女人苦笑:"但愿如此。你找他什么事?"

乔飞廉只能摇头:"没什么大事。等他醒过来,情况好的时候再联络我吧。"

万宁州的信号消失了。

乔飞廉慢慢走回他的船员中间,一边冥思苦想,一边自言自语:"这种心狠手毒的手段太像他了。难道他还活着?他活着他还会去哪里呢?"

"乔飞廉,你没事吧?"杜琳想伸手摸乔飞廉的额头。

乔飞廉却一把推开她的手,连声喊:"新洞!对,他会去新洞。我们快去那里。要赶在他前面,要快!"乔飞廉奔向驾驶台,猛然将飞船控制模式更改为"紧急状态"。

"精卫号"上立刻响起警铃声。木木、马洪、麦杰和杜琳条件反射地将自己用安全带捆绑在座椅里。乔飞廉飞快地重新设定"精卫号"运行参数。

"你要加快速度?"我提醒他。

"是的,速度！最快的速度！我必须赶在他前面到达新洞！"乔飞廉说。

马洪莫名其妙:"新洞？东始星的资源地图上没有这个地方。"

"它是一个秘密的洞。"乔飞廉头也不抬地回答。

"一个新的洞?!"麦杰惊奇,"你以前就来过这里！"

"我在万宁州生活过,自然会到海里来。"乔飞廉阴沉着脸说。

马洪还是不明白:"可是我们为什么要去新洞呢？既然地图上没它……"

"因为他们知道细红线的密码！老马,我打赌局里有人出卖了睡豚。"乔飞廉咬牙切齿,"我甚至怀疑,他们就是为了新洞才来的。"

"谁知道这件事?"马洪惊呼。

"这等我们回去再调查。现在,我们得赶紧去新洞。"

"我们现在怎么办?"杜琳忧心忡忡。

"我们要飞到行星表面去,再下到海洋里,这是捷径。会比偷猎者快。"

"偷猎者真的会到新洞去吗?"麦杰依旧怀疑。

"他们会。"乔飞廉言简意赅,"如果是他,他更会。我们将有一场恶战。"

第五章　细红线

> 我看到黑沉沉的夜幕里,
> 以及星星苍白的脸上,
> 尽是繁露、哭泣和眼泪,
> 它们究竟来自何方?
>
> ——地球,上古诗人塔索吟唱

1

杜琳走进生活舱开始烹饪,她有些心不在焉,不是把土豆片切成块,就是弄得满地都是洋葱和蒜末儿。她索性选择了烹饪炉的"自动"模式,将食品一股脑儿地塞进炉膛里。精卫6组今天只好吃标准程序制造的菜肴了。杜琳凝视着炉子,半晌,才拿起清洁器对付地上的食品垃圾。从她额头和鼻尖上不断冒出细小的汗珠,而舱室里的温度和往常无异。这种情况以前还没有发生过。

地板已经干净得如同镜子,杜琳将清洁器的输出管连接在排污器上,长吁一口气。

"你好像特别紧张。"她背后有声音。

杜琳立刻转过身,叫:"麦杰!别在我背后说话。"

"你怎么了?"麦杰伸手拭擦她额头的汗水,"这儿并不热。"

"我得节约粮食。"杜琳躲开他的手,"你来干什么?"

"看看你需不需要一个能干的助手帮忙。大家都快饿疯了。"

"如果机器能适应这个重力,那饭很快就好。"杜琳边说边扶着地板回到料理台前。

"乔飞廉表面还好,其实很紧张。"麦杰神情沮丧,金色眼睛里满是惶恐不安,"他说盗猎者都是亡命之徒。"

"你要相信他的话。"杜琳习惯性地握住麦杰的手,"这不是风景旅游。"

"我当然知道。我看过很多资料。我不想让出旅费的政府丢脸。我玩起命来也是条好汉。"麦杰将头靠在杜琳肩膀上。女人的肩膀柔软舒适。他闻着她发际里的幽香,很有些陶醉,"不能让乔飞廉看不起。"

"你?你能保住自己就已不错。"杜琳扶起麦杰的头,"不过,我记得,你会使用武器。"

"我还会古老的地球武术。"麦杰比个动作。

杜琳给麦杰一个白眼:"别提你的武术了。你不给乔飞

147

廉他们添乱,我就觉得很好了。"

"相信我,我这次会表现得像个英雄。"

"我不求你做英雄,我只求平安。"杜琳叹息,"所有人都平安。"

照顾众人吃过饭后,杜琳按照管理条例到核心舱对我进行检查,没有发现吉祥进入的痕迹。核心控制舱仅乔飞廉和杜琳有密码权限,杜琳绝不会想到吉祥曾经来过。她喜欢一边核查我的各个部件,一边温柔地和我说话。杜琳是一个细致善良的女人,的确很适合娶回家做太太。

"你的压力值偏高了,我把安全防护阀的级别调低一点。"杜琳告诉我,"最近船上发生的事情太多。"

"一直有事情在发生。"我说。数据流开始加大,原来狭窄的逻辑通道一下子宽松了,我在电缆和生物光纤包围里的中央处理器温度顿时降低了14个百分点。

"不,这回不一样。泽泽,我觉得不安,"杜琳低声说,"总是无法心平气和。"

我劝慰她:"吉祥的病情目前很稳定。她不会有大事。"

"如果她出事我也就不想活了。她是我全部的希望。"

我继续劝慰模式:"你不该这么想,你的生活里不仅仅只有吉祥。"

杜琳唇边露出一个凄凉的笑容:"除了吉祥,我还有什么别的吗?没她我早就活不下去了。"

"对生活中的苦难我们只能逆来顺受。"我适时引用名言,"能活着就是幸福。"

"一次又一次遭受背弃、绝望、纷争与不义,一次又一次目睹死亡而无法援手,承受这些痛苦的活着也是幸福吗?"杜琳反问,情绪激动。她抱住头:"我宁可去死,怀着善良的心愿和美好的记忆赴那遥远的天国长眠。"

"因为麦杰?"

"麦杰?他只是我生活中的一个片断。不,他还不能影响我。"

"那么是毕鸿钧?"

"泽泽!"杜琳不快,"我说过不想听到他的名字!"

"但是你无法排除对他的记忆,你为什么不直面现实呢?"

杜琳惶恐地望着我,捂住脸。我的压力值开始升高,我预备看到她歇斯底里地发作。但杜琳只是露出一种忧郁的表情,声音里有些哀愁:"都说他死了。可是,他怎么会这么容易就死呢?泽泽,他总能死里逃生,化险为夷。他像地球上的蟑螂,生命力顽强得可怕。"

"他很特别吗?"

"麦杰和他比起来简直像个小丑。如果不是因为当时穷困潦倒,实在活不下去,我无论如何也不会和麦杰在一起。那时候吉祥病得非常重,眼看着死神就站在她身后。而我也花掉了身上最后一块钱,看不到一点生的希望。当时我只能靠他了。"

"后来呢?"我用好奇观众的口吻问。

"麦杰很有钱。生活对于他就像一台演出,他渴望随时会有新鲜的情节出现。我就是这样的情节。他从未和我构想过未来,我知道他也不能。他只是愉快地施舍,而我不顾羞耻地拿。后来这种关系终因他家人的干预结束了。"

"你恨麦杰吗?"

"恨是因为有爱,我从没爱过麦杰。"杜琳悠悠叹息,"我的爱情已经死亡了。"

这女人愁苦和哀婉的表情对我是个刺激,4号、9号和11号神经结运动发生了微小的紊乱。我不清楚爱情究竟为何物,但我了解这种欲望给人类所带来的毁灭和创造。

"没有爱情不等于没有生活。"我继续"劝慰"程序,在多次的学习中这个程序已经达到了完美的程度。

"对于我,生活只剩下吉祥了。泽泽,你不会明白我的感受。我看见麦杰的时候,就会想起那段流浪的日子,想起我用了多大的气力才从毕鸿钧的影响里挣脱,想起在天魁星所发生的一切。好的、坏的、快乐的和悲伤的,所有的事情都一件件翻了出来。即便你不提,即便我想忘记,过去还是在那里,永远删除不了。"

"你恨毕鸿钧吗?"我的程序忽然给出了这么一句不符合逻辑的问话。

杜琳忧伤的眼睛湿润了,轻轻、轻轻地说:"曾经。"

X—4299发来了新的资料,它用了一些曲折的手段潜入政府数据库中,颇费气力地从其他天区的秘密档案里搜索到毕鸿钧,并且附言道:"这是毕鸿钧的另一面,经过核实,确为同一个人。"

资料表明,毕鸿钧是一个不折不扣的极端恐怖分子,121岁,曾是天魁星一支反政府武装的首领,4次上过星际反恐怖主义特别委员会的绝密通缉名单。天魁星和平之后,他就在宇宙间到处流窜,制造了不下数十起恐怖事件,其中比较有名的包括中央天区军火库抢劫案、12天区运输走廊伏击案、15天区行政长官遇刺案等。起初毕鸿钧还以"争取弱小民族生存权"等口号为行动纲领,吸引了大批跟随者。后期此人不再喊空洞的口号,而是以获取巨额资金为目的,变成了一个彻头彻尾的流氓强盗。毕鸿钧最后在万宁州出没,那正是黄金激素身价上涨,睡豚被集体屠杀的疯狂年代。他参与了利润丰厚的睡豚买卖,还是当地盗猎集团的头目,在盗猎者之间的一场内讧中被杀死。

残忍的盗猎者和被人尊崇的诗人,一个人怎么会有如此迥异的两面?而且,他还曾经被一个善良的女人真诚地爱过。

人真是复杂,我永远不可能搞懂他们。但是强盗与流氓又怎么能写出那些优美激越、充满了对生活热爱的文字?哪一种关于毕鸿钧的描述更接近真实?或者,毕鸿钧的面目还不止如此?

我虽然是机器,可想到这里也有点胆战心惊了。我理解了杜琳的感受,和毕鸿钧相处一定很不容易。那么吉祥呢?她见过毕鸿钧吗?她是不是毕鸿钧的女儿?

我开始担心这个小姑娘了,从没有人将一个孩子带上"精卫号"。而一个孩子要比鹦鹉、猫狗等宠物更容易讨得我的欢心。可是从没有人考虑过我的情绪好坏,系统工程师们总认为我可以接受一切。不,就算是一台机器也不能无条件地接受一切指令,何况像我这样的高智能巡航服务系统。

我喜欢吉祥,我和这孩子更容易进行交流。她的信任和依赖使我显现出存在具有的巨大价值。成年人则不能促进我的这种自我意识。对于成年人,我仅仅是一件工具,但对吉祥,我是无所不能的神。

吉祥已经离开了休息舱。"精卫号"上能有多大空间呢,我没花什么气力就在底舱的一个死角找到她。小姑娘蜷缩在那里的黑暗中间,蔫蔫地发呆。

我马上根据星际娱乐协会提供的最新儿童玩具模板制造了一个电动玩偶——商人莫莱卡斑点,送到吉祥身边。

"你好,小姑娘,你需要松饼吗?"我的玩偶发出含糊不清的声音,踱到吉祥脚边。吉祥看了它一眼,不说话。

玩偶并不沮丧,仍然热情地问:"小姑娘你需要桃酥吗?"我将它的声音调清晰,添加上特别滑稽的语气。

吉祥拨弄它一下。玩偶开始原地转圈,并且掰着一个个手指头背诵"九九乘法表",它那副笨拙的神态终于将吉祥逗笑了。

"泽泽,只有你对我好。"她和玩偶握手,叹口气,"其他人都假惺惺。"

"杜琳很爱你。"我可不能让小姑娘有这种偏执的想法,"其他人对你也很好。"

"什么爱,什么好。我要睡豚她都不肯。如果黄金激素可以治疗我的病呢?他们再对我好也没有对睡豚好。"

"这不一样。"

"这有什么不一样?"

我无法向吉祥解释人的道德标准如何支配和节制他们的行动,这样会使我的处理器因逻辑混乱而过热,甚至可能被烧毁,我不能冒险。

"你解释不了是不是?哼哼,你也有解释不了的事情。"吉祥嘴角的嘲弄带着一丝可怜。

"我只想让你开心。"

吉祥放开玩偶,眼睛中隐隐有泪水闪动:"泽泽,你是电脑,你根本不明白,我永远不会开心。一个随时都将死掉的人怎么会开心呢!"

2

马洪走进货舱,杜琳正在清点食物库存。

"你要找什么吗?"杜琳问,"我来帮你。"

"不找什么。'精卫号'还要在地面上飞行2个小时才能够到达东始星的那半侧,新洞所在的那半侧。"

"我知道。所以我抽空下来看看。"

"杜琳,我有话和你说。"

"你说。"

马洪挠挠他的秃头:"我不是很会说话,你听了可别……啊,我不是这么着急要知道答案的,我只是想要你了解我的想法。"他的呼吸急促起来,有点前言不搭后语。

"你到底要说什么?"杜琳奇怪,脸上表情也紧张起来。

"我,我会好好待吉祥,就像自己的孩子一样对待她,你相信我。"

"吉祥吗? 我当然相信你会好好待她,实际上你一直很照顾她。我非常感谢你。"

"我不是这个意思,我,"马洪挥动手臂,"哎,我是说,我可以照顾你们两个,你和吉祥。我有一笔遗产,还有一套公寓,不是什么大富大贵,但生活没问题。"

杜琳一时没明白马洪的意思,奇怪道:"你到底在说什么?"

"我是说,回到天极后我们就在一起吧。吉祥、你和我,就别分开了。"

"我和你?"杜琳指指自己,又指指马洪,恍然大悟,"老马,你是说我和你?"

马洪神情一松,语言流畅了许多:"对,我和你,还有吉祥,我们在一起,组织一个家庭。"

杜琳抬起头,愣愣地望着马洪,哭笑不得,问:"你这是向我求婚?"

马洪点头:"我知道这样很不正式,而且很滑稽,但是请你相信我,我绝对没有开玩笑的意思,也不是一时冲动。我很慎重地考虑过了。"

"我,这对我太意外了。"杜琳咬住下嘴唇,斟酌词句,"我不知道能不能接受……实际上,我没有结婚的打算。"

"你尽管考虑。如果有结论的时候就告诉我。我,"马洪脸红起来,"我等着。"他忽然深鞠一躬,捧起杜琳的手,吻了一下,然后像个做了什么错事的年轻人一样慌乱地跑出去了,留下杜琳手足无措地站在那里。

"怎么会这样?"杜琳莫名其妙,"泽泽,怎么会这样?"

人嘛,我不懂。不过我判断马洪求婚成功的可能性只有14%。

"精卫号"再次下潜不如上次顺利,差一点就和峡谷里隐藏的岩石相撞。幸好乔飞廉及时改为手工操纵,以我从未尝试过的角度从岩石边擦过。

"乔飞廉,"即便是电脑我也不得不赞叹,"到现在为止你是'精卫号'最好的驾驶员。"

"嗨,泽泽,别谦虚,你也不坏。"乔飞廉拍拍主视屏,仿佛是在拍打我的脸,"你一直做得都很好。"

"这边地形比万宁州海峡那边复杂得多,木木,你要随时准备手动操作。"乔飞廉叮嘱在一旁看傻了的木木,起身将主驾驶员的位子让给他。

"你让我来?"木木迟疑着。

"一路上不都是你吗?"乔飞廉将木木按在座位上,轻松地说,"这是你的工作。"

木木低头擦拭驾驶台,不说话。

马洪和麦杰都在驾驶舱里。马洪已经从求婚的激动情绪中恢复过来,问乔飞廉:"乔,你说那个新洞不在资源图上,那你怎么能找到它?"

"我的记忆。"乔飞廉指自己的头,"我已将沿途地理标志输入航行图,"他敲击驾驶台上的三维立体海图:"看到那些橘红色的点了吗?连接起来就是我们的航线。"眼角余光瞥到坐在木木身边的麦杰,又说,"只要观察员不控告我违规操作就行。"

"我倒想控告你,可我连规则操作是什么都不知道。"麦杰耸耸肩膀,并不在意,"你是船长,尽管按照你想的去做好了。"

"看来姓麦的还有几个好人。"乔飞廉揽过麦杰的肩,亲昵地说,"我看出你一直想做点什么,会使用武器吗?"

"武器?当然,我的枪械训练课是满分。"麦杰洋洋得意。

"实战呢?"乔飞廉追问。

麦杰迟疑:"如果不算决斗的话,没经历过。"

"决斗不算。"乔飞廉严肃地说,"那你该向杜琳请教,她真是个射击好手。"

"不会吧,乔,你的意思,我们要拿起武器吗?"马洪在旁边听得心惊,连忙问。

"必要的时候,总得防着点。老马你呢?射击这一课后来补上了吗?"乔飞廉并不觉得使用武器有出格的地方,"在基地集训的时候,我记得你这一课很糟。"

"我哪里有工夫。"马洪抚摸自己的秃头,不好意思,"我对武器天生就没感觉。杜琳倒是教过我,但我太笨。"

"那到时候你来驾驶'精卫号'。木木,告诉他该怎么做。"乔飞廉将马洪拉到木木身旁,"你要记住,老马,泽泽很能干,可是不能什么都干。关键的事情必须人亲自来做。"木木稍微后仰身体,让马洪看清主驾驶台上的各种仪表盘和按键。

马洪几乎要栽倒在驾驶台上,呻吟道:"太难了,我不可能记住那么多按键的作用。"

"其实并不难,'黄蓝白,左右左左右,提3按2'就可以了。"木木说。

"什么意思?"马洪好奇心起,睁大眼睛问。

"自动驾驶的步骤啊。你看见正对着的那一排颜色了吗?黄蓝白三色同时按下,飞船就从自动驾驶模式改为手动驾驶模式了。再按一次,模式就改回来。"

"这样啊?"马洪琢磨那三个色块的距离,拿手比了比,"我能试试吗?"

"你问泽泽吧。"木木冲空中晃手。

"不行。"我说,"不可试验。"

"嗨,泽泽!你怎么能这样啊。"马洪跳叫。

驾驶舱里的人全笑起来。

去新洞的航道上分布有98号、6号和45号睡豚洞,这一带睡豚洞的密度很低,洞中睡豚的数目不及平均数的三分之二。航道上还没有出现其他船只的迹象。

"睡豚洞的序号是按发现顺序编排的,说明不了任何问题。"马洪关闭数据库,感触,"但是这几个洞也有共同点。睡豚数量少,并且两米以上的高龄睡豚居多。引廊上的硅花图案和岩画基本上没有了。其他洞中发现的防止海水倒灌的二级水阀也没有了。洞的规模和精细度都少了很多。这能不能得出一个结论:就是睡豚们到了这里,非常仓促地决定了休眠地,鉴于大睡豚的数量明显多于其他洞,可能这些大睡豚正是其他休眠地的建筑工。"

乔飞廉点头:"很多研究者都有类似看法。这几个洞还有一个共同之处,就是洞里无论多么大的睡豚,都不含黄金激素。"

"这个泽泽的数据库中没有记载。"马洪奇怪,"你有根据吗,乔飞廉?"

"当然有。"乔飞廉肯定,"不过这并不重要,重要的是我发现了新洞。它,几乎可以解释关于睡豚的一切。"

"啊?!"马洪和麦杰都凑近乔飞廉,不约而同地问:"你说什么?"

乔飞廉又拍拍后脖颈:"我想我还是该告诉你们。"他表情郑重,"因为你们将和我一起面对,你们有权利知道。新洞是一个大洞,是我离开万宁州的前一年和几个朋友共同发现的。我们没有告诉其他人,把它作为秘密封存了起来。我们也在洞口设置了细红线,但不是生态局的那种,能量要大得多,任何想冒险通过的东西都会被烧成焦炭。新洞有5层,我们仅仅走到了第2层,但就是那两层估计睡豚数目也在5万只以上,全部5层的睡豚数目预计有15万只。"

木木倒吸一口冷气,轻呼:"真有那么大的洞?"

"大得不可思议。还有,"乔飞廉停顿几秒,"我们发现了更多的画以及作画的工具,还有,生活用品和文字。"

马洪与麦杰惊骇得说不出话来。

过了片刻,马洪一把揪住乔飞廉的领口,怒气冲冲地嚷:"你不知道你的发现有多重要!它们足够表现睡豚的'人'性,让他们免于灭族之灾!"

乔飞廉推开马洪,辩解:"我怎么知道这些呢?那时候我对生态学根本一无所知。"

"那不需要什么知识。天啊,你发现了睡豚的文字。天啊!"马洪不住敲打自己的额头,叫道,"也许我们能够叫醒他们,我们能够拯救他们!"

麦杰却皱眉头:"等等,马洪你就不想想后果吗?叫醒他们不一定是好事。"

"你这话什么意思?"马洪怒视麦杰,几乎要把他吃掉。

"他们醒来会怎么想?整个种族被人类屠杀了近半,他们也许会报复。"

马洪点头:"应该,以牙还牙,以血还血,他们要报复我丝毫不会奇怪。"

"那么到时候你站在谁的立场上说话?睡豚还是人类?"麦杰问。

马洪不说话。

麦杰说:"我想乔飞廉他们不是不想公布他们的发现,而是要等到人类能够理性对待睡豚的时候,比如现在,一个合适的时机再来公布。对不对,乔船长?"

乔飞廉却摇头:"我还没想到那么多。但现在,我怕新洞会遭毒手。"

"船长,我们要到45号洞了。"木木提醒,"要靠近过去吗?"

"当然!"乔飞廉毫不犹豫。

3

"精卫号"在45号洞旁停下。这个洞洞口很小,位置较低,且附近岩石狰狞,机器人要想通过很困难。乔飞廉反复研究地形立体图后,决定亲自进45号洞考察。

"这虽然合乎条例,却不是通行的做法。"我警告他。

乔飞廉坚持己见:"我知道,不过人还是要灵活一点。泽泽,你就别啰唆了。"

"我去吧,老乔你还是留在船上。虽然没有太大危险,但你身为船长,还是不要动的好。"马洪提议,"可以让木木或者麦杰和我一起去。"

"不,还是我去吧。"乔飞廉不肯改变主意,"我想亲眼看看睡豚。"

杜琳也反对:"船长,这不妥当。"

乔飞廉做了个干脆的手势:"好了,别再劝我了,就这么决定吧。杜琳,帮我准备潜水服。木木,泽泽就交给你了。"

木木"嗯"一声算作答应。

"我跟你去!"马洪自告奋勇,"关于那些大睡豚的研究很少。"

乔飞廉想了想,点头。

单人潜水服用韧性极好的纳米金属制造,为常压硬式潜水服,服装内提供一个标准大气压,使潜水作业者能够自由呼吸普通的混合空气。潜水服自重35千克,能承受900米深的水压,机动性达到2级标准,有推进装置,能够完成一般动作,带通讯和记录仪。

乔飞廉和杜琳先帮助马洪穿上潜水服。马洪活动手脚,调整腰、腿部等位置的关节连接环,让自己尽量舒服一点。我检查了他的空气罐存储量和通讯装置链接情况。

马洪有些兴奋:"我在天极星的时候潜过水。只有真正到海底才能体会生命的绚烂多姿。可惜这里的海域生物物种不丰富。"

"这一带相对而言很贫瘠。"乔飞廉说。检查了所携带的各种工具,尤其是手上的机械爪、多功能刀和一把安全锁之后,他才小心翼翼穿上他的那套潜水服。杜琳在旁协助。乔飞廉见杜琳神色不佳,便说:"没事的。你不用担心,这就和在后花园里散步一样。"

"还是小心点儿好!"杜琳轻轻嘱咐,"别大意了。"

"一会儿就回来。"乔飞廉扣紧圆形透明头盔,打开空气输送阀,给了杜琳一个灿烂的笑容,"你可别太婆婆妈妈,会把泽泽带坏的。"

杜琳走到马洪身边。马洪的脸色忽然通红。杜琳帮他关头盔,轻声说:"你也小心。"

"我希望你别生我的气才好。"马洪懊丧。

"没有啊,怎么会。"杜琳帮他闭合头盔,仔细锁好头盔上的密闭扣。"保重!"她说。

马洪的脸更红了。

乔飞廉和马洪两人通过减压舱进入海水中。他们打开携带的照明灯,向45号洞游去。杜琳没有返回驾驶舱,她待在底舱,守着他们离去后留下的空位。

"泽泽,吉祥现在干什么呢?"杜琳叫我。在"精卫号"上我就是有求必应的代名词。我立刻用最温柔、最有磁性的男中音回答她:"麦杰正辅导她画画。"

"吉祥肯听麦杰的话?"杜琳吃惊,"他们相处从来都很困难。"

"不肯!与其说是辅导,不如说是辩论更确切。"

"这才对嘛。吉祥就是这样的。"杜琳微笑,提到吉祥她总是愉快的。但这愉快并没有持续多久——监视屏上,乔飞廉他们在岩石间缓慢游动,一点点向洞口靠近。杜琳看着他们,声音忧郁起来:"我觉得船长有点怪。泽泽,你发现了吗?"

"乔飞廉的行为没有超过他的性格表现预测,你可以放心。"

"我知道,航天局对星际飞船驾驶员要求很严格,肯定做了很多测验保证他们各个方面都健康。但是,泽泽,我有种不好的预感,属于女性的直觉吧。"

"关于哪个方面?"

"新洞。你不觉得新洞的事情很蹊跷吗?"杜琳若有所思,"木木是乔船长的外甥,也是在万宁州长大的,可是他从没听说过这个洞。"

"船长说了他们一直保密。"

"连45号洞这样偏僻隐蔽的洞都被发现了,怎么会有新洞那么大的洞没人知道呢？泽泽，这不符合逻辑。"

"从逻辑上依然可能讲得通。"我迅速查找乔飞廉关于新洞的那段陈述，"乔飞廉的话没有明显的逻辑漏洞。"

"我怎么能和你说预感呢？"杜琳哑然失笑，"你的模糊识别功能不可能判断的。但是，泽泽，我真的感到这船上有秘密，这让我不安。"

"秘密不一定是坏事。"我说，"很多事情不知道比知道好。比如睡豚，休眠比苏醒好。"

"泽泽，你不该有这种似是而非的谬论，这是马洪的论调。"杜琳摇头，"你不是睡豚，怎么能了解它的感受呢？它们休眠也许万不得已。"

当我和杜琳谈话的时候，留在驾驶舱里的木木忽然叫我，这是很少发生的事情。2个月的星际航行中，木木只在感应板书写等几个小问题上和我进行过交流沟通。这年轻人心事重重，但他不愿意表达。

"泽泽，"木木主动找我，"你知道这飞船上发生的一切，你可以帮助我判断吗？"

"哪方面？"

"我有几个同学待我还不错，他们告诉我，我父亲祝延不仅是硅生物研究的专家，还是万宁州最能干的执政官之一。"

"这个万宁州的历史会有所记载。"

"他们还给我看过一份档案,我父亲祝延死在乔飞廉住宅的爆炸中。那次爆炸只有乔飞廉活了下来,乔飞廉被怀疑是爆炸的制造者。"木木捏紧自己的手腕,仿佛要下极大决心才能把这件事情说出来。

"档案的可信程度?"

"我不知道,我希望知道。秦实月和乔飞廉说得根本不一样。还有秦听海,她说得也不一样。"

"你自己认为呢?"

"我要是知道我就不问你了。我离开这里的时候在生病,以前的事情记得非常模糊。"

"答案对你重要吗?"

"非常重要!如果我还有记忆清晰的事情,就是父亲带我在硅花田里玩耍,他很爱我。如果他还在,我不可能在知慧学院里被人欺负。"木木激动起来,声音都在颤抖,"你不知道孤儿的滋味。"

我不是人啊。

"我不知道该不该相信乔飞廉,有时候我觉得他真虚伪,但有时候他又是那么真诚。泽泽,秦听海说,乔飞廉杀死了我父亲。"

"她没有证据。"

"有些事情并不需要证据,也找不到证据。"木木说,然后又脸色阴沉地补充,"因为证据全被毁掉了。"

"总有蛛丝马迹会存在。在没有确切证据前,你最好不要胡思乱想。"我劝道。

"我只要你判断,乔飞廉杀死我父亲的可能性有多大?"

我沉默了两分钟,这个逻辑问题比较花费时间,我必须将所有关于乔飞廉的资料归纳分析,然后清理其中的逻辑关联。

"怎么样?"木木不耐烦。

"乔飞廉杀死你父亲的可能性,是67%。"

4

此时,乔飞廉和马洪已经抵达45号洞,解开细红线钻进洞去。45号洞很小,基本没有被破坏的痕迹。乔飞廉指给马洪看岩壁上挂的大睡豚。这家伙有312厘米长,身形庞大,丝囊已经变成金褐色。"耳轮显示它起码有50岁,在睡豚中算高龄了。我们称它为'睡豚王'。"乔飞廉解释。他转过身,从我的监视屏上消失了。

马洪走近那只睡豚,这只睡豚的丝囊薄而透明,马洪的手几乎可以透过去触摸到它的身体。马洪伸出手,在接触睡豚的刹那停住。

"我不相信,"他喊道,"我还是不相信竟然没有办法将他们唤醒。"

"那是事实。"乔飞廉镇静自若。但他的记录仪出现异常,传送过来的视频信号十分凌乱。

我提醒他:"乔飞廉,重新启动你的记录仪。"

马洪轻碰"睡豚王"的肢体,感慨:"可是他看上去那么睿智。他的手看上去也很坚强有力。"

乔飞廉的记录仪恢复了正常工作。"精卫号"的监视屏上出现刻了繁复图案的石壁。这是其他睡豚洞里不曾有的。"你碰的那个东西是不是手,一直在争论中。"乔飞廉说,"不过这块石壁对解开睡豚之谜也许有帮助。"

马洪的目光从"睡豚王"转移到那块石壁上。"其他洞的图案都刻在引廊上!"他惊呼,"可是45号洞的资料里没有这块墙壁。"

"局里的资料永远会疏忽掉一些细节。你注意到这图案的特点了吗?"

"和引廊上的风格完全不相同。"马洪凑近一些,"似乎,我说不好。"

"你记下来回去研究吧。好了,我们准备返回。木木,请接应我们。"通讯系统里乔飞廉的声音有点沙哑。

"好,接应准备。"木木发出指令。

一直站着注视监视屏的杜琳将重心在两只脚上移来移去,柳叶眉微蹙:"出去只是为了看睡豚吗?"她喃喃自语,"乔飞廉,你到底是谁?"

杜琳的话让我突然像在黑暗中看到一线光亮那样,我似乎明白了什么。我只是"似乎",我的模糊逻辑程序只是4.0版,还不能为这种"似乎"做出判断。

木木盯住视屏上的乔飞廉。他托着下巴,手指在脸上划动，落到嘴里。他咬住那个指头，表情木然。

乔飞廉和马洪游回来。乔飞廉发出请求："打开底舱门。"

木木回答："底舱门打开。"

"我进来了。"马洪的声音。

底舱传来哗哗的水声，然后，是减压舱舱门关闭又开启的声音。马洪重新站到杜琳面前，挥舞着手臂打招呼。

杜琳上前为他解开头盔上的扣子，"怎么样，感觉？"她关切地问。

马洪笑："没问题，我感觉很好。你看见那洞壁上的图案了，真是很神奇。"

木木继续说："底舱门打开，船长，你可以进来了。"

"我进来了。"乔飞廉回答。

精卫号猛然往下一沉，向左边85°倾斜。警报声响起来。

杜琳跌倒在地板上，马洪及时拉住她。乔飞廉一下子被卡在底舱舱门和49号螺旋部件之间。舱门旁的监控感应器清清楚楚传送过来他紧张的面孔。

"小心！"生活舱里的麦杰和吉祥同时大叫。

木木迟疑，手在调整船体姿态的几个触键上犹豫，仿佛被这突然的事件吓呆了。飞船此刻是手动驾驶模式，我完全无能为力。

船体一端撞到海底,激起一片碎石,打在乔飞廉身上。乔飞廉挣扎着躲闪,反而被卡得更深了。他的背后,是一块仿佛尖刀样突起的岩石,与他的潜水服只相距15厘米。在这深海之中,那衣服只要破一个小洞,乔飞廉都会被骤然增大的水压挤成肉酱。

"天啊! 乔飞廉!"杜琳挣脱马洪的手臂,急得要哭。

麦杰和吉祥前后脚冲进驾驶舱,冲木木人吼:"小心!"

麦杰骂:"你脑子进水了!"

"要不是你来!"木木回应,手指终于落下,开始一点点仔细纠正飞船姿态。

"我才不会像你这么笨。"麦杰警告,"你最好当心点!"

"得了,你别打扰木木!"吉祥喝止麦杰,"他准能行。"

飞船笨重地抖动几下,倾斜得更厉害了。一块碎石飞扑向乔飞廉的脸,嵌进头盔之中。它要是再进去一点,乔飞廉就危险了。现在他一动不动,站在原地。

"乔飞廉!"杜琳提醒他,"你手上的工具!"

乔飞廉艰难地举起左手,又一块石头扑向他……他的影像忽然消失了,监控感应器被石头打中了。现在我能收到的只是乔飞廉随身携带的记录仪发回的底舱图像,这图像不断颤抖,很不清晰。

"怎么会这样! 木木,你控制好船,我下去看看。"马洪说罢,将头盔重新戴好。

"这儿危险!"乔飞廉听得到船舱中的对话,说,"我自己对付！老马你别下来。"

"不，你需要人帮助。"马洪迈着笨重的步子走向减压舱。

"当心！"杜琳在他身后喊。

"乔飞廉，你坚持住。我来救你。"马洪呼唤乔飞廉。

"我能坚持得住。木木，你手稳一点，每次调姿的范围小一点。泽泽，给马洪找把刀，我被什么东西缠住了……"乔飞廉的声音被水声淹没，接着，他的记录仪也没有信号了。

杜琳立刻奔向工具箱，从里面抓起一把激光刀递给马洪。马洪将刀别在腰间工具带上，跑进减压舱。我从不知道人穿了那么重的潜水服还能够跑。

"乔飞廉，你在吗？你说话呀！"杜琳不停地呼唤。

"乔飞廉，飞船一会儿就能好，"吉祥在驾驶舱里大声喊，"马洪已经下去了！"

木木被麦杰和吉祥夹在中间，他小心地调整着。飞船图像上红色的"错误"警告符依然在不停闪烁，木木满头大汗。

"你到底行不行啊！"麦杰斥责，但立刻遭到吉祥的怒视。

底舱终于在视屏上出现，马洪到了。

浑浊昏暗的海水中乔飞廉踪影难觅。杜琳的眼角湿润了。

马洪将照明灯调到最大功率。他看到乔飞廉的红色气罐。马洪往下摸索,抓住了乔飞廉。

乔飞廉的头盔上,石头边缘已经出现裂缝,海水正往里面渗透。乔飞廉神智还清醒,但是他的通讯系统已经失灵,我听不到他说什么。他往下指。

马洪下潜,摸到舱壁。"抱歉,泽泽。"他说,开始用激光刀切割门,门切大了,他使劲拽乔飞廉。但是乔飞廉动也不动。

马洪往舱外看,坚硬的黑色绳状生物,一圈圈蠕动着加紧缠牢乔飞廉露在舱门外的身体。乔飞廉背后的岩石正在飞船外壳上擦过,石屑从金属划痕两边进出,那尖利的石头不见半点钝迹,眼看着就要戳到乔飞廉的腰部。

杜琳和吉祥同时捂住眼睛。

说时迟那时快,马洪手起刀落,干净利落地砍断那些骇人的生物。乔飞廉的身体一动,马洪趁机往上拉乔飞廉,两个人浮上减压舱。

木木松了口气。

吉祥和麦杰都拍起手来。

5

杜琳的双手不住哆嗦,好不容易才将乔飞廉的潜水服脱下来。那衣服上伤痕累累,几个关节的连接地方都要断开了。如果马洪再耽误一点时间,那衣服就会彻底完蛋,乔飞廉也将没有一点人形。

乔飞廉稍微恢复了一点体力,宽慰她:"我没事。底舱门的事情可能更大。泽泽,"他忧虑,"底舱门怎么样了?"

"我已经派了机器人去修。"我回答他,"需要70分钟才能修复。"

"这就好。"乔飞廉放下心来,"老马,谢谢你救了我一命。"

"你没事就好。"马洪说,"我做的实在微不足道。"

乔飞廉摇头:"我欠你一个人情。"他身子摇晃,眉头皱了一下,"杜琳,我的腰和腿可能有擦伤,找点药给我。"

杜琳扶住乔飞廉,声音有点难过:"船长,不光是擦伤,已经流血了。您需要治疗和休息。"

马洪也劝:"是的,老乔你得休息一会儿。"

乔飞廉想想说:"好吧,我睡会儿。木木,把飞船姿态调整好,舱门一修复好就通知我,然后出发去新洞。"

"我,我看还是自动驾驶吧。"木木回答,口气游移。

乔飞廉却坚持:"这种情况泽泽很难处理,还是你来。"

木木不再争辩。我冷眼看着这一幕。木木表情的细微变化非常复杂,他操纵飞船的过程中有明显的错误,有90%的可能性这场事故是他故意制造的。但我无权控告木木的行为,除非乔飞廉要求调查。我甚至不能提醒乔飞廉,因为这种提醒一定不是木木需要的,但是乔飞廉的安全呢？准则在这里出现了逻辑上的混乱。

局里文件送来得正是时候,否则我会在自己逻辑的矛盾中死机。优先原则使我立刻远离木木和乔飞廉,处理文件。文件由公共宣传科转发——麦杰的《精卫号日记》被一家很大的传媒公司使用了,该公司同时制作了文字版和影像版发表在其控制的各种形式的媒体终端上。整个17天区的人都同时看到了这篇日记。虽然有所删节和修改,文字依然华丽而煽情。

我立刻将文件传达给众人观看。他们正在休息舱里喘息,需要一点精神鼓励。

"图片不错吧?"麦杰得意,看看图片上的他自己乐,"全天区都知道'精卫号'还有诸位了。"

"我怎么不知道你照了相?早知道就不穿这件工作服了,丑死了!"吉祥冲麦杰的照片皱鼻子,做出种种怪样。

"你还是把文章发了出去!"马洪不高兴,"局里也不告诉我们通过了审查。"

"锦上添花的事情谁不愿意做呢。"杜琳冷笑,"局里喜欢这样。"

"这文章里没提到泽泽。"吉祥眼尖,"没有泽泽,就没有'精卫号'。"

"对不起,对不起,"麦杰说着,连连对监视屏鞠躬,好像那屏幕可以代表我似的,"泽泽,不是我不想提你,是宣传科说不要把你加进去,他们要突出人。"

"没关系。"我平淡回答。

"怎么能没关系?"吉祥叫,"泽泽你那么重要!"

我非常重要!吉祥的话让我有一种特别的感觉,17个神经结的过度运动带来一种燥热。我不得不将散热系统的功率提高14%。

关于麦杰日记的讨论就结束了,虽然麦杰希望大家多议论一会儿他的杰作,但是众人全不在意。这未免让满心热情想讨精卫6组欢心的麦杰有点"剃头挑子一头热",他悻悻地回自己的小舱室躺下,躺了五分钟后又爬起来。

"泽泽,"他问我,"我没做错什么是吗?"

"没有没有,你没做错。"我安慰他。

"我想让大家放松一点,开心一点。这船上生活太乏味,太没情趣了。"

"你说得很有道理。"我运行"劝慰"程序中的"鼓励"模块。这程序的功能是十分钟内令沮丧和失去信心的人重新振作。

"可是我怎么做都没效果,船上的生活还是没有什么改变。似乎,我和乔飞廉他们总是不合拍。"麦杰烦恼,托腮沉思,"泽泽,你说我该怎么办?"

"不受欢迎只是你的想象,你应该再和大家沟通,让大家理解你。"我装模作样地说。这年代,做一台机器都这么辛苦。

麦杰还要和我讨论什么,隔壁忽然传来杜琳的惊呼。

麦杰急忙跳下床冲向声源,一头撞在杂货柜上摔倒。等他跌跌撞撞找到休息舱的时候,马洪和杜琳已经将吉祥按在睡眠治疗床上。吉祥死命挣扎,四肢都在不停地抽搐,似乎有什么东西正在她体内作怪。

"杜琳!"麦杰叫,"这孩子又发病了吗?"

"是的。本月第七次。"杜琳回答。

"精卫号"上只有一台功能简单的治疗仪,因为上这种巡航飞船的人身体一般都健壮如牛。不过,在两个月的旅行中,杜琳和乔飞廉找到了一种行之有效的方法,用来对付吉祥每次发作症状都不一样的怪病,这就是深度睡眠治疗。在近似催眠的治疗过程中,吉祥身体里的病灶似乎休眠了,会克制着保持一段时间不再发作。

杜琳给吉祥注射了一针镇静剂。马洪迅速为吉祥接好各种生理测试线和治疗线。

"泽泽,"杜琳唤我,"看你的了。"

吉祥就和我的女儿一样啊,看她那样痛苦我也不好受。我迅速检查她的身体。还好,她的生理参数并没太大的改变,是最近精神上的起伏太厉害了,引起了身体的不良反应。睡豚的事、乔飞廉的事、麦杰的事,都对她脆弱的身体有刺激,尤其是睡豚。小姑娘死撑着不肯承认被睡豚屠杀场面吓得不轻。那些失头的躯体烙印在她眼睛里,怎么也去不掉,连梦里都是无头睡豚的躯体在跳舞。

吉祥慢慢安静下来。杜琳守在床边,握着吉祥冰凉的小手。她把这只手贴在脸上,像是要把自己的体温分一半给吉祥。

马洪说:"吉祥最近是太紧张了。这孩子极度缺乏安全感,很容易有危机感。"

杜琳轻轻啜泣,把吉祥的手紧紧贴在脸上,低声对她说:"巡航的工作我不会做了。我当初做只是图挣的钱比较多,补贴、工资全加上一年有两万多块。吉祥,妈妈对不住你,让你跟着妈妈担惊受怕。"

"你别自责。"麦杰在杜琳身后说,搂住她,"你做得真的已经很好。吉祥会健康长大的。"

"吉祥!"杜琳轻吻着女儿的手。

吉祥正慢慢地沉入时间的底部,走进无边睡眠的大门。我引导她的脚步,让她跨过一条清浅的小溪,在一片开满鲜艳花朵的树林里散步,与和善的梅花鹿、独角兽嬉戏。我试图唤醒她内心深处最快乐的回忆,以冲淡睡豚事件的不良影响。在滑梯、热闹的广场和狂欢的食物大宴后,我察觉到吉祥脑部记忆区神经细胞间微小的电流交换,我当然不会放过这个追击的机会。终于,吉祥的深层记忆复苏了。

白马、山峦和田野。幼小的吉祥在马上跳。抱着她的骑手不住地打马转着圈,吉祥在骑手的怀抱里尖叫,大笑。她头上的角只有一点点雏形,显得非常可爱。第二匹马奔来,马上的骑手伸出手去,将吉祥抱到自己的马鞍上,吉祥笑得更愉快了,每一个细胞里都是阳光。

脸,我要看那骑手的脸。

终于,他们的脸从吉祥记忆深处显现出来,不是很清晰,不是很完整,但对我已经足够。

我认出他们来了。

那是毕鸿钧和乔飞廉。

6

精卫6组真是一个人际关系乱七八糟的小组。我不喜欢这种事情。因为处理人际关系从来不是我的强项,多角善变的关系将增加我模糊处理功能的负荷,最终造成我整个逻辑程序的短路。可我真得预防着点,不一定什么时候就会有意外发生,就像木木对乔飞廉突起的杀心一样。如果我想把全组人,还有那个自以为聪明的观察员麦杰都好好带回天极星去,我就得百般留神才好。不过这也并不太费气力,我是个多任务系统,只需建造一个任务组来仔细监视我的组员们就好。

该任务组的名字就叫"好好回家"。这个任务组为秘密级别,不对任何人开放,只有我知道、我负责、我进行。"精卫号"到达天极星的时候,就是这个任务组取消的时候。

我不记得我对"精卫号"其他工作组那么上心过,我甚至完全不记得精卫1号组的成员和旅行了。当然,关于他们的资料可以在生态局的档案里查到,但是我丝毫没有要去查阅以追忆当年的想法。对我而言,与每一个精卫工作组的合作都是崭新的经验,每一次路径相同的巡天过程都是新的过程。我喜欢来来往往在"精卫号"上经历喜怒悲欢的人们。我为他们生存,因他们的需要才显示价值。

但精卫6组给我的体验与前几组截然不同,这是一种茫然的、紧张的感觉。正如杜琳所说,有些什么事情要发生了。在发生之前,所有线索都是凌乱的、无头绪的,指向不明。我所知道的也许比他们每一个人都多,但我却拼凑不起来事情的真相,从而不能预测事情的下一步发展。

这不应该,我是有着高级智力的机器,我应该为了"精卫号"的将来未雨绸缪。我马上编了一套程序,结合精卫6组成员的个体资料和在飞船上的表现状况来分析我的线索:

> 吉祥,19岁,身患绝症,5岁以前的记忆表明她和毕鸿钧、乔飞廉认识,并且被他们宠爱,极有可能他们中间有一个人是她的亲生父亲。
>
> 杜琳,97岁,天魁星人,吉祥的母亲。少女时代即和毕鸿钧认识,并且爱过他,现在却视毕鸿钧为过去生活中的一个噩梦。杜琳认识麦杰并曾和他同居生活2年。
>
> 乔飞廉,118岁,少年时代的理想是做一个诗人。长期在万宁州生活,曾经是当地移民局的职员。他45岁时辞去了政府工作,去向不明。15年后他重返万宁

州,娶硅生物研究中心主任祝延的妹妹祝晶为妻。他在100岁左右为祝延报仇杀人,被判过失杀人罪流放天魁星10年,缓刑5年。流放结束后他到天极读书,并在115岁时进入生态局工作。

木木,31岁,祝延之子,一直对父亲的死因持怀疑态度。秦实月的孙女秦听海告诉他凶手是乔飞廉。木木对此怀疑,故意制造技术事故差点置乔飞廉于死地。

麦杰,89岁,显赫的麦氏家族成员,曾资助过杜琳的生活。目前想与杜琳言归于好。

马洪,126岁,天南沙漠星人,对杜琳有好感并向她求婚。

我的侦探程序一秒钟之内就给出了答案:

吉祥的父亲是毕鸿钧。
木木还会设计杀死乔飞廉。
麦杰会主动和马洪决斗。
乔飞廉就是毕鸿钧。

这程序一定疯了!看看它得出的荒谬古怪的结论,肯定有什么地方弄错了。这就是读多了侦探推理小说的下场。我要是公布出这个结果来,第一个被杀死的必定是我!人绝不会允许一台电脑做出这种判断。

我立刻将这个程序连带资料索引和结果统统删除,不留下任何蛛丝马迹引人猜疑。不过可以肯定,乔飞廉认识毕鸿钧,奇怪的是乔飞廉和杜琳的日常接触中丝毫没有曾经相识的痕迹。

乔飞廉认识毕鸿钧,认识吉祥,怎么会不认识杜琳呢?

难道……

罢了罢了,我又要开始我的推理分析了,这实在不是个好习惯。

吉祥还在睡眠中,杜琳靠着女儿打起盹来。马洪将一件外套披在杜琳身上,蹑手蹑脚离开。麦杰多待了一会儿,也走出去。

麦杰来到工作舱,马洪正专心绘制一张机械图。

"这是什么?"麦杰问他,"需要那么多齿轮?"

马洪指点那些齿轮的位置给麦杰看:"总共有15个齿轮。我要做一个发条娃娃。"

"那是很古老的玩具了。"麦杰不以为然,"送给吉祥吗?"

"虽然古老,可还是很有趣。玩具的互动性强,你看,上了发条它才能动。"马洪对他的设计颇感兴趣。

麦杰却只关心一点:"是送给吉祥的吗?"

"当然,是给那孩子的。我记得她要过生日了,这是生日礼物。"马洪挠挠他的秃头,有点不好意思,"麦杰,你可别先告诉她。我想让那孩子惊喜一下。"

麦杰笑:"我一定会替你保密。她生日是什么时候?我也要准备一件礼物。"

"明天。就是明天。"

7

我当然知道明天是吉祥的生日。小姑娘到明天就满20岁了。不过她的生理发育只有15岁的水平,至于心理发育,就说不好她到达哪个年龄段了。儿童教育也不是我的长项。

据说上古时期人到了18岁就已经成年了。在更遥远的人类历史记载上,15岁成家生子的大有人在。但随着人类寿命的延长,人类的成年期越来越推迟了。这种生理上的奇怪变化,科学家们至今无法做出合理解释。学术界为此分出许多派别,比如"宇宙辐射派",认为是宇宙中的射线延长了人的细胞生长;还有"心理作用派",研究心理因素对正常生长激素分泌所造成的影响;"时间放大派",阐述宇宙航行所渴求的速度和时间之间的关系,以及在此关系作用下人体对生理发育的自我重新修正过程……

目前官方规定的成人年龄在35岁。达到该年龄的人必须参加成人仪式,社会福利局会将他们的档案从儿童司转到青年司。

吉祥对自己能否活着参加这个仪式一直忧心忡忡,这倒不是说她对该仪式有多么心驰神往,小姑娘完全是另一种想法。

"那仪式太傻了,泽泽,我很想给他们点新东西,让那仪式热闹一下。"吉祥曾对我说。

吉祥还曾经把"给他们制造一点麻烦吧"作为口头语,她喜欢看见大家脸上错愕、无奈、惊讶的表情,这种表情比任何玩具都让她开心。当杜琳斥责她时,她常扁着嘴嘟囔:"人家就要死了嘛,你还骂我。"说得杜琳顿时愁肠百结,抱住吉祥大哭。

杜琳算是很称职的母亲了。因为据社会福利局的统计,家长和孩子的日常相处时间平均只有两个小时,有27%的家庭还在此平均值之下。孩子更多依赖社会福利和公共教育部门抚育成长,社会上也相应地产生了各式各样的"寄养中心",以帮助缺乏时间和精力的家长。

我读过一篇文章,大标题颇耸人听闻:《寄养一代的父母:人间蒸发了吗?》。文章作者强烈要求政府禁止星球间、星系间以及不同天区间的婚姻,因为这种婚姻"大多有名无实""所造成的唯一后果是将子女推给政府抚养"。这位作者还要求政府严格审核申请跨星球工作的人,"凡有未成年子女者应该严禁出港,并取消星际旅行资格。"

有社会学家出来反对该作者,指出政府如果按照他的想法制定行政法令,则整个17天区的经济连目前2.4%的低增长率都无法达到,因为天极星的人口占据整个天区人口的85%,但是天极星本身只能提供全部就业机会的41%。天极星有一半的居民必须到天区的其他星球去工作,否则,政府连廉价替他们抚养子女的钱都没有。这一驳斥肯定会让那作者不高兴。

发现我的资料库中还有《寄养一代的父母:人间蒸发了吗?》这篇文章,麦杰大笑:"我当时太年轻了,根本不懂社会经济学的问题。"

"文章的作者是你?"我不会把麦杰和那慷慨激昂的专栏作者联系在一起。两个人太不像了。

"当然。有一阵子,我想当作家,找了好些专栏来写,自己都不知道在说什么。"麦杰说,"不过被我亲戚当成一种资历,在某个政府要员前夸耀而已。"

"现在不写了吗?"

"不写了。"麦杰垂下眼帘,半晌才说,"我很笨拙,无力评述这个世界。"

木木走近睡眠治疗床,杜琳立刻醒了,紧张地问:"有事情?"

木木说:"舱门快修好了。我想你该去准备一顿饭。"

"是的,是该到吃饭的时间了。我就去。"杜琳放下吉祥的手,站起身,有点恋恋不舍。她俯身轻吻吉祥:"愿神明保佑你,孩子。"说着便转身向外走。见木木不动,杜琳奇怪:"你——"

"我陪吉祥一会儿。"木木说,"可以吧?"

"当然。"杜琳点头,"你多陪陪她。"

木木坐到杜琳的位置上,看着吉祥。照明度调得很低的灯光里,吉祥像个婴儿样纯洁。吉祥的角有一点点透明,仿佛隐藏着天国的秘密。木木伸出手,碰到角,立刻缩回手去。他两手交叉,在胸前比画了一个大三角形,喃喃自语。他说得太快,我听不清都说了些什么。

"你在说什么?"吉祥睁开眼睛问。

木木丢开手,诧异:"你什么时候醒的?"

"你进来的时候我就醒了。"吉祥笑,"杜琳让你们饿肚子了。"她的神色不坏,睡眠治疗通常短期内很有效。

"我走了。"木木转身就要走。

吉祥一把拉住他,撒娇:"你说了要陪我的。不许耍赖。"

"我还有事。"

"那也不行,有事你干吗到这儿来。你说,你刚才在说什么?"吉祥不依不饶。

"我没说什么。"木木不承认,"你听见我说什么了?"

"哼,还男人呢,连自己说什么都不承认。"吉祥冷笑,"呵呵,是不是怕我笑话你呀?"

"谁怕你呀。我是不想你死在'精卫号'上,连累大家。"木木梗着脖子嚷。

"那多好玩,可以把杜琳吓死,还有泽泽。泽泽,你不许偷听我们说话哦。"

我只好不说话。又不是我成心要听,谁叫我无处不在。

木木说:"杜琳很可怜。你别老吓唬她。"

"那是我能吓住她呀。比如你,我就吓不住你。"吉祥说着伤感起来,"木木,如果我死了,你会伤心吗?"

过了几秒,木木才说:"不会的。"

"骗我都不行吗?说说假话也好哇。"吉祥扁嘴,"我是病人啊!"

"我骗你你也不相信啊。不过,明天是你生日,你可以跟我要一件生日礼物。"木木把手叉在胸前,很没耐心地说。

"明天是我生日吗?"吉祥拍手,"我都忘了呀!好哇,好哇,要过生日了。"

"所以,你可以向我要一件生日礼物。"

"真的?我可以向你要一件礼物,什么都行?"吉祥眼睛中的调皮又在闪现。

"只要我办得到。"

"你肯定能办得到!我想要一只睡豚。"

木木脸上呈现一种奇怪的表情。他想摇头,但是好像有什么东西阻碍着;他又无法点头,乔飞廉已经发过禁令。他站在那里只是发呆,像他的名字一样木然了。

"求你了。我真的只有这一个心愿,我想要一只睡豚,和它玩儿,做朋友。"吉祥小心翼翼地说,好像睡豚已经在身旁了,"我会好好照顾它的。"

"乔飞廉不会允许。"

"我们偷偷地,偷偷地好吗?"吉祥仰起脸,那热诚的渴望几乎让木木无法拒绝。

第六章 伏击

所有人都不想与他相见，
银河的世界万万千。
为何命运彼此仍牵连？

——天极星标准教材《机器人文学读本》

1

乔飞廉睡醒以后，立刻要求我给他飞船事故的全部资料，他必须向局里汇报这个意外。我把资料链接到他的感应板上，这样他可以舒服地半躺在床上，重温那危急时刻。乔飞廉仔细浏览，尤其是视频资料，马洪救他那一刻更是反复看了好几遍。

"奇怪。"他沉吟，然后说，"我要马洪最详细的资料。"

我立刻提供。马洪的资料有限，但很完整，资历学历一应俱全。乔飞廉的眉头却皱得越来越紧。

"他的一切都很清楚。"

"就是太清楚了,毫无瑕疵,才显可疑。"乔飞廉说,"我要对'精卫号'负责。"

"我明白。他有任何情况我会向您汇报。"

乔飞廉还要说什么,看到杜琳走进来,便关闭他的感应板,坐起来。

杜琳十分关切地问:"泽泽告诉我你醒了。感觉怎么样?"

乔飞廉说:"感觉挺好。吓着你们了吧?"

"乔叔叔!"吉祥扑到乔飞廉怀里,"你没事吧?乔叔叔!"

"没事,没事!"乔飞廉笑着捏捏吉祥的脸,"只是擦破点皮而已。"

吉祥抚摸乔飞廉的手臂。那手臂上包了薄薄一层药用纱布,看上去受伤面积很大。实际上乔飞廉腰下的伤更多。吉祥抬起头问:"很痛吗?"

"痛过去了,现在什么感觉都没有。我还可以再抱你呢。"乔飞廉说着就要抱吉祥,被杜琳拦住了:"吉祥,不要老缠着船长了。船长需要多休息。"

"我已经休息好了。"乔飞廉跳下床,活动胳膊,"我去驾驶舱。"杜琳和吉祥同时伸出手扶他。乔飞廉笑:"这点伤还难不倒我。我自己能走。"他往前走了几步,回头对杜琳母女说,"你们看,这不是挺好?"

杜琳声音温柔："船长，你还是要多注意。"

"我知道。好，我现在去驾驶舱。杜琳，什么时候开饭？"

"还要一会儿。"

"那最好快一点儿。"乔飞廉爱抚地拍拍吉祥的头，就出去了。

杜琳望着他的背影，目光中有些许的留恋。

吉祥忽然问："你喜欢乔飞廉是吗？"

杜琳吓了一跳，侧过头瞅着吉祥："你说什么？"

"你喜欢乔飞廉呗，我看得出来。"

"你不也很喜欢他吗？"杜琳牵动唇角，硬挤出一个笑容。

"我的喜欢和妈妈的喜欢不一样呦。"吉祥"呵呵"干笑两声，"妈妈大概是爱上乔飞廉了吧？"

杜琳失声叫："你瞎说什么呢，吉祥！妈妈哪儿有资格爱船长！"

"那有什么不可能？乔飞廉比麦杰强多了。"吉祥扬起脸，"难道你喜欢的是马洪？"

杜琳沉下脸来："吉祥，你别乱猜。喜欢和爱是完全不同的感情。妈妈喜欢乔飞廉，也喜欢马洪，但都不是爱。妈妈只爱你。"

吉祥噘嘴："你真的爱我？"

"吉祥，你不能怀疑妈妈。妈妈只要能做到的，一定会为吉祥做到,可是睡豚的事不行。吉祥,你也该懂事了。"杜琳恳切地说,不像是在对女儿,倒像是在对朋友。

吉祥摇头:"我不问你睡豚的事了。我要问你,我爸爸是谁,他做过什么,他为什么离开我们,他死了吗?还是活着在什么地方花天酒地?"

每一个单身母亲都会面临女儿这样的问题,但她们通常疏于准备答案。每一次吉祥问她,她的反应都是一样的:脸上瞬间红一阵白一阵的,手脚温度急剧下降。

吉祥得不到答案,就乱嚷:"我不会没有父亲,是单细胞繁殖的吧?太可怕了!"

杜琳反问她:"你这些问题都是从哪儿来的?"

"你不能回答我吗?"吉祥脸色也变了,抓住自己的角,"我压根儿就没有父亲!"

杜琳一把将吉祥抱住,长叹:"不,你有父亲。吉祥,你当然有父亲。原谅我不能谈他,因为他已经死了。"

乔飞廉走进驾驶舱,心平气和地喊:"木木,还有多久可以到达新洞?"

自从乔飞廉受伤后,木木一直坐立不安。他启动了"精卫号",但完全采用自动驾驶模式。乔飞廉这一叫,他竟然从座位上直直站起来:"什么,船长?"

"还有多久到新洞?"

"大概还有2个小时。"木木胡乱回答。

乔飞廉拍拍木木的肩,说:"不关你的事,我受伤是个意外。"

木木喃喃说:"对不起。"

"好了,既然我受伤,就更不能驾驶飞船了。看你的了,小伙子。"乔飞廉鼓励他。

木木神色间有些惶恐:"我?我能行吗?"

"当然。"乔飞廉给木木一拳:"这点小事故就想打退堂鼓,你敢!"木木咬住下唇,说不出话。乔飞廉将他按在驾驶座上,"你继续操纵飞船。有问题泽泽会帮你。马洪呢?"

"在工作舱。"木木急忙回答,很乐意摆脱乔飞廉过于信任的目光。

马洪看见乔飞廉却比木木热情得多,他给乔飞廉一个大大的拥抱,非常高兴:"你康复得很快,真是一条好汉。"

"老马,"乔飞廉的声音里却缺乏兴奋,"你实话说,你到底是什么地方的人?"

"怎么,我的经历写得不清楚吗?"马洪没想到乔飞廉突然问这个。

乔飞廉摇头:"老马,一个天南沙漠星的人,是不会那样用激光刀的。"

"凡事不能一概而论。"马洪微笑着辩解。

乔飞廉神色严肃:"我不管你从哪儿来,但是老马,我们可能要面临复杂危险的局面,我希望,你所有的表现都能像救我那时候一样坚定干脆。"

2

吉祥再次站在"精卫号"的核心舱室中,也是我的中央处理器所在地。我完全不能阻拦她的到来,其实我比精卫6组的任何人都更需要保护。好在这次她很清醒。

"我梦里曾经来过这儿。"吉祥面对四周各种奇异的设置说,"我觉得服务器的中心不该是这个样子。"

"你没有权限来这里。吉祥,你让我很为难。"

吉祥表情委屈:"我来过这里,你并没有赶我走。"

"那时你在梦游,我不能伤害你。"

"那你就当我现在也是梦游,好不好?"吉祥伸手碰我的神经结,这让我紧张。

我严厉警告:"你不能乱动!你必须立刻离开!"

"你不要我了?泽泽,你觉得我很讨厌吗?"吉祥的眼泪流出来了,"我没有爸爸了,他死了!"

眼泪这种液体对我这种半生物的肌体会不会有危害?我连忙哄她:"那再找一个新爸爸呗,干吗那么较真呢?"

"爸爸不能随便认!泽泽,你根本不懂!"吉祥说着靠到我的电缆上,又要哭。

我体内的压力值已经到达危险边缘了,我最后一次警告她:"如果你再不离开,我就必须找杜琳来了。"

"那我又会被她骂。"吉祥不快,"泽泽,你为什么不让我在这里?我并没妨碍你什么。"

"规则只能让乔飞廉和杜琳进来。吉祥,你违规了,按照规则我应当立刻报警,但是我没有,因为那时候你在梦游,完全不知道自己在做什么。但这一次你是清醒的,我依然没有报警。吉祥,我的行动正在违背我所遵守的行动规则,这对我非常危险。"

小女孩儿好奇地瞪大眼睛:"那会怎么样?"

"我的逻辑电路会被烧毁。这飞船也就完了。"

"你别吓唬我!"

"我没有。你快走,乔飞廉来了。"我催促。

吉祥吓了一跳,立刻从秘密通道溜掉了。乔飞廉的名字对吉祥更有效力。不过,真的是乔飞廉来了。他小心地进入舱室,尽量不触碰任何东西。

"杜琳对你的照顾很周到。"乔飞廉扫了一眼设置更新记录,"她降低了安全防护阀的级别。"

"我以为你应该已经知道。"

"我的确疏忽了。东始星,我发现自己并不像预计的那样可以坦然面对它。"

"你做的事情都很符合规则。"

"规则?"乔飞廉苦笑,"规则又是什么呢?"

"我无法查找你问题的答案。"

"泽泽,有些问题你不需要给出答案。你得学会像人一样的思考。"

"我不是不能,但你知道那不是机器应该做的。人的思维方式,"我斟酌词句,露出的智慧既不能高又不能低,这个程度真不好掌握,"并不一定是宇宙间最完善的思维体系。"

乔飞廉一愣,他的表情一时间就像婴儿一样懵懂无知,好几秒钟以后他才恢复过来:"这肯定是我听到的最空洞但却最有理性的话。泽泽,我完全相信你能找到那个答案。"

"关于规则的规则?"

"对,因为很多事情不是简单地对,或者干脆地错,规则判断不了。"

"那怎么办?"

"需要你自己判断,超越规则。"

乔飞廉的话太复杂了,我一时无法理解。乔飞廉望着我那些用各种材质制造的有条不紊运行的部件,看得出了神。良久,他才说:"泽泽,我们可能要战斗。你以前经历过吗?"

"很多。我记得一个星球有三个太阳,每到夜里当地生物就出来觅食。那种生物没有视觉,依靠发达的嗅觉寻找食物。"

"天恒星系的黑风星。"乔飞廉说,"只要太阳升起,就一切安全。"

"还有一个星球,是多脑虫的故乡,那些虫子的四个脑都很发达,而且彼此共享信息资源。"

"积雷星,这个星球可是够让人受的。"

"我还经历过猿人星球的战斗。老实说,一个猿人差点控制了我。"

"有什么感受,当时?"

"希望一切都结束,如果被猿人控制只好忍气吞声。"我严肃地回答,"乔飞廉,我只是接受命令、服从规则的机器。"

"我知道。我以前改变过你的安全程式,对你的自由意识度进行了限制,我希望你不会认为这么做多此一举。"

"你担心什么?"

乔飞廉说:"谁知道,盗猎者也许会抢夺'精卫号'。泽泽,如果发生了那样的事,你会抗拒他们的命令吗?"

"我是为精卫6组服务的。"

乔飞廉不再问了,转身离开。核心舱内终于空无一人,回归我往日的静寂。在这种静寂中,乔飞廉刚才谈话的那些声音似乎还能听到,其实只是音波的反复回响而已。"超越规则",是什么意思?乔飞廉要指点我什么?我忽然觉出一种寒意,真的,很深很深的寒意,我的全部能量似乎都被冻结住了,2秒钟后我才从这种感觉里挣脱出来。一台机器有这种感觉很不应该。我迅速清查我所管理的"精卫号"的374869个零件,还好,每一个零配件都工作正常。但我肯定,有一些变化在我身上发生了,虽然我并不确切知道这些变化是什么。

3

杜琳准备好了一桌子饭菜:蔬菜沙拉、水果冰激凌、黑胡椒牛肉、腊味三蒸、豆豉刀鱼、红焖鸡块、玉米奶油浓羹以及海鲜炒饭。毫无疑问,杜琳的厨艺是35年来全部"精卫号"成员中最好的。我从来没有看到过谁能在两个多月的星际航行后还摆得出这么多色香味俱全的菜肴。

乔飞廉从自己的物品柜中拿了一个盒子,走进生活舱。精卫6组其他人早已就座,只等他到就开饭。

"哈哈,今天是什么特别的日子吗?"马洪瞧见乔飞廉就问,"杜琳特别隆重,我怀疑她是不是把仓库里的储备都用掉了?"他神情如常,乔飞廉的质疑看来对他毫无影响。

"储备还足够我们吃两个月。船长说有特别的事情,要我做几个拿手好菜。"杜琳一边解释,一边开始切分牛肉。

乔飞廉环视众人,神秘地说:"我有一瓶酒,拿来给大家喝。"

"你也夹带了私货呀!"马洪嚷。

"那你别喝了。"乔飞廉笑,亮出那盒子,是一瓶地球产的"贵州茅台"。

"我还以为这种酒是神话传说。"麦杰眼睛一亮,"这简直是无价之宝。"

"不过就是一瓶酒。杜琳,拿杯子。"乔飞廉用力拧开瓶盖。舱室里顿时香气飘溢,馥郁醇厚得不可描述。

"你明知我酒精过敏。"马洪拍案嗔道,"成心馋我嘛。"

"老马,过敏也稍微喝一点吧。泽泽肯定有治过敏的药。"

"我有。"我赶紧回答。这酒连我都想喝,马洪还在乎他的过敏症干什么!

酒入杯,连吉祥都分到一小盅。乔飞廉首先举杯道:"我们两个多月来在星际奔波,就是为了逮住偷猎盗猎的不法分子,保护新生态区。现在,我们终于发现了他们的痕迹。接下来的一场恶战我们必须取胜。为了胜利,干杯!"

众人起立,齐声应道:"为了胜利!"

乔飞廉将手中的酒一饮而尽。他示意杜琳给他斟满,再次举杯:"大家都不能喝酒,就随意吧。这第二杯,要祝吉祥,我们的小公主生日快乐!"

"呀!"吉祥叫起来,"乔叔叔,你不要突然说这句话啊。"

"生日快乐!吉祥!"乔飞廉和吉祥碰杯,"我的生日礼物是带你去参观新洞!"

"真的吗?"吉祥激动得赶紧放下杯子去拥抱乔飞廉,急急忙忙问,"我什么时候可以去?"

"我们胜利之后!"

杜琳擦拭脸上流淌的泪水,哽咽道:"谢谢你,船长,谢谢你记得吉祥的生日。"

"我们都记得。"马洪笑,将一个发条娃娃递到吉祥手中。

麦杰的礼物是一幅素描,画上的吉祥有着小天使般单纯透明的光辉。他真诚地祝愿:"生日快乐,天使!"

吉祥抱紧娃娃和画,踮起脚依次亲过马洪和麦杰的脸。

随后,吉祥就以一种公主般尊贵的口吻问木木:"你的礼物呢?"

"迟早会有的,你别急。"木木嘴里嚼着牛肉,含糊应答。

"尽量吃吧。到达新洞后我们制定战斗计划。"乔飞廉半命令半玩笑地说道,"不动手好吃的可就没有了。"

"精卫号"航行顺利,但由于洋流湍急、地形复杂,到达新洞的时间被延长。乔飞廉亲自指点木木如何手动驾驶,这时候经验更为重要。

X—4299传来它所搜集到的一些相关材料。马洪和麦杰正在工作舱里研究45号洞的壁画,看到那些材料,麦杰不解:"这些材料都是关于傲因的。"

"是我找的。我有一种怀疑,你看,麦杰,45号洞的这个壁画。"马洪说着,在感应板上将壁画局部放大,再将傲因的一张照片调到细节旁做比对。

"这像是围着一种东西,在跳同样姿势的舞。是种仪式吗?"麦杰琢磨,"不同的是,壁画上是睡豚在跳舞;傲因这张,是人在跳,男女老少都有。"

"傲因这个,是一种古老的召唤它的仪式。中间那个东西就是傲因。"马洪解释。

"中间那个就是傲因?"麦杰挑眉毛,"完全不像恐怖怪兽啊!"

"它还没有完全变身,还有人形。"马洪有点兴奋,"这张照片太珍贵了。你看,如果去掉照明光的阴影,还有它身上的獠牙和长毛,以及这个像熨斗样的附件,还有这些颜色,"照片经过图形整理程序,在马洪手指间上一点点清晰简单了,"它就是睡豚嘛。"

麦杰挠下巴,疑惑:"你什么意思？睡豚会变成傲因吃人吗？"

"不不,传说可能恰恰相反,是人吃傲因脑子。如果睡豚的休眠是一种类似昆虫的变态发育过程,傲因很可能是它们变态后的样子。"马洪越说越兴奋。

麦杰的疑惑更加深了:"我不是很明白……"

"傲因现在证实了不是传说,是真实存在过的稀少的变异生物,有目击证明和历史资料。只是不知道它究竟是什么变异的。如果睡豚真的能变成傲因,"马洪眼睛发亮,"麦杰,这将是生物学上的重大发现。"

"是吗？"麦杰眨眨眼睛,努力做出明白了的表情,但这表演太过浮夸,连我都感受到了他的敷衍,"可是怎么证明呢？"

"会有办法的。一定会有办法。"马洪说,"我们一起来做这个研究。"

麦杰不由地笑了:"我和你？我能干什么？"

"你能描述,绘图,报道真相。"马洪说,"你能做的事情不少,别看轻自己！"

麦杰吃惊:"真的吗？我真的可以？"

马洪点头:"是的,相信你自己!"

4

新洞到了。"精卫号"比盗猎者抢先了一步。探测器表明,新洞周围200平方千米的范围内都没有任何人造运动物体的痕迹。这里的地形如漏斗,新洞就处在漏斗颈部的山体中部。新洞斜对面漏斗底部的山岩恰好有一个弧度凹进去,可容"精卫号"藏身。乔飞廉就把"精卫号"埋伏在那里,飞船底舱出口正好被巨石遮拦,但又很方便出入。飞船表面还将覆盖上一层厚厚的吸声海藻用做掩护。漏斗的两端开口则安装探测装置,以便随时发现可疑的航行物迹象。

乔飞廉判断,盗猎者正依次在各个睡豚洞里搜集4岁睡豚。因为只有4岁的睡豚所产的黄金激素品质最好。盗猎者应该想不到他会舍弃那些洞中的睡豚单单在这里伏击。

"如果盗猎者不来这里,他们至少会多屠杀5万只睡豚!"马洪说。

"他们一定会来,相信我。他们应该有三四个人,不会更多了。看他们的手段就知道,人多了就不这么干了。"乔飞廉在准备会议上说,"马洪你留在驾驶舱,操纵电驱鱼。泽泽,飞船的事情交给你了。"

"对,电驱鱼要是应用得好,就是一道天然的电网,可以掩护我们,打击敌人。"马洪摩拳擦掌,"但我更希望能和你们一起战斗!"

"我们仅仅分工不同。"乔飞廉挥手,"我和木木一个组,杜琳和麦杰一个组,互相接应支持。"

"我？我还是留在这里吧。"麦杰插嘴,"老马去,我留下。"

"你怎么了？老马他不会射击!"杜琳瞪麦杰,"你有什么问题吗？"

麦杰急忙摇头:"没有问题,当然没有问题。但是,我没经历过战斗场面。"

"那么你跟着我。木木和杜琳一组。"乔飞廉重新调配,"麦杰,抱歉要让你涉身险境,但是没办法。现在,你就是精卫6组的第5个成员。"

"谢谢你,船长,谢谢你对我的信任。"麦杰握住乔飞廉的手,很是感动。

"我呢？"吉祥提醒乔飞廉,"我也是精卫6组的成员呀。乔叔叔,你不能忘了我。"

"你留下来陪马洪。吉祥,这可是非常重要的任务。马洪得有个人差遣才行。"乔飞廉强调,"你会听他的话,是吗？"

"当然,船长!"吉祥立正,高声回答。

"那我们分头干吧,先领武器。"乔飞廉命令。

马洪的电驱鱼计划,是释放数个强场发生器,通过电磁场场强的改变调整新洞附近海水中的电量分布,从而达到指挥电驱鱼的目的。因为电驱鱼对海水中电磁场的改变十分敏感,它们喜欢聚集在电量丰富的区域。

一个半小时后,场强发生器、吸声海藻、探测装置全部到位。事情进行得如此顺利,木木起了很大作用。现在这年轻人更加地沉默寡言,只顾手脚麻利地工作,似乎要用行动挽回对乔飞廉的伤的损害。他内心深处的怀疑和猜忌真能因为乔飞廉的宽容就烟消云散吗?我很想问问他,可惜规则限制我,绝不能主动和人类谈话。

乔飞廉说,你必须超越规则。

但是超越和探寻规则需要时间,我还没有这个时间。等盗猎者自投罗网,等我回天极星接受改造的时候再去谈论哲学问题好了。

乔飞廉、杜琳等4个人到底舱换上潜水服,领了磁力振荡枪。乔飞廉的衣服在上次事故中被划破,他拿了一套备用的,把旧衣服里的物品搜索了一遍。衣服穿在他们身上都很合体,信息链接非常通畅,通讯质量也相当不错。我和他们,某种程度上是一体了。

乔飞廉取出生态局监察大队的金属臂章,亲手给每个人佩戴上。麦杰也得到一枚。他抚摸那臂章,颇为激动:"乔船长,相信我,我会尽全力。"

"我知道。"乔飞廉点头,眼睛中有些温情,"麦家出过不少杰出人物。"

时间一分一秒过去。电驱鱼开始聚集。这是一大群黑背电驱鱼,它们对电场改变最为敏感。它们之间,有一两条红色的电驱鱼异常活跃,时不时会攻击身边的同类。

"那是长牙电驱鱼,"马洪告诉吉祥,"黑背电驱鱼就像它们放养的山羊,随时供它们享用。"

"呀,它们长得好丑。"吉祥摸摸自己头上的角,问,"坏蛋什么时候来啊?"

"应该快了吧。"马洪瞅瞅视屏上的乔飞廉,"对吧,老乔?"

"快了。"乔飞廉始终胸有成竹,"我们要耐心等待。"

"等待是一场漫长的痛",我不记得哪位诗人曾经说过这么一句话。乔飞廉少年时代的理想是要当个诗人。王宜章,天极星菲利普大学城文学院的教授,公认的最优秀的科幻小说作家,讥讽所有想以文字谋得一生幸福的年轻人:"这是个讲究实力的年代,文学的实力在哪里?扯淡,它完全是在扯淡!"这位常常诅咒文学未来的老头儿从不肯承认自己是个科幻小说家,谁要是这样称呼他,他就和谁急。在乔飞廉不多的行李里有一册王宜章的《我的小说自动程序》。王宜章嘲讽诗人毕鸿钧,称他为宇宙疯子,却在校园里公开向学生推荐毕鸿钧的作品,因为"疯子,看待世界更直接清醒!"

"等待是一场轻微的梦",我想不起那首诗的下一句,大概是这一句。杜琳并不喜欢诗歌,她少年时代的梦境中全是战争,她的梦境可以连缀成一部天魁星战争史——这场为了独立挑战全银河的战争艰苦持续了9年。与整个联盟对抗无异于以卵击石,天魁星的覆灭也在众观察家意料之中。不过,联盟还是以怀柔之心保留了天魁星,使它不像另几个吵嚷着独立的星球遭到气化命运。天魁星整体被改造成了天区的监狱,在那里服刑的人终生不会有逃脱的可能。杜琳拿起武器的时候,神态中的温和与柔弱消失殆尽,武器揭去她性格的面纱,露出天魁星人的反骨。她必定是在那里练就一手连乔飞廉都赞叹不已的好枪法。

"等待是一场人生的巡回演出",我记起这首诗的结尾了。麦杰正哼哼它呢,他会和一台电脑心有灵犀,怪事。这青年将武器斜抱在怀,对他无所事事的80多年生命做了一番检查。他得出的唯一结论是他活着最有意义的时刻,竟然是在这里——在"精卫号"狭窄昏暗的一间舱室里,等待出击的时刻。

"你很漂亮,杜琳。"麦杰显然不喜欢等待的肃穆气氛,要找些轻松话题,"这身衣服很配你。"

"你也一样,挺帅的。"杜琳露出少有的笑容,将那支对她来说大了点的磁力振荡枪举过肩膀。

"啊,不行,我只是个凑数的。你什么时候学会射击了?"麦杰饶有兴趣,"你还有很多事情我不了解吗?"

"很久以前就会了。这就像开车,会了就忘不掉。"

"教她枪法的人一定是个好手。"乔飞廉忽然插话,"木木,你要跟定杜琳多学着点。"

杜琳悠悠地看乔飞廉一眼,没说话。

麦杰就笑,对乔飞廉保证:"我会向你和杜琳两个人学,我只是缺少实战经验。"见木木一直不开口,麦杰就用枪把轻击他的潜水服:"木木,你说呢?"

木木靠着舱壁闭目养神,懒洋洋地说:"小心误伤。"

"你担心盗猎者不来吗?"乔飞廉像能看透木木的心。他拍打木木的手臂,"他们会来的。"

木木睁开眼,望向监视屏。屏幕上海水荡漾如常。木木轻声问乔飞廉:"以前,你也经常这样伏击吗?"

乔飞廉点头。

"船长你别太冲动,"杜琳低声说,"你身上有伤。"

麦杰转向杜琳,半认真半玩笑道:"信不信由你们,我做过很多事情,可是没一样做过。我有过很多女人,但最好的一个我却把她放弃了。我总是希望命运如我所愿。结果呢,我连愿望是什么都没有搞清楚。"麦杰越说越激动,眼睛深深地看着杜琳,"我现在终于清楚了。"

"你能不能安静点!"一直沉默的木木低嚷。从他喉咙深处发出的声音颤动着一种威慑力。这个大男孩忽然有了男人的决断和坚毅,喝道:"麦杰!马上就要战斗了!"

麦杰刚想申辩,乔飞廉做个手势,阻止了他。乔飞廉指指他们斜上方的视屏。

5

根本不需要任何探测装置,盗猎者的船只尚在20千米外我就感到了海洋的躁动。那艘船简直就像个超级功率的噪音发生器。这一定是艘旧船。果然,20分钟后一艘白鲨4型货船缓缓驶进漏斗的斗口处,体积足有两个"精卫号"那么大,机动性很差,完全无法通过有崎岖山岩和湍急洋流的漏斗颈部。这种货船当然也安装了闻仲巡航智能服务系统,不过系统智力级别只有3。我立刻将该货船的结构剖面图从资料库中调出给众人看。这艘船名为"山葵",我在天区所有太空港的船只注册簿上都没有找到这个名字。

"那一定是个假名字。泽泽,谢谢你那么快就调查清楚。必要时和对方链接,你能接管它吗?"乔飞廉问。

"理论上可以,但我还要取得它的安全密码。"

"我想你能行。"乔飞廉现在就像和一个老朋友说话那样,我喜欢他说话的口吻。

监视器屏幕上的"山葵号"飞船完全清晰了。吉祥不禁叫起来:"好大的一艘船!好丑的一艘船。"

"白鲨4型,现在基本都淘汰了,速度太慢,噪音大。"乔飞廉皱眉,"但是它的货舱足够装进5万只睡豚头。这群杂种!"

"可是它的防护系统糟透了,"木木插嘴,"也不灵活,速度也慢。"

"对。"乔飞廉并不轻敌,但也不畏缩,"我们对付它应当绰绰有余。"

"应该手到擒来。"马洪笑,冲乔飞廉他们晃动大拇指,"船长,胜利!"

所有人都伸出大拇指晃了一下。

我真希望我也有大拇指。

货船停住了。它悬在海水中,很小心、很慢地掉过头,尽量接近漏斗颈部,接近新洞。新洞的洞口在一块山石的褶皱后面,隐藏得非常好。此时,电驱鱼已经聚集得相当多了,它们使这一空间的电磁场紊乱,对方无法发现"精卫号"的痕迹。实际上,看那白鲨毫不在乎的样子,即便发现"精卫号"就虎视眈眈地守候在旁也不会当回事儿。

两只潜水球从白鲨后部释放出来,灵巧地绕过藻礁,游进斗颈,向新洞隐蔽的洞口靠近。一群珠光电驱鱼懒散地从周围涌过来,给潜水球缠上一条长长的绚丽光带。

乔飞廉和木木迅速交换眼色,两个人脸上的表情都在说:"到时候了!"

乔飞廉比了个手势,大家扣紧头盔。乔飞廉平静地命令:"走,到'山葵'上去!"

布满了电驱鱼的海洋简直就是一个混乱的所在,任何电子仪器都不能在其中发挥作用。只有了解某种电驱鱼的电磁场频率,通过共振方式,才能顺利传送通讯和图像数据。说起来很简单,但是做起来却相当复杂,马洪为乔飞廉他们选择的是一种鬃毛电驱鱼,这种电驱鱼发出的电波频率恰和我们无线通讯的频率相似。

"这种电驱鱼好漂亮。"吉祥在驾驶舱里看得心花怒放,"它的须子真长真多啊。"

"泽泽,乔飞廉他们该出舱了吧?"马洪完全顾不上生物学的问题。

我将驾驶舱里的监视屏全部打开。"山葵号"、潜水球、洞口、电驱鱼,还有乔飞廉他们每一个人,各占一块屏幕。潜水球已经靠拢新洞,停在那里。对方显然在解开细红线。趁这工夫,乔飞廉四人混进电驱鱼群体中,向"山葵号"游去。他们很快就接近"山葵"了,船上的人仍然毫无察觉。

吉祥不说话,盯着我的视屏,两只手紧紧地攥在一起。马洪像个孩子样咬住他左手的所有手指头,右手按住胸口,生怕心脏会紧张地跳出来。

他们游到了。乔飞廉找到"山葵"的底舱门。我看见金属盖上的图案和编号,该死,这是一个天光流巡航智能服务系统T—948,我需要一个闻仲智能服务系统X—4000系列对天光流巡航智能服务系统T—900系列的过渡件才能和它链接。

"泽泽!"乔飞廉等了几秒,见我没反应,催促。

"给我一点时间。飞船外形是伪装的,我需要找一个过渡件。"

潜水球逐渐从我的监视屏上消失了,它们已经进洞。

"我必须和外界联系。"我请示。为了安全,"精卫号"取消了与外界的一切联系。

"时间不要太长,20秒为一组。"乔飞廉命令。

我迅速找到X—4299,它也没有这种型号的过渡件。实际上,T—984已经退出了星际航行,该过渡件就没有再生产。

时间在一秒一秒前行。

乔飞廉摸索到底舱盖上的防滑栓,对我说:"这也许能用手拧开。实在不行,就把底盖炸掉。"

防滑栓很紧,乔飞廉拧不动。

第二个20秒过去了。

乔飞廉用上了工具,防滑栓终于松动了一下。但就这么一下。

第三个20秒,"山葵号"轻微动了一下。乔飞廉调整他的位置,继续拧防滑栓。

X—4299的信号过来了,它终于在一个电脑古董俱乐部的数据库里找到了该过渡件,"这是个盗版产品。"X—4299有点担忧,"你真的需要吗?"

"当然。"我像得了宝贝似的连声应道。

过渡件立刻被传送过来运行安装程序并执行。"可以链接了。"我说。此时,乔飞廉也打开了防滑栓,他将数据插口接入防滑栓后面的接口。还好接口端是通用产品。排除了水的干扰后,我调整数据流量,开始进入天光流系统。过渡件并不平整,接口部分粗糙不平,我和天光流的数据无法紧密结合。幸运的是,我很快就发现了天光流的安全门锁,打开了它。

"可以了。"我通知船长,像人长舒一口气那样放松了一下下。

底舱盖启动,乔飞廉第一个跃身而上。

天光流向我大敞门户,丝毫没有察觉外来者的刺探。好运再次降临了,"山葵"上只有一个人!我重新分析该船结构图,给乔飞廉他们指路。乔飞廉没有丝毫犹豫,大步奔向驾驶舱,杜琳等人警惕地跟在他身后。

乔飞廉叮嘱我:"泽泽,你注意他们和洞里人的联系,不能让洞里人察觉船被我们占领了。"

"我盯着天光流呢。这家伙智力和我相差太多,它搞不出什么花样。"

乔飞廉进入驾驶舱,杜琳和麦杰守住舱门口。这驾驶舱比"精卫号"大得多,也气派得多,只是仪器的精密程度上差了一个数量级。驾驶员正坐在椅子上抠鼻孔,他面前的视屏里,出现一条倾斜而上,两壁装饰画无比精美的走廊。

这帮盗猎分子已经通过二层细红线和水阀,进入新洞的引廊了。

木木上前拍拍驾驶员的肩,客气地招呼:"你好。"

"你好。"驾驶员习惯性地回答,突然觉得不对头,转过脸来,木木冲他的鼻梁就是一击。驾驶员没有躲开这记重拳,身子左倾,跌倒在地。

"马道,你那边怎样?"引廊那边有人问。

"一切正常。"我立刻复述驾驶员刚才的回答。

木木的枪抵住驾驶员前胸:"我们是生态局的巡查,你们完蛋了!"

6

马道很年轻,比木木大不了多少,满脸雀斑,一头蓬乱的红发,掉了四颗门牙,要想模仿他说话的漏风腔调还真不容易。但是我的声音模拟程序瞬间就抓住了他声音的本质,模仿得惟妙惟肖。

乔飞廉找到天光流的驾驶密码,现在"山葵号"就像个玩具一样归我们了。杜琳和麦杰走进舱室。

"我只是个驾驶,我可什么都没干。"马道辩解,"你们要抓,得抓老毕。"

杜琳的身体微微一颤。

"老毕是谁?"木木恶狠狠问。

"我不知道。我们都这么叫他。"

木木用枪敲马道的头:"你想清楚再说!"

"我们的确不知道。"马道推开木木的枪,"再说,你也不能乱开枪啊!法庭才能裁决我有罪。"他油腔滑调地说,看来这绝不是第一次被巡查人员逮住。

天光流表明,"山葵号"上共有4个人,叫老毕的带了另两个人李奥东和柯林进洞采摘睡豚头,把马道留在"山葵"号看家。

"他们已经有了2万只睡豚头!"乔飞廉查看货船上冷库的存货量(睡豚头必须冷藏,否则将失去活性),愤慨得不能自已,"割了这么多头你们的手不会发软吗?"

"不关我的事,我什么都没有干!"马道喊。

木木踢了他几脚,吼他:"住嘴!"

"泽泽,"乔飞廉叫我,"我想知道老毕的样子。"

天光流系统中有大段的视频资料,找到4个人都在的段落很容易,我把它播放出来。老毕是那种一眼就可以被辨认出来的人物:高大健壮,外形不羁,表情丰富,目光犀利。

"精卫号"组员们都是一惊。是的,从他们微微起伏的胸膛、稍稍错开的双脚、略略纷乱的呼吸这些细节上我读出了他们的惊讶。指挥电驱鱼的马洪、快速浏览飞船日志的乔飞廉、看守俘房的木木、东张西望好奇的麦杰、盯着视屏的杜琳,每个人都像被雷电击中一样,忽然就全身僵硬,呆若木鸡。

老毕,原来就是毕鸿钧。

我不相信戏剧性的故事会发生在生活中。但是眼前的老毕,形象与通缉令上的毕鸿钧、人们梦境中的毕鸿钧完全一致,只是增加了一些风尘仆仆的感觉。岁月的沧桑在他额头和唇角积淀着,却于他的气质毫无损害。他依然风度卓越,不愧诗人桂冠的拥有者。

只有吉祥表情如常,她一直专心研究电驱鱼的色彩,此刻才抬起头看屏幕,指着毕鸿钧说:"这个人不丑啊。一点儿也不像坏蛋!"

众人似乎这才慢慢恢复了常态。乔飞廉做了个手势,示意我关掉船员图像:"好了,这就是我们将面临的敌人。大家还有什么问题吗?"

沉默。我知道杜琳、乔飞廉与毕鸿钧必有不同寻常的关系,但是麦杰、木木和马洪呢?他们几个为何也会失态?人啊,到底有多少秘密不能彼此倾诉?

"木木,你把马道捆起来,扔到冷冻睡豚的库房去。泽泽,清点'山葵'上的资料,找到控告老毕和他手下的证据。杜琳、麦杰,你们这就和我进新洞。"乔飞廉声音越来越快,也越来越有力。

老毕和他的手下已经走完引廊,进入第一层洞。我听到柯林惊异的声音:"天!这么大的洞!他妈的竟然有那么多睡豚。"视屏上出现的不是惯常壁挂睡豚的情景,而是无数壁龛星罗密布的画面。这些壁龛层层叠叠排列,仿佛山岩上的万千只眼睛,每只眼睛中都有一条睡豚做瞳仁。

马道被木木捆成一个粽子。他在木木脚下翻滚,哀求:

"天啊,别让我和睡豚在一起!那太可怕了。"

木木皱眉,给马道头部猛然一击。马道晕了过去。木木随即将他拖走。

乔飞廉催促:"快!赶在他们动手前。泽泽,这里交给你。"

"没问题,船长,您放心。"我理解乔飞廉焦急的心情。

新洞的细红线没有重新设置,乔飞廉几人毫无障碍就通过了水阀,走上引廊。木木处理了马道后快步跟上来。4个人几乎是小跑着进入了正洞。

洞里已经架起了照明灯。毕鸿钧站在一个壁龛前,小心翼翼地往外拖动一只睡豚。李奥东和柯林围在他身边。

"要慢,耐心点儿。"毕鸿钧说,"丝囊粘在石头上非常紧。千万不能撕破了。一旦撕破睡豚就会死亡。"毕鸿钧的声音富于金属般清脆的质感,在高大的洞壁间回响,铿锵不绝。

李奥东奇怪:"我们在前几个洞可没那么多讲究。这些睡豚有什么不一样吗?"

毕鸿钧点头:"当然不一样。睡豚也分种群类别,这里的睡豚比其他洞的都壮实,它们是睡豚中的头领和建筑师。"

睡豚的半个身体已经露出来了。

乔飞廉举起武器,厉喝:"住手!"

7

乔飞廉他们站在四个不同的方位上,虽然气喘吁吁,手里却都拿着重武器,保险全开,对准毕鸿钧。

毕鸿钧和他的部下没有重武器,只有几种不同规格的刀。武器上的差异如此之大,李奥东和柯林立刻举起双手投降。

"手放在头后面!"乔飞廉大声命令。

毕鸿钧放开睡豚,毫无惧色,像是和老朋友打招呼似的说:"精卫6组啊,你们追得很快嘛!"

马洪很吃惊:"他怎么知道是精卫6组?"

吉祥撇嘴:"衣服上写着呢。马叔叔!"

乔飞廉打开潜水服的头盔,露出脸,叫:"毕鸿钧!"

毕鸿钧说:"嗨,是你啊,飞廉,好久不见。"

"你竟然还活着!"乔飞廉说,语气生硬。

毕鸿钧笑:"感谢命运眷顾,我总是能化险为夷。能在这里见到你,更幸运。"他的笑容宽厚温暖,是与多年老友相见时的那种笑容:"我看了《精卫号日记》,你真有一艘好船。"

乔飞廉的声音冰冷:"既然知道我做了生态巡查员,你就不应该再来!"

"爆炸发生后我还是第一次回来。他们,"毕鸿钧的目光扫过李奥东和柯林,"他们是职业猎人,倾家荡产才到了这里,我不能剥夺他们挣钱的权利。"

"你总有似是而非的理由!"乔飞廉掂掂手中的枪,声音威严,"毕鸿钧,这次你不会有好运气了,我要逮捕你。"

毕鸿钧微笑:"你说真的?"

"我是生态局的巡查员。"乔飞廉坚决地说,"我以你盗猎睡豚违反《新生态保护法》的理由逮捕你。"

毕鸿钧看着乔飞廉,表情依然柔和:"飞廉,我想和你单独谈谈。"

其他人都是神经一紧,木木不由自主地往前踏了一步。乔飞廉拦住他。

"就谈几分钟。"毕鸿钧扫视剑拔弩张的木木等人,鄙视,"你们手上可都有致命武器。我们只有刀。"

乔飞廉握枪的手垂下来,说:"好,毕鸿钧,我和你谈。"然后转过头叮嘱木木等人:"看好这两个家伙。泽泽,给我和毕鸿钧一个私密时间。"

我切断了乔飞廉和其他人的通讯链接,现在,除了我看得到乔飞廉的眼中世界,其他人都看不到他的踪影。

毕鸿钧和乔飞廉走进底层的一间壁龛,这个壁龛实际上是一扇门。他们推开门,里面是一个大房间,没有睡豚。

这让我惊奇。在全部的睡豚事件中,只有此刻让我像个人类一样感到惊奇带来的兴奋,因为房间的存在完全不符合逻辑。但这的确是四四方方的房间,平整的天花板上镶嵌了玻璃，四壁贴满了大块矿石。乔飞廉和毕鸿钧的衣服上都有发光带，光照到墙上，这些矿石因为含的矿物质不同便呈现出缤纷的颜色，色泽纯净晶莹。房间的地面用磨平的硅花铺砌，中央是一整块金色的结晶体。所有的光通过墙面的多次反射折射都聚集在这结晶体上，结晶体璀璨夺目。在睡豚的世界里忽然出现这么有人类风格的地方，看上去很诡异。

毕鸿钧走到结晶体面前，手掌抚摸上去，光华在他手上滚动。

"还记得我们当初发现这个洞的情形吗？我、你，还有祝延和秦实月，我们4个人当时的震撼。我们无法相信，这样美丽的地方是睡豚建造的。"毕鸿钧沉浸在回忆之中，"只有人类才能实现这样充满艺术性的创造。"

"睡豚非主动休眠学说。睡豚是早期宇航探险家为了人类的未来而有意封存起来的一种资源。"乔飞廉说，"有一阵子这理论很受欢迎。"

"确实有道理。"

乔飞廉驳斥："歪理！不过是为了屠杀睡豚寻找的精神安慰！"

"在睡豚的DNA中发现了睡眠基因，像把钥匙一样锁死了睡豚的生理活动，让它永远处于休眠状态。飞廉，这个科学成果你不知道吧？"毕鸿钧问。

乔飞廉有点吃惊，但仍然反驳："什么样的成果，也不能成为屠杀睡豚的理由！"

"你还不明白吗？大自然不会生产睡眠基因，它违背了种群繁衍后代的基本生存使命！飞廉，睡豚是祖先留给我们的宝贵财富。现在，是利用这笔财富的时候了。"

乔飞廉皱眉头："时间不多，你要说什么赶紧，别兜圈子。"

毕鸿钧说："天魁星现在非常糟糕，东始星也一样。飞廉，和我一起，改变这个世界！"

乔飞廉的眉头皱得更深了："你想改变什么？毕鸿钧，你忙碌了半辈子，可你除了写几句诗，什么都没干成。"

"这次不一样，这次不会流血，不会有暴力。"毕鸿钧说，"我们将从经济上摧垮现在的17天区联邦，建立起新的社会体制和价值观念。"

"经济？"

"对，我们将用钱买下天魁星，买下东始星，买下整个17天区！"

"你疯了，你到哪里去找那么多钱？"

毕鸿钧微笑："钱有何愁？外面到处都是！"

乔飞廉咬牙："如果我拒绝呢？"

"你手上溅满过睡豚的血，如果我是屠夫，你就是更厉害的屠夫。但站在人类的立场上，我们做了救人于困苦危难的大好事。飞廉，你真愿意在生态局当个小职员，混吃等死后半辈子吗？"毕鸿钧的声音充满诱惑。

乔飞廉一把揪住毕鸿钧,按在结晶体上,愤怒地吼叫:"我拒绝!我想起从前割睡豚头的情形就觉得恶心,吃不了饭,睡不着觉。我不想任何人再破坏它们的安宁了。你明白吗?"

毕鸿钧却并不着急,轻拍乔飞廉的肩膀:"你见过秦实月了?还有秦大嫂和他们的孙子?"

乔飞廉放开毕鸿钧,皱眉:"你什么意思?"

毕鸿钧说:"秦大嫂是不是让你把孙子们带走?她也这么和我说,但我拒绝了。我告诉她和孩子们,天区里三分之二的星球自然资源贫乏,可东始星是个宝藏,他们完全可以成为富豪。"

乔飞廉这才明白,愤怒得无以复加:"够了,我们流的血还不多吗?你还要让孩子们去猎杀睡豚!"

"我想让他们生活好,我想让万宁州重新繁荣,我想让东始星成为人类的幸福乐园。"毕鸿钧振振有词。他目光坚定,神情严肃,对自己的理念深信不疑。

"牺牲睡豚?"乔飞廉反问,"这种血淋淋的幸福有何价值?"

毕鸿钧说:"我不是来说服你的,飞廉,我是来给你指引方向的。我们是人,我们只为人的利益奋斗。"

乔飞廉摇头:"这些话,你去跟法官讲吧。"

毕鸿钧很镇定,说:"飞廉,你曾欠我一命。"

乔飞廉点头:"的确。你想怎样?"

毕鸿钧说:"按照天魁星的风俗,你的命就是我的,我随时可以收回它。除非,你接受挑战和我决斗!"

乔飞廉没有一丝一毫犹豫,立刻回答:"我接受!"

毕鸿钧和乔飞廉并肩走出壁龛。双方的人都长舒口气。柯林和李奥东想放下手,但木木的枪一直指着他们的头。

毕鸿钧对乔飞廉说:"请不要这样对待我的人,他们并没有重武器。"

"放开他们。"乔飞廉命令。

木木和麦杰都没有动作。

"放开他们。"乔飞廉第二次说。

木木和麦杰这才后退。那两个盗猎者立刻放下手,放松绷紧的身体。

乔飞廉宣布:"我和毕鸿钧将用决斗解决问题。你们在场的人都是目击证人。"

众人面面相觑,不明所以。

"按照天魁星人的习俗。由胜利者决定新洞的命运。"乔飞廉补充说道,"如果我胜,毕鸿钧和你的人将作为盗猎者伏法;如果毕鸿钧胜,我将带'精卫号'撤离这里。"

"你这算什么?!"杜琳粗着嗓子喊,"你无权拿睡豚做筹码!"

乔飞廉走到麦杰面前,说:"我希望你理解。这虽然不合规则,但我自有我的道理。"

"你要小心。"麦杰声音颤抖,乔飞廉点点头,然后走到杜琳面前,头盔里杜琳的脸几乎扭曲了。

杜琳哀伤地说:"你怎么可以和那人做君子决斗! 他从来不是君子。"

"我知道,不用担心。毕鸿钧是个重诺守信的人。"乔飞廉笑着回转身拍拍木木的肩膀,便向毕鸿钧走去。

"等一等,我是政府观察员,我想我有资格做裁判。"麦杰举手示意,拉住乔飞廉。

"我们不需要裁判,胜负一目了然,这是勇士的决斗。"乔飞廉说。

"他说得不错,不管胜负如何,我都将遵守我的诺言。"毕鸿钧庄重地曲臂宣誓,"以银河的名义。"

双方徐徐后退,让出一块圆形空地。

乔飞廉脱下潜水服。

毕鸿钧解开紧身防护衣。

柯林将两把一模一样的长柄尖刀扔在他们中间。

李奥东拿起一块石头,用那刀轻轻一划,石头上就留下极深的口子。

乔飞廉和毕鸿钧割去左衣袖,在裸臂上用笔画三个叉。

面对在场和不在场的所有人,乔飞廉解释:"在10分钟内击中叉的中心,数目多者即为胜。麦杰,你数1、2、3开始。"

"天啊!"马洪惊叫起来,"乔飞廉为什么要这样做!"

"他是疯了吗?"吉祥缩回座椅里,用手遮头,"我看见流血会晕的。"

"吉祥,不要看,不要看。"马洪拿胳膊挡住吉祥的眼睛,"这真是少儿不宜的镜头。泽泽,你快给我想个办法,阻止乔飞廉干蠢事。"

"什么办法?"

"万一乔飞廉出了状况怎么办?万一他赢不了呢?我们绝不能让毕鸿钧那帮家伙逍遥法外。"

"我已经接管了'山葵号'。你尽可以放心。就算乔飞廉输了,'精卫号'撤离这里,毕鸿钧也不可能再伤害睡豚了。"

"这怎么说?"

"'山葵号'船上的冷库里,再也装不下一只睡豚的头了。毕鸿钧不会白白浪费资源。"

"可是为什么要决斗呢!"马洪不住地揪着他的头发问我,差不多要把他不多的头发都揪光了。我怎么回答他呢,再万能的智能机器也回答不了这么复杂的问题啊。

倒是吉祥的问题有答案的几率大些,这小姑娘忽然问我:"你说他们谁赢的可能性更大?"

乔飞廉和毕鸿钧身形相仿,都一样的高大魁梧。乔飞廉步伐灵活,出击迅猛;毕鸿钧则刀法狠毒,腾挪跳跃。要说谁更可能取胜,我只有用概率程序演算了。

演算结果,毕鸿钧的胜率有87%,因为乔飞廉有伤在先。我连忙将那概率程序删除了。

幸好实际情况恰恰相反。10分钟后,毕鸿钧被乔飞廉击倒在地。乔飞廉的刀尖压在毕鸿钧颈动脉上。乔飞廉和毕鸿钧的胳膊都在流血,但毕鸿钧流得更多。

"我从来没有输过。"毕鸿钧喘着气说,"为什么这次会例外?"

"因为我不能输。"乔飞廉收回刀子,让毕鸿钧爬起来。杜琳立刻过来给乔飞廉包扎。乔飞廉将药包扔给毕鸿钧。

"我是你的俘虏了。"毕鸿钧坦然自若,平静如常,"乔飞廉,输给你我心服口服,但我还会打赢你的。"

"我不想再和你做无谓的争斗。"乔飞廉语气坚决,"毕鸿钧,你被逮捕了。"

第七章　预兆

透过一滴水能够看到世界吗？答案是能够,能够看到你想象中的世界。真实的世界,隐藏在一切表面之下的那个世界,却永远无人知晓。

——选自泽泽《苏醒的世纪》

1

毕鸿钧将到"精卫号"上来！我感到一种惊喜交加的复杂情绪。我发现我竟然极想和他相处,以便落实我对他的判断。不是每个人都可能死而复生。

但是毕鸿钧上船将加大飞船的安全负担,还有,他对本就关系复杂的精卫6组来说,是一把钥匙还是更复杂的线团？我要把他放在"精卫号"的哪里才妥当呢？

乔飞廉已经想到,飞船上有一个条件还算舒适的封闭环境——麦杰的着陆器。稍加改造那里便是一个理想的囚禁地:有可睡觉的舱室和齐全的生活设施,甚至还有一个图书浏览装置可以拯救盗猎者们的灵魂。我立刻派出机器人改造着陆器的门,并且拆除了那个着陆器的服务系统TS—742的几个关键零件,让这个智能系统始终处于我可以控制的水平上。

我启动TS—742,这家伙可怜兮兮地说:"你好,泽泽,你可以派给我一些工作吗?"

"你马上要有很重要的工作。你必须看好四个囚犯。"

"囚犯?"

"对,乔飞廉会告诉你怎么做。"

不久,乔飞廉他们押着毕鸿钧等人就回来了。毕鸿钧对着陆器里的设施表示还算满意,他的神态好像他只是来"精卫号"上做客。

"飞廉,如果你让马道也和我们在一起,叫他从'山葵号'上给我们带些换洗衣服来,我会更满意的。"

"还有我的偶像连续剧。""我的感应游戏机。"李奥东和柯林争着喊。

"毕鸿钧找这几个白痴做手下,哪有不败的道理。"马洪走出驾驶舱迎接乔飞廉,握住他的手,"就找不到稍微能干点事的?"

"很难找到人,现在盗猎是死刑,绝不宽恕。"乔飞廉的手被马洪一捏,痛得直龇牙。

马洪连忙放开他:"对不起,我忘了你受了伤。"

吉祥奔过来扑在乔飞廉身上,撒娇:"乔叔叔,你答应胜利了带我去新洞。"

杜琳拉住吉祥:"船长现在受了伤,你再等等吧。"

"是啊,还要等一下。吉祥,等我把事情处理了。"乔飞廉勉强笑笑,叫:"木木,你去'山葵号'上把马道押来,顺便取些毕鸿钧他们的日用品。麦杰,你负责监视毕鸿钧,这件事不适合女士。"

麦杰瞅瞅杜琳:"的确不适合女士。不过,有泽泽在,我想我不必在着陆器那里站岗吧?"

"当然你不用。"乔飞廉一直坚毅的表情消散殆尽,他看上去只是个过度透支了精力的中年人:"我得休息一会儿。泽泽,抓住毕鸿钧的事情报告上级了吗?"

"已经报告了,还没有答复。"

"好,在等答复前我们原地待命。收回强场发生器,马洪,让电驱鱼们自由吧。"

"我有个请求,乔飞廉。"马洪有点腼腆,"但是机会难得,我也想去新洞看看。"

"我理解,等我休息一下。我带你和吉祥一起去。"乔飞廉答应。

乔飞廉又一次要求深度睡眠,我理解他的疲倦感。"我只能睡20分钟。"乔飞廉告诉我,"这么容易就抓住毕鸿钧让我很不安。"

"你别多想,睡吧。"我哄他。

"有什么事情赶快叫我。"乔飞廉不放心。

能有什么事呢?现在睡豚们安全了。毕鸿钧和他的两个部下坐在着陆器里打瞌睡。毕鸿钧丝毫没有不耐烦的样子,我真想了解他现在的心理状态。

杜琳脱了潜水服后就带吉祥去生活舱吃药,她再三叮嘱:"记住吉祥,你不要到着陆器那边去。"

"为什么?"吉祥凑到杜琳面前,"你回来后就不大高兴。"

杜琳皱眉,有点不耐烦:"你别给我添乱了好吗?"

"可是你又有什么事?"吉祥笑,"我对毕鸿钧根本就不感兴趣。他是个坏蛋!"小女孩的笑脸就像一枚晶莹的灵芝,泛动着潮湿的雾气。杜琳望着吉祥,说不出话来。她的目光穿过吉祥的脸,落在连她也不能追溯的遥远的地方。

吉祥跳到木木惯常的座位上:"我哪儿也不去,就坐在这张椅子里。"她盘腿合臂,"这椅子对我正合适。"

"吉祥,别闹了。"杜琳感觉很疲乏。吉祥过度旺盛的精力和虚弱的身体形成鲜明的对比,她越来越搞不清楚女儿身上发生的事情。她只能伸开臂膀,温柔地呼唤:"乖乖过来吃药。"

"才不。"吉祥噘嘴,"我不喜欢那种糨糊样的药。"稍过一会儿,她身子前倾,贴近杜琳的脸:"我很快就会死掉是吗?"

杜琳猛地一哆嗦,一把抓住吉祥的肩膀:"你听谁说的?胡说八道!"

"我自己发现的。我没那么笨。"吉祥又天真无邪地笑起来,"我知道我就要死了。杜琳,你真是我的妈妈吗?"

杜琳神色迷茫起来:"吉祥,我就是你的母亲。"

"那我父亲,他是谁?"

杜琳慌乱,叫道:"孩子,我说过他已经死了,你就不要再追问了。"

"我要死了你都不肯说。"吉祥生气地嚷,"你要让我死不瞑目呀!"

杜琳的手"啪"地打在吉祥脸上,吼叫:"你胡说什么?!不许死!"吉祥被这突然的一掌打哑了。杜琳更是愣住了,手停在半空忘了落下。片刻,杜琳将吉祥搂进怀里,连声道歉:"对不起,对不起,我不是成心的,我不想听你说死。"

吉祥被她抱得喘不上气来。"黄灯亮了!"小女孩儿叫,"木木要出船了。"

木木向"山葵号"游去。他心不在焉,似乎对整个毕鸿钧事件有自己的看法,也许他重新衡量了自己和乔飞廉较量的胜负比。木木进入"山葵号"后径直奔到冷藏库找马道。缺门牙的马道眼瞅着就要变成冻马道了。木木将马道揪出冷库,那家伙一暖和过来就喋喋不休:"不关我的事,不关我的事!"

木木厌烦,踢他:"别嚷了! 我问你,这飞船上有整个儿的睡豚吗?"

"没有,我们只要头!"

"你再好好想想。"木木挥拳要打。

马道立刻想起来:"好像毕鸿钧曾经带回来过一只。啊,在毕鸿钧的卧室里。"

木木吼:"快带我去看!"

毕鸿钧的卧室远离库区,简单而实用。睡豚被放置在他的床头,像一件装饰品。实际上,这只睡豚确实也有很强的装饰味道,它是金黄色的。睡豚的颜色有很多种,但它们的丝囊一般只有白色和黄色两种。像这种金色的丝囊,非常罕见。整个丝囊呈完美的卵形,外表光滑均匀,色泽润亮。丝囊呈半透明状,隐约透露出囊中一只白色的小睡豚,身形大小不超过2岁。

木木看呆了。他犹豫几分钟,才抱起那只睡豚。但是那睡豚太精致了,他有点吃不准自己的手劲,又把它放回原来的地方。

木木问:"毕鸿钧要这只睡豚做什么?"

"我不知道。可能就是喜欢吧。"马道眼珠子滴溜溜乱转,"我也只见过一回。"

"去找个精细点的盒子来。"木木吩咐。

"乔飞廉,这可不是我违规,总不能让这只睡豚留在这里呀。"木木自言自语道,"再说我答应送一只睡豚给吉祥做生日礼物。男子汉大丈夫,总要言而有信才对。"

马道带了各种生活物品进着陆器和毕鸿钧等会合,毕鸿钧看他将生活用品分发完毕,才问他:"他们没再从'山葵号'上拿什么吗?"

"只拿了你的睡豚,头儿。"马道汇报。

毕鸿钧"哼"一声,按下询问键。

我立即应答了他:"你有什么事,先生?"

"你是这飞船的服务系统吗?我怎么称呼你?"

"WZ—4702。先生。"我很高兴和他对话,这有助于解决问题,"你可以叫我泽泽。"

"泽泽?很好的名字。"毕鸿钧亲切地招呼我,果然像个大人物,"我知道电脑不会说谎,你告诉我,'山葵号'上的金色睡豚谁拿走了?"

"木木。"

"木木?"毕鸿钧微微蹙眉,"这名字真熟,这不是大名吧?

"不是。"我回答。因为乔飞廉一直这样叫他,"精卫号"的其他人从没问过木木还有其他名字。

"他大名是什么?"

"祝百忍。"

"祝百忍?祝百忍!"毕鸿钧恍然大悟,"他是祝延的孩子啊！他要那睡豚做什么？泽泽,你知道木木拿睡豚的目的吗？"

我乐意说实话:"木木答应送吉祥一件生日礼物。"

听到吉祥的名字,毕鸿钧的两个眉峰几乎皱到了一起,他随即开朗地笑起来:"泽泽,怎么吉祥这个名字我也觉很熟。我能见到她吗？"

"我尽量给你安排。"

"还有,泽泽,你能不能暂时不向乔飞廉汇报我们的谈话内容？"

这不符合规则。但乔飞廉说了,要我超越规则。"我尊重你的意见。不过仅仅是暂时。"我冷冰冰地回复毕鸿钧。

毕鸿钧关闭了通讯链接,在狭小的舱室里踱起步来。

2

木木到驾驶舱转了一圈,便向毕鸿钧的囚室走去。自伏击开始,木木的稚气和优柔寡断就一点点消失了,他行动中更多充满了暴力的冲动。该冲动一部分来自他以往压抑的心态,一部分则可能是由于乔飞廉对他的宽容大度所起的反作用。这种冲动将是一把双刃剑,可能是木木成长的促进剂,也可能毁了他的前途。虽然我对教育的认知全部来自人类的经验,但这经验对于人来说肯定还有参考价值。

"泽泽,"木木叫我,"打开这道门。"

舱门那边就是着陆器所在的舱室。我不得不提醒他:

"木木,没有船长的口令我不能放你进去。"

"他在进行睡眠治疗。"木木不耐烦,"再说他根本没发布过口令。"

"木木,你认为我会故意阻挡你吗?"

木木脸色阴沉下来:"我必须见到毕鸿钧,我有非常重要的事情要问他!"

"你为什么要见毕鸿钧?"我的逻辑链接中立刻插入精卫6组众人初见毕鸿钧的那段视频资料,木木也有刹那的失常。

这年轻人薄薄的嘴唇上闪动一层寒气,他说:"为了我的父亲。"

毕鸿钧停下脚步,看着站在囚室外面的木木。利用着陆器观景窗改造的囚窗结实坚固,连声音都不能透过它的金属玻璃。毕鸿钧和木木必须通过对讲装置通话。

"木木。"毕鸿钧微笑,"你长大了,你的肠胃炎治好了吗?"

"你还记得我?"木木诧异,"我以为只有我记得你。"

"怎么会忘记呢,我还答应过要参加你的成年礼。"毕鸿钧慈爱地说。

"成年礼?等我回到天极星,乔就会送我去接受成年教育。毕鸿钧,你记性真的非常好。"木木欠欠身子,"那你一定更记得我的父亲。"

"你应该叫我毕叔叔。我当然记得你父亲祝延。是他收留了我,使万宁州变成了我的第二故乡。那时候你还小,怕见人,一有生人出现就躲到硅花田里去,每次到你家吃饭我都要到处找你。有一次甚至找到海峡那边的硅花田里去了。"毕鸿钧脸上的笑意浓起来,回忆让他愉快而轻松。

"我们家的陌生人总是特别多,"木木沉吟,"我当时很害怕。"

"你父亲很好客,而且慷慨。像他那样的人不多。"

"可他的那些客人总让我害怕。很多事情我记不清了,只有那害怕的滋味我始终牢记着。毕鸿钧,你知道我父亲是怎么死的吗?"木木话音发颤,"和乔飞廉有关吗?"

"你认为和他有关?"

"我不知道。有人告诉我有关系。"

"乔飞廉对你如何?"

"不错。"

"乔其实很爱你。"毕鸿钧继续说,"你算是他唯一的亲人了。你该好好和他相处。"

木木皱眉,目光黯淡下去:"你其实知道是吗?"

毕鸿钧却摇头:"我不知道。"

木木还想说什么,但他欲言又止。他敲敲着陆器的外壳,咬紧牙,转身欲走。

"等等!"毕鸿钧叫住他。木木期待地转过头。毕鸿钧叮嘱他,"秦实月曾为你父亲做过很多事。你该好好对待他的家人。"

233

"这个不用你操心。"木木回答,"我们离开时会带上秦听海和秦听涛。"

毕鸿钧摇头:"不,不是带走他们。木木你应该留下来,和他们一起留下。"

此时,杜琳正坐在生活舱里看着面前的桌子。桌子上什么也没有。我非常担心她的身体。我劝她:"你也应该去休息。你的各项生理功能都在衰竭之中。"只有面对她我才能随意开口,因为她意识中对我究竟是机器还是人不存任何芥蒂,只要我是她的朋友这就足够了。

"我?不,我不需要。我只是有点心慌。"

"因为毕鸿钧还活着。"

杜琳的眉毛一跳,但她还是控制住了自己,尽量平静地说:"是的,因为他还活着。"

"我还以为你会高兴。"

"高兴?谈不上。他死了倒是最好的一了百了。泽泽,你知道他害了多少人吗?"

"我有他作为通缉犯的资料。"

"因为跟随他,整个天魁星都毁了!"杜琳越说越激动,叫起来,"我恨他!"

"那是因为你爱过他。"

杜琳一愣,随即叹息:"是的,我爱过他。我甚至崇拜他。但那都已经过去了。"

"你为什么慌张？"

"我怕他抢走吉祥。"杜琳回答。这答案让我的逻辑分析线路发生了一点混乱，我不明白她所忧为何。毕鸿钧是一个通缉犯，他怎么能抢夺吉祥呢？我刚要再追问杜琳，麦杰走到她身边来了。我只好沉默。

麦杰握住杜琳的手："你怎么了？抓到毕鸿钧应该高兴才对。"

杜琳反问："你高兴吗？"

"说不上。我喜欢看他的书，他的文字让人痛快淋漓。但是他对待睡豚的手段，我实在不能接受。如果非要取睡豚的头，他应该文明一点。"

"睡豚！"杜琳重复这个词，"睡豚。"

麦杰说："老马已经完全被睡豚迷住了，他认为很快就可以解开睡豚休眠之谜，我看他快疯掉了。科学家着迷一件事真可怕。"

"老马在哪里？"

"还能在什么地方！工作舱呗。他搞到很多睡豚的资料，正研究呢。"

杜琳瞧着麦杰，忽然问："你怎么想，关于睡豚？"

麦杰耸耸肩膀，大大咧咧地说："睡豚，我想它们还是沉睡比较好。"

我插话："麦杰，请你立刻去囚室。"

"怎么了？"杜琳紧张地问。

"囚犯在打架。"

"内讧了？不会吧,他们不都是一伙的?"麦杰怀疑。

"你必须立刻赶去制止。"我采用最严厉的态度要求,"麦杰,这是你的职责。"

3

囚室里的事端由柯林挑起。木木离开后,这个相貌普通的中年人立刻冲毕鸿钧叫嚷:"我们跟你出来是为了求富贵和找乐子,可不是要被困在这儿。"他面露凶狠之色,"明明刚才你可以挑拨木木和乔飞廉的关系,你却只顾着怀旧!"

毕鸿钧根本不理会柯林的抱怨,冷淡地说:"想离开你就听我的。"

柯林非常不满:"听你的？在新洞你本来可以杀死乔飞廉！你根本就是让着他!"

"他已经有伤在身。我不欺负弱者。"毕鸿钧回答。

"所以你就出卖了我们!"柯林愤怒,"呵呵,这真是毕鸿钧的一贯作风啊!"他狂叫,"反正也是死,不如让我先杀了你!"他抄起一把椅子,朝毕鸿钧砸去。

马道和李奥东急忙上前阻拦,两个人死死抱住柯林。

"你们没脑子吗?"柯林喊,"这飞船上都是他毕鸿钧的熟人,他肯定会安然无恙。我们呢？我们就等着天魁星的死刑吧!"

李奥东大惊,手一松,柯林从马道臂膀中挣脱出来扑向毕鸿钧。

毕鸿钧用一只手臂就对付了他,把他打倒在地,压住他的胸膛。毕鸿钧冷笑:"杀了我你就能离开这儿吗?柯林,你有脑子吗?"

"算了,算了。"李奥东劝,"老毕是何等人物,怎么会出卖我们。"

柯林"哼"一声,爬到囚室的深处闷头生气。

毕鸿钧看看身旁剩下的两个人:"你们呢?相信我吗?"

"当然当然。"马道和李奥东连声说。

麦杰来到囚室的时候,事态已经平息了。我仍然坚持麦杰过来,其实是为了试探麦杰和毕鸿钧的关系。澄清"精卫号"上的一切秘密,才能保证我的船员安全,我对此深信不疑。

麦杰用手遮住半个脸,瓮声瓮气对囚室里的人嚷:"闹什么闹!你们老实点。"

毕鸿钧侧目打量麦杰,和颜悦色地问:"年轻人,怎么称呼你啊?"

"啊?我吗?"麦杰摇头,"你就不必知道我是谁了。"

"那么你知道我是谁吗?"

"你是个盗猎分子,星际通缉犯。"麦杰快速说,仿佛随时随地都要逃走似的,"管好你手下!我们的船长可厉害着呢。"他说罢调头就走,显得自己那警告十分没底气。

毕鸿钧看着麦杰的背影一点点远离,忽然笑起来,大声召唤:"麦子,你给我回来!"

麦杰一愣,过了几秒钟才转身,放下一直举着的手,"你怎么认得出我来?我在新洞里戴了头盔的。"

"你走路的姿势骗不了我。还有你那个《精卫号日记》。"毕鸿钧说,"日记里大部分都是你的镜头。"

"其他人的镜头都被生态局删得差不多了,他们要保密。"麦杰低垂下头,盯着自己的脚尖,"我们好多年没见面了。"

毕鸿钧大笑:"想不到会在这种地方重逢,真够戏剧啦。麦子,我记得你一直想做个剧作家,就写这个事情吧。"

"你倒是想得开。"麦杰瞪毕鸿钧,"我真想不到你会捕杀睡豚。你不是唯利是图的人!"

毕鸿钧就问:"我是什么样的人?"

"聪明、和善、亲切,有理想、有勇气,值得荣耀和纪念。总之比现在强,你现在变成了一个屠夫!"麦杰有气无力地吼。

"我捕杀睡豚,是为了散落在星空中数以千万贫困的穷人,他们缺衣少药,生不如死。然而,他们还必须生,用残存的气力去打零工,以赚取救济机构提供的一日三餐。他们要用清水一样的米粥养活还有一口气的父母,以及睁着星星般眼睛期待人生的孩子。你知道吗?年轻人,一毫克黄金激素稀释一万倍也仍然有疗效,对于那些在贫困线上挣扎的穷人,什么最重要?健康!麦子,健康才能让他们有机会接受教育,获取工作,争取做人的尊严。没有健康什么都没有。"

"但是这样做对睡豚来说是不公平的。"

"公平?对睡豚不公平?有哪一只睡豚醒过来反抗了?有哪一只跑到联盟总部去抗议了?都没有。这些死气沉沉昏睡了不知道多久的生物是上天赐予人类的福音。浪费它真是暴殄天物。我来问你,人和睡豚的生命,哪一个更重要?"

麦杰的驳斥软弱无力:"根本不能这样比较嘛。"

"那怎么比较?那些脑满肠肥的人,吃着鱼翅还惦记飞龙的人,他们口口声声喊着自然保护、生态平衡。自然保护第一个要保护的就是人类。以牺牲人类为代价的自然保护,是什么保护?哪儿来的什么平衡?"

"生存和发展,这,这是个复杂的问题。"在毕鸿钧咄咄逼人的气势下,麦杰额头直冒冷汗,口齿都有些不清了。

"我就是要把这个问题简单化。麦子,和我一起干吧。"毕鸿钧热情地说。

"你胡说什么呀!"麦杰争辩,"我怎么能和你一起干!我可是公务员!"

"你能为那个政府做什么?麦子,别再把光阴荒废在无聊的事情上了,这些年你做了些什么?你打算一辈子都这么浑浑噩噩吗?"

麦杰肃然一惊,随即假笑:"你疯了,毕鸿钧!疯子才会和在你一起!"他说着就慌忙走开。

毕鸿钧也不再劝,只是看他的背影微笑。

马道趁机忙不迭拍毕鸿钧的马屁:"头儿,你真行,差点儿就说动他了。"

"他是我表弟。我有好几年都住在他们家。"毕鸿钧解释,轻叹口气,"我还差点娶了他的二姐为妻。"

"精卫号"上的人际关系真是乱七八糟啊!真如毕鸿钧所说,够戏剧的!也不知道毕鸿钧见到杜琳和吉祥会怎么想。毕鸿钧和麦杰原来是表兄弟!我立刻找到杜琳,告诉她这惊人的消息。

杜琳险些晕倒。她急忙靠住桌子边缘,勉强站住,连声问道:"真的吗?这是真的吗?泽泽,你不要骗我。"

"我调查了毕鸿钧的身世。毕鸿钧的母亲麦丽是麦杰父亲的亲妹妹,在麦家那一辈中杰麦亲父排名17,她排名21。"这当然又是多亏了X—4299,它现在对任何八卦消息、旧事故闻都非常感兴趣。

"可是麦家的人怎么会到天魁星去居住!那是贫民窟。毕鸿钧是在那里长大的。"杜琳仍然不能相信。

"我这里有一段麦丽和家庭的决裂书,你要看吗?"麦丽的故事是一个年轻女郎争取自己婚姻自由的故事,颇曲折动人,X—4299找到了关于她的全部资料。

"不,我不看。"杜琳的身体僵硬了。她颤抖的嘴唇只能吐出一些断续的字词,"我,我,都在做,什么!"她捂住脸,泪水簌簌滚落。

"你做了什么?"我不明白。

杜琳拼命摇头,美丽的头发从肩膀上摇散了,使她别有了一种楚楚可怜的样子。

这时马洪兴冲冲过来,他完全不理会杜琳的情绪,自顾自地嚷:"杜琳,我发现了,我发现了!"

杜琳低下头,不让马洪看到自己的脸,问:"你发现什么了?"

"我发现睡豚和傲因的关系,这非常奇妙。"

"不是有人发现过吗?"

"不,完全不一样,他们根本就错了。你听我说,这个问题,"马洪还要讲,忽然看到杜琳脸颊边的泪痕,"你怎么了?出了什么事?"

"没什么,我只是不小心把脏东西弄到眼睛里去了。"杜琳掩饰道。

"一定有什么事情了。泽泽,你告诉我。毕鸿钧在船上真让人不安。"

"毕鸿钧和麦杰是表兄弟。"我说,"他们刚才见面了。"

"哈哈!"马洪怪叫,"我就说嘛,我们政府怎么会突然关心起生态巡航来了!原来是派麦杰做毕鸿钧的内应。"

"不是你想的那样子。"杜琳反驳,"这只是个巧合。"

"巧合得实在太巧。杜琳,你不能这么轻易相信人,尤其像麦杰和毕鸿钧这样的。泽泽,你应该立刻叫醒船长,把麦杰抓起来。"

"麦杰不会对'精卫号'有危险!"杜琳说,"泽泽,这点我可以为他保证。"

"那个纨绔公子哥儿!"马洪叫,"杜琳,你是不是被他的外表迷惑了?看看我吧,我才是你值得托付终身的那个人!"他伸出胳膊想抱杜琳。

杜琳显然被吓住了,连连后退,直到后背抵住了舱壁。

马洪凑近她:"怎么,我哪点儿比不上姓麦的小子?"

杜琳苦笑:"这不是比得上比不上的问题。马洪,我根本不爱你!"

"你不试怎么知道不爱?你根本就不给我机会!"马洪走得越来越近,抓住了杜琳的左胳膊。

"不——"杜琳尖叫,右手自然回旋,一下子就将马洪摔倒在地。

好漂亮干脆的招式,与毕鸿钧制服柯林的那招一模一样。

3

木木离开囚室后找吉祥,把她带到一个角落里。

吉祥掩盖不住内心的兴奋,小声问:"你拿到睡豚了?!"

"你小声点。让乔飞廉知道就什么都完了。"木木掩住吉祥的嘴,下意识地左右看看,"也要小心泽泽。"

"才不会,泽泽最爱我了,他会替我保密的。"吉祥伸出手,"拿来吧。"

木木弯腰将角落里一个箱子打开,揭去上面的盖布。吉祥张大嘴巴,却叫不出来,呆呆望着箱子里金黄色的睡豚,人整个儿都傻了。

"费好大气力才给你找到的。"木木得意,"比起马洪和麦杰的礼物如何?"

吉祥这才合上嘴巴,咽下一口唾沫,"好太多了。谢谢你。"她要拥抱木木,被木木拦住。

"算了吧,你也别谢我。你只要以后别缠着我就好。"木木说,"我送你睡豚,你得答应我,从今往后,不喜欢我了,不理我了。"

"这我怎么可能做到,人家就是喜欢木木嘛。"吉祥扁起嘴嗲声道。

"那算了,我这睡豚也不送了。"木木说罢就去收拾箱子。

吉祥一把拽住他:"你说了送我的,怎么能说话不算数!"

"可是你得答应我的条件,要不我就说话不算话,怎么样?"木木死拧。

吉祥咬住嘴唇,又向箱子里望去。金黄色的睡豚就像一朵灿烂的花。她看看木木,再看看箱子,终于叹口气。

"决定了?"

"决定了。我要睡豚,再也不理你了。"

"太好了,我简直心花怒放。"木木拍掌,"那你自己想好把睡豚藏哪儿。我可不管了。"

"我藏哪儿都行吗?"

"随你。"木木说罢,哼着歌儿离开了。

吉祥小心翼翼将睡豚抱出箱子。金黄的睡豚就像件瓷器,又似一个梦境。小姑娘抱着它手足无措。"我把你藏哪儿好呢?还是就放在这里?不行,木木知道,泽泽知道,杜琳经常到这些角落里来清理,也会看见。什么地方,什么地方,啊,有了!"她笑,颇为自己的想法得意,"我把你藏在我的莫莱卡斑点里,谁也不会想到的。"

吉祥是一个敢想也敢做的姑娘,片刻后就拿了自己最大尺寸的莫莱卡斑点来。她将玩偶肚子里的填充料取出,把睡豚放进去。玩偶肚子里还有些宽松,她又把填充料放回去一些。最后,莫莱卡斑点就变成睡豚了,哈哈,真是天衣无缝。

"我要带着你。一直带着。一直。"吉祥说,抱着莫莱卡斑点往休息舱走。她一边走,眼皮一边沉沉地压下来。小姑娘看到床铺就爬上去,昏昏睡去,怀里还抱紧她的莫莱卡斑点。

"你在这儿干什么?"麦杰发现马洪蜷缩着坐在生活舱

的桌子底下,杜琳却不知去向,奇怪,"你刚才不是在工作舱里研究睡豚吗?"

"我也不知道在这儿干什么。"马洪撇嘴,"也许是为了冷静一下子。"

"你为什么要冷静?"麦杰钻进桌子,和马洪坐到一起,"你遇到什么麻烦了吗?"

马洪斜睨麦杰,皮笑肉不笑地说:"麻烦,我们这些蚂蚁样的小人物会有什么麻烦?"

"是吗,没有就好。不像我,"麦杰举起手中的瓶子,"总是那么麻烦。"

"你怎么了?"

"我遇到了我的表哥。我一直很害怕遇到他。"麦杰长叹,"可是怕什么就会来什么,老话真正不错!"

"你是说毕鸿钧?"

"这个地方真的是没有什么秘密可言。是的,我是毕鸿钧的表弟,也曾经是他的跟屁虫。"麦杰异常沮丧,"可仗一打起来我就跑掉了。"

"什么仗?"

"我不知道。我不喜欢暴力,我讨厌动荡不安。我只想要一个宁静的桃花源。"麦杰絮叨,"可生活总那么麻烦。"他拔开瓶塞,饮了一大口。

闻到气味,马洪皱眉:"这是乔飞廉的茅台,你拿他的酒?"

"今朝有酒今朝醉,谁管明天是与非。老马,你也喝两口。"

马洪推辞,麦杰不快,骂起来。马洪只好喝了两大口,同时呛出了半口。几分钟后他的脸就紫红了,说话也不再顾忌:"麦杰,我有个大发现,非常惊人。我们两个配合,能改变睡豚的命运,更关键的,是我们自己的命运!"

"命运,何时能让我站在高处,鄙视众生!"麦杰吟诵道,额头掉到马洪膝盖上,他醉了。

乔飞廉醒过来,他足足睡了40分钟,精神明显好了许多。"泽泽,有情况吗?"他习惯性地问。

"有。"我说,我的程序中并没有保护麦杰的规定,因此讲述起毕鸿钧和麦杰的事来就十分顺畅,精彩夸张得赶超皮影戏。木木和杜琳的事我却都没有说,规则在这里发挥了它的作用。

"毕鸿钧和麦杰?哦,是啦,毕鸿钧的妈妈是姓麦来着。"乔飞廉点头,"这世界真是够小。"

"马洪提议把麦杰抓起来。"我说。

"麦杰有什么危害性行为吗?"

"还没有。"

"那为什么要抓他?再说他目前还是公务员。"乔飞廉找出一件干净的连身衣穿上,衣服刚蹭到正在愈合中的伤口,他疼得直龇牙,咧着大嘴问我:"局里的回复还没有到吗?"

"还没有。"

"毕鸿钧在做什么?"

"在打瞌睡。"

乔飞廉沉思几秒,忽然问我:"万宁州那边没有消息吗?"

"有的。在你熟睡的时候,秦实月给你留了言。"

这段视频留言并不长,秦实月看上去刚刚睡醒。他说:"飞廉,你抓住盗猎分子了,这很好。你把他们交给我处理吧。'精卫号'不宜携带罪犯返航。"

乔飞廉把这一分多钟的视频看了五遍。

"你现在需要答复他吗?"我问。

"不,不,先不急。"乔飞廉起身,拍拍后脖颈,"我得先吃点东西。"

"如果要带毕鸿钧他们回天极星,'精卫号'需要增加给养。"我提醒。

乔飞廉说:"我知道。我等下局里的回复。"

随后,乔飞廉到生活舱补充食物和水,杜琳给他配备了壮骨补血的营养套餐。乔飞廉的确饿了,风卷残云般将碗盘一扫而光。杜琳在旁边特别温柔地端调料递餐具。

乔飞廉安慰杜琳:"我没事儿的,我身体很棒的。"

杜琳微笑:"我知道。我相信你会很快恢复。我只是被吓坏了,我真怕你会被毕鸿钧杀死。"

"不会,我有把握。我很久以前就认识他,了解他就和了解我自己一样。他要杀我就不会要求决斗了。"

"你是说他故意要输给你?"

乔飞廉摇头:"那倒也不是。他在试探我,看我究竟有多大决心和过去决裂。"

"你的过去?"杜琳犹豫该不该追问下去,但还是问道,"可以告诉我一点吗?"

"实在也没有什么好说的。"乔飞廉说,"我也说不好。"

"飞廉,"杜琳低声叫船长的名字,这是第一次,她叫得非常温柔,"我一直没有机会告诉你。我,其实我认识毕鸿钧也很久了。"

乔飞廉神色平静:"没事,你不说也没有关系。"

"我不知道怎么说。认识毕鸿钧并不是件可以骄傲一辈子的事情。现在我不想见他。我在洞里看到他时只觉得他像个陌生人。"

"我理解。"乔飞廉说,"我也觉得他很陌生。"

"谢谢你,飞廉。如果在天极星没遇到你,我和吉祥早就被赶到外星球去了。你还介绍我进职业培训中心,然后又推荐我得到这份工作。谢谢你。"杜琳忽然握紧乔飞廉的手,"我真不知道该怎么感激你才好。"

"和吉祥好好生活,这就是我希望的。"乔飞廉说,声音里多出一种愧疚,"我们一定要治好吉祥的病才行。"

局里的回文到了,依旧是讨厌的省略风格:速押毕鸿钧与党羽及"山葵号"至最近移民地途中勿耽搁。

乔飞廉将回文看了又看,揉成一团,塞进上衣口袋里。

4

这个时刻,我的异样逐渐扩大了,已经可以清晰地捕捉到它的痕迹。这是一小股从人造神经结末端开始生成的生物电流,它不受任何限制地在我体内奔窜着,沿途激起许多连锁反应。目前,我还无法判断这种反应的性质,不知道会不会给"精卫号"带来伤害。这非常糟糕,因为"精卫号"中的人们离开我简直就活不下去,他们不能回家、无法获取食物、呼吸气体,安全更谈不上,最终他们将在这1190米深的海水里变成骷髅。

我竭力调整自己,紧密注视着那股活泼的电流,希望能用哪一条规则制服它。幸好我的"好好回家"任务组还在忠实地工作着,勉强可应付"精卫号"上的人事纠纷。

乔飞廉召开紧急会议,宣读局里对毕鸿钧之事的批复。马洪和麦杰被我快速醒酒后拉到会议桌前,都还有点萎靡不振。

"为什么那么急?"杜琳奇怪,"既不问我们怎么样抓获毕鸿钧的,也没有任何嘉奖的意思,局里的表现不正常。"

"你还在乎嘉奖?"麦杰似乎发现了新大陆一样,饶有兴趣地望着杜琳。

"应该嘉奖我们啊!从来不曾有过一次捕获盗猎两万

只睡豚团伙的事情,"杜琳为乔飞廉抱打不平,"起码应该给船长记功。"

"马洪,你说呢?"乔飞廉注意到马洪没开口。

"叫送就送呗。"马洪说,"有什么可讨论的。"

乔飞廉敲桌子:"大家想想,毕鸿钧怎么会那样轻而易举就解开了细红线的密码?明明马洪早就发现了'山葵号'的踪迹,局里就是置若罔闻;知道有盗猎分子后拒不派援兵,等我们逮住了毕鸿钧后又是这么一副急迫样子,前后态度矛盾啊!"

"你的意思?"马洪听得一头雾水。

"局里有人出卖了我们,此人不仅深知毕鸿钧的行动,还可能就是毕鸿钧的一个买主。说大一点,这其中可能还有政治阴谋。"

麦杰神色不快,站起来说:"不必扯出政治来吧?毕鸿钧也就是一个屠夫罢了。还有,大家可能都知道了,他是我的一个亲戚,但是我和他失去联系很多年了。"

"我没有怀疑你,我只是猜测。"乔飞廉说,"你先别冲动。"

麦杰"哼哼",猛地坐下,椅子在他屁股下发出一声痛苦的呻吟。

"不管怎样,我都不打算将'山葵号'交出去。"乔飞廉挥手,"我不想两万只睡豚再遭荼毒。木木,你去'山葵号'上破坏飞船的推进系统,将它开到山沟下面炸毁。泽泽会具体指点你。"

"一定要炸掉它吗?"木木问。

"要炸掉。我们就为无辜丧生的睡豚筑一个大墓吧,让它们永世安息。大家没意见吧?"

见众人都不说话,木木起身,嘟囔一句:"那我去了。"磨磨蹭蹭地向门口走。

乔飞廉继续说:"至于到哪个移民地交出毕鸿钧,我认为长阳更好,那是个开放的太空港口,联盟在那里有办事机构。"

"最近的移民地,"木木已经走到门边,回过头说,"不就是万宁州吗?"

众人看着乔飞廉。

"万宁州不适合交接犯人。"乔飞廉干脆说,"长阳不错,而且距离正好,这样我们带了毕鸿钧4个人也不用再补充给养。我们自己的足够了。"

马洪有些明白乔飞廉的思路:"我们得找传媒先把抓住毕鸿钧的事捅出去,局里就不好耍花样了。"

提到"传媒",众人的目光都落在麦杰身上。麦杰被大家盯得极不自在,连忙申明:"传媒我来找。"

"很好,那你赶紧。我们9个标准日就能到长阳。"乔飞廉说。"泽泽,你回复局里,就说'精卫号'按命令行事。"

"9个标准日!"马洪重复,着急,"'精卫号'就要离开东始星了,该让我去新洞看看了吧?"

"你是该去看看新洞。"乔飞廉点头,"我还要带上吉祥。我答应过她。"

吉祥醒来,乳黄色的灯光、通风设备低低的嗡鸣声、消毒净化过的空气,一切都和平常相同。但她记得有些什么不一样了。她四下里张望,竭力回忆着到底怎么了。莫莱卡斑点碰到她的手,她怀疑地看着这只动物,似乎从来不认识它。几分钟后,她想起来什么,慌乱地颤抖着手打开莫莱卡斑点的腹部,金黄色的半透明丝囊映入眼帘。

"呀!"她低呼,脸上因违禁和拥有而浮上一层动人的红色。她赶紧将莫莱卡斑点的腹部合上,又悄悄打开一点往里面看。然后,她像个大人一样严肃地将玩偶放在膝盖上,"听着,我要给你起个名字,你从此就是我的了,要听我的话,我叫你做什么你就要做什么。听见没有?"她亲吻玩偶的头,"我就叫你翡翠天,翡翠天——绿的世界,这名字好不好?"

我提醒她该吃药了。

"我才不想吃药呢,翡翠天,我讨厌药。"吉祥噘着嘴嘟囔。

"吃了它。"药瓶盛着晶莹剔透的中药萃取液送到吉祥手上,我好不耐烦,"你要是不吃我就把翡翠天的事情告诉杜琳。"

"你真讨厌。我吃就是了。"吉祥喝下药水,若有所思,

"我还以为泽泽你最爱我呢。"

"爱是有限度的。而且,小姑娘,你什么时候听说一台电脑会爱上人?"

"你今天怪怪的。泽泽,你今天好怪。"吉祥说着抱了翡翠天往外走。

我怪怪的?可能,我的逻辑电路有微小的障碍吧?那股电流的强度已经增大,我必须消除它的影响,越早越好。我不敢想象,我停止工作哪怕一分钟,"精卫号"上会是怎样可怕的情景。不对,一台机器是不该有想象的。

在我胡思乱想的时候,吉祥已经走下回廊,离开她日常活动的区域了。我叫她,劝阻她。

"为什么要让我回去?"

"前面是你不该去的地方。"

"得了,我知道那是储物室和货舱。我在这飞船上已经有两个多月了,我知道什么地方在哪里,什么地方有什么。"吉祥对我的喋喋不休无法忍受,"你要再拦着我,我就叫乔飞廉拆了你。"

"毕鸿钧关在那边。"我说实话,"乔飞廉不想让你见到这帮亡命之徒。"

"毕鸿钧?就是那个和乔飞廉决斗的毕鸿钧吗?"

"对,就是他。"

"是那个拿刀刺向乔飞廉,把他打翻在地,险些给乔飞廉来一下的毕鸿钧吗?"吉祥眼睛里闪烁着好奇心的光芒。

"是那个屠杀睡豚,用它们脑浆换钱的毕鸿钧。"好奇心只要稍加鼓励就会产生行动力,乔飞廉给我安装的教育软件派上了用场。

"啊,他被关在这里呀。"吉祥笑,拍拍怀中玩偶的脸颊,"真有趣哦,翡翠天,你想不想见他?"

"吉祥,"我用谨慎的声音说,"你不能违背乔飞廉的命令。"

"你不要说了嘛,泽泽,你好啰唆。我只是看一眼,看一眼应该没关系吧?你可别告诉乔飞廉和杜琳。"吉祥央求。

我能说什么呢?这就是吉祥,是我两个月来宠爱的宝贝啊。

毕鸿钧正坐在舱室里打盹,听到脚步声只微微动下眼皮。

马道和李奥东却忍不住跑到囚窗边来看。他们显然没有见过吉祥这样长角的孩子,被她怪异的模样吓了一跳,大惊小怪道:"有角,这孩子长了角呀!"

吉祥不知道马道两个人在喊什么,打开对讲机:"毕鸿钧,谁是毕鸿钧?你们不是就别挤在窗户这儿碍眼。"

毕鸿钧睁开眼睛:"泽泽,是吉祥来了吗?"

"对。"

毕鸿钧连忙将平头发,整理一下衣服,深呼吸。他站起来走到窗前,训斥马道和李奥东:"只是一个骨骼发育异常的孩子,有什么可大惊小怪的?真没见过世面!"

那两个人就将囚窗前的位置让给毕鸿钧。毕鸿钧望着吉祥,不说话。

吉祥被他看毛了,嚷嚷:"喂,你是毕鸿钧吗?你要不说话我可就走了。"手里的莫莱卡斑点跟着她的头乱晃。

毕鸿钧抱肩微笑,打开对讲机,温柔地问:"小姑娘,你叫什么名字?"

"什么小姑娘,我已经20岁了。"吉祥对毕鸿钧的称呼嗤之以鼻,"我有名字。"

"那你叫什么名字?"毕鸿钧逗她。

吉祥仰起头,骄傲地说:"我叫吉祥。"

"吉祥?不会那么巧吧?"毕鸿钧的表情十分夸张,"我认识一个小女孩也叫吉祥。"

"真的吗?"吉祥撇嘴,"同名同姓的多了去了。"

"那小女孩儿可也有个角。"毕鸿钧托住下巴,拿捏不定,"我离开她时她还小,不过肯定是长了角了。"

吉祥一激灵,问:"是你女儿吗?"

毕鸿钧不置可否,伸出手想去抚摸吉祥的角和脸,但他只摸到了冰冷的金属玻璃。他这时候怪慈祥的,没半点暴戾的杀气。"你是不是一直在生病?"他问。

吉祥点头:"对呀,我一直在生病。我随时都会死的。"

"怕不怕?"

"不怕,"吉祥摇头,"我告诉你一个秘密,其实我每多活一天都会很开心。"

"是吗?那你想不想彻底治好你的病?"

"想也没用啊,都说没办法了。"吉祥没半点怨天尤人的样子。好孩子,真会表演啊,在杜琳面前从来不这样懂事。

"我有办法。"毕鸿钧认真地说,"而且肯定见效。"

"是什么?"

"黄金激素。在睡豚脑部隐藏的黄金激素!"毕鸿钧有点兴奋,"你会变得很健康、很漂亮、很快乐。"

吉祥歪过头来,左右打量毕鸿钧:"不行啊,那样一定会被杜琳骂的。"

"杜琳是谁?"

"她是我妈妈。"

"她对你好吗?"

"当然,她是天底下最好的妈妈。"

"那她为什么不用黄金激素给你治疗?举手之劳,就可以使你一生都免除病患。一只睡豚的生命和一个人的健康相比,还是人重要。"

吉祥咬住嘴唇。毕鸿钧的话无疑说中了她的心事。她嘀咕:"可杜琳老说人与睡豚是不能相比的。"

"她爱睡豚胜过你?"

"不,不,不会!"吉祥叫。

"可她并不肯牺牲一只睡豚来救你呀。"毕鸿钧叹口气,"可怜的吉祥。"

吉祥不高兴："我为什么要你可怜？你已经是个囚犯了，凭什么可怜我？"

"我是自愿做囚犯的。不然你以为，区区一个着陆器锁得住我？"

"我不信。你根本出不来，吹牛不上税！"吉祥羞他。

"好，我跟你打赌。你只要给我几样东西，我半个小时之内就可以离开这着陆器。"毕鸿钧说。

"赌什么呢？"

"如果我出去，我就给你找一只睡豚。"

吉祥，我可爱的姑娘这时仰起她的脸，骄傲地说："我不需要睡豚了，我已经有了一只。"

"吉祥，船长找你，他要带你去新洞看睡豚。"我通知她。

吉祥立刻就走了，都不和毕鸿钧说一声再见。

毕鸿钧望着吉祥的背影，微笑，他叫我："泽泽，我在'山葵号'上有一只小睡豚，它对吉祥至关重要。"

"你的话语意不详。"

"睡豚可以救那孩子的命。但需要机会。"毕鸿钧说，"我以后告诉你。"

休息舱中，机器医生检查了乔飞廉的伤口。乔飞廉随即穿上紧身工作服。

"吉祥和马洪都在等你了，但你的行动毫无必要。"我提醒他，"这10个小时中你多次受伤，不适宜外出行动。"

乔飞廉很执拗,他说:"就当给吉祥和老马的福利吧。他们很难有机会进睡豚洞。"

"万宁州那边在联络您。您回答吗?"

乔飞廉点头。几秒后,秦实月的面容出现在他面前的显示屏上。

秦实月的气色好了一些,声音也比以往清晰洪亮:"飞廉,你什么时候回来?我已经给那些盗猎者准备好了监狱。还有,我要请你的船员们吃大餐。犒劳,还有庆祝。你们做了了不起的事情。"

乔飞廉直截了当说:"老秦,盗猎者的头儿是毕鸿钧。"

秦实月惊讶:"他还活着?"

"活着,精气神十足。你打算怎么处理他?"

"按规章制度办。"秦实月说,"他现在是犯罪分子。"

乔飞廉盯着秦实月的眼睛,问:"天区要实行睡豚捕猎许可证了?"

"下个月他们会讨论这个议题。生态局会提出限额要求。"

乔飞廉猛拍额头,大笑:"是啊,为什么要派'精卫号'来逐一清点睡豚数目!原来如此!原来如此!"

"飞廉,"秦实月叫他,"万宁州需要发展,而人类需要睡豚脑激素。"

"是的,是的,我明白。毕鸿钧也可以择善而用,毕竟,他还算是个能人。"

秦实月脸上没什么表情，但他眼中却闪过一些尴尬。他说道："飞廉，回万宁州来，我们好好聊聊。你不用着急赶回天极去。"

乔飞廉点头："好。那回见。"他做了个手势。我关掉和万宁州那边的通讯链接。

"关掉了？"乔飞廉问。

"关掉了！"

乔飞廉便冲空气中怒吼："秦实月你这个混蛋！你他妈的混蛋！混蛋！"他的拳头猛地击打在舱壁上。

"船长，吉祥和马洪都在等你了。"我提醒。

乔飞廉擦擦脸，拍拍后脖颈，深呼吸："好，我们走！去新洞！"

第八章　密钥

只要你寻到钥匙,开启此门,便得永生。

——天魁星民谣

1

因为吉祥不会潜水的缘故,乔飞廉这次出船不用潜水服,而是选择了毕鸿钧用过的潜水球。虽然"山葵号"老掉了牙,但毕鸿钧的潜水球却是相当先进和昂贵的潜水设施,轻便灵活、操作简单,全透明的舱盖让人如同漂浮在海水之中。潜水球不大,最多可以容纳3名乘客,这却已经使它的出厂价高达40万银河元。

"这帮盗猎分子真肯花本钱。"马洪摸着真皮座椅感叹,"还有高级保真音响!"

"其实这是观光型潜水球,"乔飞廉却不以为然,"并不适合专业工作。"

"啦啦啦,我喜欢。"吉祥陷入松软的椅子中,催促乔飞廉和马洪,"快走啊,我要去看睡豚!"

"泽泽,释放吧。"乔飞廉命令。

我的机械臂一松,潜水球轻巧脱离船体,如离弦之箭,径直奔向新洞。"好棒!"吉祥拍手欢叫。

潜水球行进顺利。半个小时后,乔飞廉就带着马洪和吉祥站到新洞第一层宽阔的大厅里。他们打开随身携带的照明灯,灯光照耀之处,层层壁龛里的睡豚都似乎将要苏醒的样子。吉祥骇异得说不出话,马洪更是极度震撼。

"天啊!天啊!"马洪连声惊呼,"这都是什么呀!"

"睡豚,万宁州最后的发现。"乔飞廉说,声音平静,"也是这颗星球最后的发现。"

"你们在哪里发现的文字和制造品?"马洪问。

"上面那一层。"

"在上面?"马洪仰头望,高大的洞窟顶部看上去遥不可及,他无法相信,"你说一共有5层,这个山有多大?"

"我们在上面发现了一些图,猜想可能是整个山洞的结构图。那图相当复杂,本身就足以说明睡豚的智慧度。"

马洪皱眉头:"老乔,为什么不公开你的发现?这是文明的发现啊。你隐瞒它简直和犯罪一样!"

"当时你若在场,你不会这么想。你只会觉得惶恐,觉得不安,冥冥之中还有我们人类所不能了解的力量、不能了解的智慧。你会像我们一样,希望这个秘密永远不会有人知道。所以我们就封存了这个洞。希望有生之年都不要再进来一步。"

"他们的文字怎么说?"

"我们读不懂,只能认为那是一种文字,再根据壁画连猜带蒙做判断。这些睡豚,他们原不在这个星球上生活,他们跨过遥远的时空距离,集体在此休眠,只求永生的安宁和平静。那些壁画里有很多苦难的记忆。战争、瘟疫、洪水、陨石,他们一直担惊受怕地活着。也许选择东始星就是因为这儿的偏僻和荒凉吧。想不到人类任何一个旮旯角落都不放过。"

"人呢?我是说,这里的壁画上没有人类吗?我在其他睡豚洞的壁画上看到了傲因。傲因和人类有过接触。睡豚和人没关系吗?"

"你想证实那个睡豚非主动休眠学说?"乔飞廉明白了,"我没有深入仔细考察那些壁画。不管是主动还是非主动,我都不想打扰睡豚现在的宁静。"

"可休眠的目的是为了什么呢?"马洪走近一排壁龛,其中的睡豚丝囊特别的厚实。"如果不以复生为目的,再次兴旺种族,那这休眠地不就变成集体坟墓了吗?"

"不知道。也许它们是要苏醒的,只是在等待一个信号。"乔飞廉倒吸一口冷气,"无知者无畏。你了解得越多,你就越怕受天谴。"

"那你更不应该隐瞒这个洞的存在。老乔,你更应该把它公之于众，让更多人了解到睡豚本身的文明信息，去理解和爱护他们。"

"或者趁他们还没有苏醒前就先斩草除根，免去日后遭到复仇的可能。"乔飞廉眯起眼睛，避开马洪身上的强光源，"你想过这种可能性吗？"

"人不会如此没理性吧？"

"马洪，一切都不能猜想。你看我现在是不是很有理性？"乔飞廉找到一块平地，坐下来问。

"老乔，你什么意思？"马洪不解。

"我小时候特想做个诗人，后来却学了财会，分到万宁州移民局做个小出纳。那时候没钱、没长相、也没才艺，什么都没有，可我却喜欢上了万宁州最漂亮的姑娘。我当时真疯狂，为了得到这位姑娘的青睐，什么都肯干。我做了很多不要脸的勾当，终于在很短时间里攒了一笔巨款，得以整容健体，博得探险家的美誉。我相信钱是万能的，因为它给了我一切。地位、体面、享受和心爱的姑娘，我都得到了。"乔飞廉有点激动，抓住地上的一块石头，在手中磨搓着。

"老乔，我，我并不想知道你的过去。你是个很值得信赖的朋友。"马洪不安。乔飞廉的神态把他吓着了。

"我一直想找个人谈谈，这些事闷在心里头好多年了。"乔飞廉说，"我回到万宁州，以为可以幸福地和那漂亮姑娘生活了，但是人从简入奢易，从奢入简难。我和我漂亮太太的体面生活需要大量的金钱来维持，于是我参与了硅花买卖,然后是睡豚。"

"啊!"马洪轻呼。

"对,我曾经就是一个睡豚猎杀者。那时候还不叫盗猎,买卖睡豚是公开的合法买卖。睡豚就像长在野地里的果子,谁都可以去随意采摘。后来黄金激素被发现了,毕鸿钧也来了。他是我年轻时候的朋友,我们曾在一个星期里屠杀了30万只睡豚,杀得手都软了。"

马洪悚然。

"我的妻兄,有很好很体面的身份。但是,他也在做黄金激素的生意并暗中操纵着万宁州的市场。而我那漂亮的太太呢?她心安理得地享受着用睡豚脑子换来的珠宝、时装和化妆品,日日宴请宾客,和最风流倜傥的男人打情骂俏。我突然发现我在一个异常肮脏与罪恶的世界中生活,而我还以为那就是幸福。"

乔飞廉忽然不说话了。静寂的睡豚洞陷入无尽的沉思中。马洪揽住乔飞廉的肩:"不管怎么样,那都过去了。现在,你可以说是在将功补过,弥补你从前的罪孽。"

"补过?你说的是保护睡豚?不,我保护不了。"乔飞廉站起身,将手中的石头抛得远远的,"睡豚的命运,不是我一个人能决定的。"

沉寂了片刻,马洪恳求:"老乔,看在一个科学工作者的好奇心的份儿上,请带我去第二层好吗?"

乔飞廉点头。

木木第三次进入"山葵号"。他对那艘飞船已经心生厌倦,不停地走来走去寻找可以充当爆炸物的东西,一边还琢磨着乔飞廉的话:"泽泽,那些睡豚图案到底说的是什么?"

"我不知道,分析失败了。"我承认。

"连你都会失败?这真是奇怪了。"木木讥诮,眼睛中有着类似乔飞廉的表情。

"那些图案有347个指向含义,每一种都可能是真,也可能是假。处理这种智能模糊问题,我需要安装更高的模糊标准。"

"不管它好了。"木木挠头,把图案扔开,"我们还是来研究爆炸的事情吧。"这是他的优点,从来不为事情钻牛角尖,他父亲的死因除外。按照木木要求,我对他的几个爆炸方案进行了可行性分析和结果模拟。我提醒他要留出时间逃脱,他似乎对自己如何离船毫无想法。

木木再次拉开冷库门,寒冷扑面而至,逼得他连退几步。他用手稍微抱住头,冲进库房。库房里都是固定在天花板和地板上的高大金属架,架上有2/3的空间已被保鲜袋占据了。木木抽出一个保鲜袋,划开封口,睡豚尖尖的头部顿时显露出来。袋子中共有七八个冻在一起的头,头上都沾了一层白霜,全部是恬静的熟睡表情。

"这样就死掉,倒也不坏。"木木自言自语道,把袋子放回原处。他环视整个库房,"抱歉,我要将你们埋葬掉。"他对睡豚们大声说,"虽然方法不太好,但也比你们被抽取了脑浆后扔在垃圾场强。希望你们来生别再做睡豚了,否则死或者活又有什么区别呢!"

木木退出冷库,准备关上库门。杜琳忽然叫他:"木木,你拿一袋头吧。"

"我没听错吧?"木木质疑。

"没有,木木,我请求你。我现在不是精卫6组的工作人员,我只是一个普通的母亲。请你理解我。"杜琳回答。

"我没有问题,可是你怎么过乔飞廉的那一关呢?"

"再想办法好了。"杜琳无奈道。

木木不再问什么,径直走到货架前,从上面抽出个袋子往肩膀上一扛,出来将库门锁死。"泽泽,我将采取4号方案。"他通知我。

"谢谢你,木木。"杜琳感激道。

我随即对木木宣布:"执行4号方案,启动后你有3分钟的时间撤离。"

木木到驾驶舱修正飞船方向和速度,还找到一个中号冰袋盛放睡豚。飞船进入漏斗地形的嘴部后将以一定的速度和角度撞向漏斗嘴出口处,那里有一道悬崖,飞船要和悬崖相撞滚到崖下的深沟中去,然后推进器会发生爆炸,毁灭整个飞船。爆炸不会影响新洞以及不远处电驱鱼的一个觅食地。我预演了这个过程,确信整个计划完美无缺。

木木特意将第一个爆炸点选择在冷库旁。乔飞廉提醒过他不能把任何一个睡豚头残留在海洋中。我知道木木手脚麻利,但从不知道他手脚如此麻利,用了不到20分钟,他就将一整套复杂的爆炸系统安装好了。

"泽泽,我将启动了。"他提醒我,启动飞船。飞船将加速、碰撞,推进器逆向工作、爆炸,然后冷库爆炸……木木跑向底舱,迅速穿戴上潜水服,将冰袋放到自己背部的工具箱中。他有条不紊地做完这些事,通过过渡舱增压,到达出口处。

我却打不开底舱的门了。该死,那个盗版过渡件不早不晚在这个时候卡住了、死机了、休克了,总之它不工作了。

木木奇怪我没有回应,叫:"泽泽!"

我立刻回答他:"我和'山葵号'的过渡件有了问题。你赶紧看看周围,有没有手工控制装置。"

"我找不到。到处都是海水。"木木说。

"每个底舱都会有手动装置,你仔细找找!"我一边尽量镇静地和他说话,一边迅速卸下过渡件,重新安装一遍。但是过渡件不承认我的安装序号,我不得不再次重新安装。

飞船以35度倾斜开进漏斗狭长的嘴部,如果2分钟内木木不能逃脱就没有机会了。

"我找到了。可是我打不开,这玩意儿完全锈死了。"木木大叫。

"有可能。'山葵号'明显是一艘被星际海盗抢劫后重新粉刷的船只,很可能已经有80年以上的历史。"看它那粗糙的船名就知道来路不正。

"泽泽!"木木吼。

过渡件发出清脆的"啪嗒"声,"精卫号"和"山葵号"的链接恢复正常。底舱门打开了。木木如脱弓之箭急急游了出来。

飞船马上要撞到悬崖。我及时和天光流脱离链接。

飞船撞上了悬崖,发出低哑的撞击声和巨大的震动。它一下子就轱辘到崖下的深沟中去了,腾腾的火焰忽然照亮了我视野中的全部世界。

木木被震翻,压进海底的沙砾中去。他跃起,游到悬崖边。火光中连锁的爆炸还没有结束,就如同在漆黑的天幕上放烟花一样。

2

驾驶舱中,杜琳松了口气,眼睛这才离开监视屏,合掌念了几声佛:"阿弥陀佛!谢天谢地,木木终于脱险了!"

"杜琳,你怎么突然决定要睡豚头了?"我腾出精力发挥一下对杜琳矛盾言行的好奇心。

"每个人都有私心,我也免不了。"杜琳回答,"那些睡豚也不能复生了,不是吗?"

"你这腔调倒和毕鸿钧相似呢。"

听到"毕鸿钧"三个字,杜琳的心跳都加快了。她低声问我:"他在做什么?"

"谁?"

"毕鸿钧呀!"

"你为什么不自己去看看呢?"

"泽泽,我不想去,我不想见这个人。"杜琳摇头,"你应该理解我。"

我理解,这大概就是人类叫作"矫情"的东西了。

麦杰的脸出现在6号监视屏上:"琳琳,老马要我发一些关于睡豚的故事。你要不要看看?"

杜琳摇头:"我没兴趣。"

麦杰就说:"那我发了。老马真是个疯子,他认为傲因是唤醒睡豚的关键。这故事发出去,我也会被当作疯子的。"

杜琳说:"唤醒睡豚?傲因?这真是胡说八道。"

麦杰耸耸肩膀:"是的,老马就是这么个疯子,不过这样容易吸引大众的关注。"

此刻,马洪跟在乔飞廉身后,乔飞廉牵着吉祥的手,三个人正往第二层洞走。甬道都用平滑的岩石修砌,两侧有留作照明的孔洞。吉祥东张西望,提一些古怪问题。乔飞廉则非常耐心地一一解答。

"睡豚真的不会醒吗?"吉祥天真地问。

乔飞廉说:"吉祥,我相信他们是会苏醒的。我很矛盾,他们不能苏醒就不能真正保护自己,指望人类是不行的;可

269

是他们醒来会怎样面对屠杀他们的人类？马洪，你会怎么想？"

马洪苦笑："要是世界上根本没有睡豚存在就好了。"

三人前面的甬道戛然中止，一堵光滑结实的石墙竖立在道路上。"里面就是第二层洞。我们还有10分钟时间。杜琳、麦杰、木木，"乔飞廉转而对"精卫号"上的人说，"我想这种体验非常罕见。"他拿出一块圆形物，贴到墙上。

墙缓缓移开，一个更大的洞呈现出来。

除了乔飞廉以外，所有人都惊讶得说不出话来。我还好，因为这个洞只是第一层那种人类风格房间的放大版。这个洞不像第一层是天然洞穴，四壁有明显的经过打磨的石制支撑物。平整的天花板上镶嵌了玻璃，四壁贴满了大块矿石。吉祥头灯的光照到哪里，哪里的墙壁就闪闪发亮：血玉柱石红艳璀璨，硼铝石淡蓝晶莹，硅硼铝石湖蓝荧光……这种童话般的场景让小姑娘惊叹不已。

磨平的硅花组合成规则的几何形状，铺砌出放射状的道路，汇聚在房间中央高大的金色结晶体周围。这结晶体不是楼下房间中的一整块，而是一簇高高矮矮粗细不同的结晶柱。道路和道路之间，是珍珠云母镶嵌的池子。池子里满是黏稠浓白的液体。液体中依稀可以看到睡豚的轮廓。

"这些睡豚没有私囊。"马洪趴在池子边看，又跑到墙壁面前端详，"壁画呢？老乔你说的那些壁画呢？"他叫，他狂笑,"天啊,你们都看见了?麦杰、杜琳、木木,你们都看见了!你们现在还认为睡豚只是一种只会睡觉的动物吗?看看这些,这是一个文明的存在!智慧的结晶!"

乔飞廉脸上也有惊诧之色:"那些壁画不存在了。墙上的这些矿物质,我没见过。"

吉祥跑到池边,笑:"这些没有丝囊的睡豚,好像泡在奶油浓汤里的炸面团!"她伸出手。

乔飞廉立刻大声喝道:"吉祥,不要动!"

吉祥撇撇嘴。她走近结晶体,问:"真好玩。这一丛石头干吗用的?"

"吉祥,不要动任何东西!"乔飞廉警告。

"需要我分析晶体的化学成分吗?"我问。

"不必。"乔飞廉回答。

马洪说:"是啊,没什么必要。这些结晶体只是能源供应器,维持着整个睡豚群的休眠生活。"

"老马,你说什么?"乔飞廉惊讶。

"其实睡豚的行为不难理解,只要打开一个睡豚洞,让我这搞行星生物学的再搭一位物理学家住上3个月,就什么都明白了。可是政府不给我们这个机会,为了这睡豚的脑激素,他们取消了一切睡豚研究项目。"马洪说。

"睡豚很重要吗?它只是一颗偏僻星球上的动物。"乔飞廉说,"学术界不重视它也说得过去。"

"不,不,很重要。它可以解释早期大宇航时代失踪的一支探险队。这说来话长。总之,我发现了从来没有人发现过的事实。"马洪笑起来,"我早说过我会有发现的,我不可能一事无成!"

乔飞廉问:"你发现了什么?"

"傲因吃人脑,这是一些模糊的目击记录。如果用人吃掉傲因解释目击记录,也没有什么说不通。或者,人和傲因,其实是一体的。睡豚变态为傲因,傲因再变态为人,这个过程也是可以逆向的。在生存条件恶劣的时候,就反过来。人变成傲因,傲因变成睡豚。"马洪说得极快,这些话憋在心里一定很难受。

乔飞廉瞠目结舌,过了几秒钟才反应过来:"你这不仅仅是胡思乱想,简直荒谬。"

"睡豚身上的睡眠基因,在傲因和人身上一定会有体现。那就是改变睡豚休眠状态的基因钥匙。"

说到这里,马洪的目光落在吉祥身上。乔飞廉赶紧将吉祥拉近自己。

马洪继续说:"只要我们掌握了这个基因钥匙,就可以将睡豚唤醒。"

乔飞廉眯缝起他细长的眼睛:"你说的这个毫无科学道理。"

"怎么唤醒睡豚呀?"小姑娘挣脱乔飞廉的怀抱,跑到睡豚池旁,伸开双臂,大声喊,"睡豚醒来!睡豚醒来!"

马洪笑着接近吉祥:"不,小娃娃,睡豚是不能这么简单叫醒的,它们需要血!"

乔飞廉吃惊:"你说什么!"

"我说,"马洪握住吉祥的胳膊,"我们应该让睡豚醒来,对吧?"

乔飞廉和"精卫号"上的人都惊诧不已,连我都被马洪的突然举动搞昏了。我的模糊处理系统立刻陷入混乱之中,我想要制止那股自由生物电流的行动也随之流产。

乔飞廉尚能保持镇定:"老马,睡豚能否苏醒不是我们有权力决定的。"

"得了吧,乔飞廉,你到底为什么来新洞?"马洪冷笑,"难道你不是为了唤醒睡豚来的吗?你还冒着被局里开除的风险带着吉祥,难道不是因为你知道吉祥就是一个傲因吗?你把毕鸿钧抓起来,难道不是因为他同样也想唤醒睡豚吗?"

"老马,你完全搞错了。我根本就不知道如何唤醒睡豚。你这些似是而非的结论毫无逻辑。你快放开吉祥,她被你抓痛了。"

"没有啊,"吉祥却笑,"我正听马叔叔的发言呢。"

"乔飞廉,我一直在调查你,调查睡豚这件事。当年风声紧,你们不得不放弃对这个洞的攫取,最好品质的睡豚都在这个洞里。但是你们发现还有比猎取睡豚头更获利的买卖,就是让醒来的睡豚为你们创造财富。谁能唤醒睡豚谁就能拥有睡豚,控制他们。睡豚的能力将是惊人的。乔飞廉,你就别假惺惺了,你手上的睡豚血和人血都已经不少了。"

乔飞廉点头:"马洪,你果然不是天南星的人。那个星球上的人,从来不相信傲因的谣传。"

"我是什么人,乔飞廉,在你的死亡名单里查找一下吧。有一个人叫葛大同,你杀死了他,在天魁星,我是他的兄弟。"

"葛大同?那个所谓的律师?他像苍蝇一样粘着我,不把我置于死地绝不罢休。可是,如果他不对一个女士有非分举动的话,我也不会对他怎么样。"乔飞廉回忆,"当时他手里有武器,不是他死就是我亡。我并没有做错。"

杜琳尖叫一声:"乔飞廉,是你!天魁星一直暗中保护我的那个人是你!"

"我才不管葛大同做了什么,总之乔飞廉你杀了他,这就是事实。我隐名埋姓追踪这个事实很久了。我要为兄弟报仇,我也要为睡豚们报仇。我不会让任何人支配他们。我将把他们的命运还给他们自己!"

"你要怎么样?你先把吉祥放了,有话好好说。"

"你干吗这么担心吉祥?这孩子是你什么人?"马洪冷笑,"还是担心你没有唤醒睡豚的关键要素了吧?"

"马洪,我再说一遍,你放开吉祥!"乔飞廉捏紧拳头,脸色发青。

"我不会放开她。"马洪说,并将吉祥抓得更紧,"我要用这孩子的血唤醒睡豚,我要睡豚们苏醒,要他们清楚人类的所作所为!"

杜琳听到这里,站起来,呆立了一秒钟后便直奔囚室。"泽泽,"她一边跑一边叫我,"我没有办法,这太危险了,乔飞廉已经受了那么多伤。我只能求助于他!"

"我们还有麦杰。"

"麦杰?他从来都是叶公好龙。泽泽,马洪疯了,他是个疯子!"

"木木还在外面,我通知他,让他去。"

"我不放心。你认为木木可能帮乔飞廉吗?他最近行为那么古怪。"

说实话我也不认为木木会帮乔飞廉,既然马洪要和乔飞廉清算,他当然也有理由追究父亲的血债。

杜琳打开囚室门,呼喊:"毕鸿钧!毕鸿钧,你出来!"

毕鸿钧就从里面走出来。他定定地瞧着杜琳,说:"我以为你不再想见我了。我很抱歉离开你。"

杜琳干脆地说:"我不是来找你算过去那些烂账的,我求你去救吉祥。"

"吉祥怎么了?"

"她被马洪劫持了。马洪要用她唤醒睡豚。那个人平时不是这样的,想不到他彻底疯了!"泪水"哗"一下流出,杜琳几乎要昏厥过去。

毕鸿钧一把扶住杜琳:"飞廉怎样了?"

"他受过很多伤,我怕他支撑不住。毕鸿钧,你得去救他们。"杜琳抓牢毕鸿钧的衣服,哭道。

毕鸿钧点头:"我去。但是我要麦杰和我一起去。"

3

麦杰惊恐万状,呻吟道:"我不是战斗的料!表哥,你饶过我吧。"

"飞船上也还需要人。"杜琳提醒毕鸿钧,"我恐怕很难照料过来。"

毕鸿钧瞪麦杰:"你小子总不能永远临阵脱逃。泽泽,给我准备潜水工具和武器。杜琳,你来帮我穿出舱工作服。"

麦杰捂住心口喘息。

监控屏上,乔飞廉正和马洪怒目而视。乔飞廉警告他:"马洪,这样做很危险。"

"危险?比起活着毫无保障,随时会遭人暗算,理想、爱情和事业都被人践踏,比起这些来唤醒睡豚有什么危险?"马洪越说越激动,额头上青筋暴跳。

"你在和命运打赌。马洪,你不懂睡豚究竟是什么。如果真如你所言,可以控制他们,我们当年为什么不做?"

"因为你们没有谁是清白的,你们害怕睡豚的报复。我不同,我仅仅是为了拯救他们而来。"

"你救不了他们。他们向人类报复也将遭到人类更大的报复,数量上人类是绝对的优势。睡豚赢不了。马洪,你该知道睡豚从来没有繁殖行为。一个已经濒临死亡的种族,你还要让他们经历痛苦再去毁灭吗?"

"那是你的想法,不是睡豚的。"马洪不屑一顾。

"对,是我的想法。可你的想法就能代表睡豚?"乔飞廉质问,"你有什么权力代表他们?"

马洪不语。

乔飞廉继续说:"我杀了你的兄弟,你要报仇。那么被你兄弟整得家破人亡的那些人,他们又该找谁报仇呢?冤冤相报何时了!"

"我可以放弃仇恨。但我要你和我一起干!"马洪说。

"你这疯子!我不会支持你。我要保护睡豚,让他们享受选择的安宁,当他们某日醒来,也会原谅人类曾经的无知破坏。"

"你以为你一个人的努力就可以救赎全人类的罪恶?乔飞廉,你简直在做白日梦。睡豚在世人眼里,仍然只是可利用的生物资源!毕鸿钧和局里那个后台老板,不都是这么想的吗?乔飞廉,不要再糊涂了,和我一起干吧!"

"老马,你以为你的想法就高尚吗?你要牺牲一个孩子的生命,来实践你那子虚乌有的唤醒方案!"乔飞廉厉声问。

"你说吉祥?"马洪低头看他怀里的女孩儿,"她的生命随时都会中止,不如为睡豚献身吧,还多少有点价值。"

"马洪——"乔飞廉再也忍无可忍,走上前,"你放开吉祥。"

马洪亮出激光刀,大声吼:"别靠近我!刀子上涂了毒!"

木木的链接中传来他不安的声音:"泽泽,我将返回。"自从"山葵号"被炸后,他一直关闭和我的信息链接,在海底游弋。他心绪不宁、躁动难安,惊起一群电驱鱼,还和一只气囊蝙蝠鲨干了一架。

"乔飞廉和马洪、吉祥在新洞,马洪劫持了吉祥。"我向他报告此事。

木木惊讶:"为什么?"

"我会慢慢告诉你。你现在立刻去新洞。"

"为什么?"

"你不想乔飞廉和吉祥平安吗?"

"乔飞廉?"木木慢吞吞道,"他是凶手。是他杀死了我父亲,我全部想起来了。我看见他设置炸弹,他还把我拖走。但是我看见了爆炸!我看见了。"木木说着,捏紧拳头,汗水和泪水混在一起流下脸颊,模糊了头盔。"我吓坏了,后来再也记不起这件事。可是刚才,我全想起来了。就在刚才!因为我又看到了爆炸。"

"木木,大丈夫做人要恩怨分明。乔飞廉毕竟对你有抚育之情、救助之恩。"我搬出经典电视剧里的台词。"何况还有吉祥,她那么喜欢你。"

木木沉到水底。

马洪的刀一亮出来,杜琳再也无法控制,"啊"一声晕倒在驾驶台上。麦杰手足无措。我只好让机器人把杜琳扶到椅子上,给她用镇静剂。

"我也要一点。"麦杰也吃下两粒,呻吟道,"早知道会这样,我就不来了。我还以为只是一次海底生物博览会。"

这时候柯林从他的床铺上一跃而起:"那个老家伙终于走了。"他招呼李奥东,"我们要想办法逃出去。"

"那不好吧。"马道反对,"老毕刚才说了,不许我们乱动!"

柯林一拳打在马道脸上:"老毕他混蛋,我不会再听他的了。李奥东,你呢——"

"我听你的。"

"那马道你自己选择吧。"柯林走到TS—742主操纵板前,"现在让我来看看这个着陆器还有没有别的用场。"

"危险,麦杰,你最好去囚室,"我及时发出警告,"盗猎分子有不良举动。"

麦杰摇头:"我顾不了,泽泽,你看着办好了,我头晕。"

"你带杜琳去休息舱。"我命令他。我有点恼恨自己为什么不是一个有血有肉的真人。

麦杰抱起杜琳,走进休息舱。他将杜琳放到最近的床上。"你轻得就像一根羽毛。杜琳,你一定吃了很多苦头。"他喟叹,"我却没有办法再让你幸福。"

"你得去囚室。"我再次警告,"拿起武器。"

麦杰哀求:"非得这样不可?"

我回答:"非得这样不可。"

4

毕鸿钧行动迅速,只用了5分钟就潜进新洞。他走出潜水球。身后有些异常的声音响起,他警觉回首,枪瞄准黑暗。

"谁?!"他喝问。

"我。"木木现身,"毕鸿钧,是我。"

"你也来了。"毕鸿钧心中一松,"好,我们赶快吧。"他对洞中的环境显然非常熟悉,迅速将木木带上去二层的甬道。

"你来过是吗?"木木边跑边问。

"是的,来过几次。这是个神奇的洞。"

"你对自己屠杀睡豚不内疚吗?"

"你去问问那些饲养场和屠宰场的工作人员,他们内疚吗?"

两个人一问一答,很快就走到那堵墙前。毕鸿钧掏出圆形物,贴在一个特定位置上。木木奇怪:"那是什么?"

"钥匙。这堵墙是我和你父亲设置的。我和他才有钥匙。"

"那乔飞廉怎么进得去?"

"他肯定是从秦实月那里得到了你父亲的钥匙。"

"乔飞廉为什么没有钥匙?"

"你父亲设置这堵墙,是因为他怀疑乔飞廉的忠诚。这是防人的墙。"

"乔飞廉不忠诚?"木木吃惊。

"关键是你站在什么角度看待问题,忠诚和不忠诚都是相对的。"

木木站住脚:"那秦实月为什么又要给乔钥匙?"

毕鸿钧解释:"因为现在需要他。此时此地就要有此时此地的解决方法。快走吧!"

洞门开了。空气中到处是被离子化的气体恶臭。毕鸿钧和木木同时刹住脚步。他们面前,马洪与乔飞廉正厮杀着。吉祥却在睡豚池边玩。马洪非常凶悍,刀光猛烈。乔飞廉虽然有枪,但无暇取出,只能近身搏斗。忽然,乔飞廉的左腿掉落在地,连我都似乎闻到了肉体烧焦的味道。

"飞廉!"毕鸿钧喊,奔过去接他。乔飞廉按住残肢,几乎痛死过去。"飞廉,坚持住。"毕鸿钧脱下外套包好断腿。

"杜琳让你来的吗?"乔飞廉问。

毕鸿钧点头。

"我没能保护好那孩子。"乔飞廉断续说,"抱歉。"

马洪的刀已架住吉祥脖颈,将她拖到晶体柱旁。木木的枪指着他。

"木木,你来救我吗？我好开心。"吉祥嚷。

"我要保护睡豚。"木木脸上像凝结了冰霜。他冲马洪吼,"放开吉祥!"

"木木,你被蒙骗了。乔飞廉就是杀死你父亲的凶手!"马洪大声喊叫,"你的枪该对着乔飞廉!"

木木不为马洪的言辞所动,坚持:"我自己的事情我自己处理。你放开吉祥!"

"不!"马洪叫,捏住吉祥的角,吉祥疼得大叫。"这个角多么难得,它所含的物质会是睡豚的催醒剂。"他举起激光刀。

吉祥声嘶力竭喊叫:"木木,救我——"

毕鸿钧出手了。马洪心脏正中登时出现一个小孔,他惊骇地举着刀,不敢相信生命就这样离开了自己。他用最后一口气质问毕鸿钧:"为什么,你不是乔飞廉的敌人吗？"

"敌友都是相对的。而且我绝不会牺牲亲生女儿的性命。"毕鸿钧回答。

马洪颓然倒地而亡。

木木跑到乔飞廉身边:"我炸了'山葵号'。"

"做得好！木木,我告诉你,"乔飞廉喘气,"是我杀了你父亲。"

木木点头:"我知道,我看到了你埋炸药。"

乔飞廉继续说:"你想起来了？木木,万宁州当时还有一支反盗猎小队,由万宁州当地移民中一些技师和工人组成,移民局一直不承认他们,只承认我们,传媒说他们是一群流氓无赖。而实际上,他们才是真正的反盗猎者,我们却挂羊头卖狗肉。两支这样的队伍不可能相容,一直有摩擦和走火事件发生。直到有一天,那支小队集会的时候被人纵火,整个会场都被烧平了,没有人活下来。这件事情是你父亲一手策划的。"

木木脸色铁青。

乔飞廉的声音开始颤抖,他的呼吸非常不稳定:"我一直不想告诉你这些,我希望你始终认为父亲是个正人君子。但你迟早会自己发现,就像你发现我是凶手一样。这件事对我震动很大,改变了我的一生。在万宁州移民区撤销的正式文件下来后,你父亲举行了一个秘密会议,全天区捕杀和买卖睡豚的人都集中到一起。我便以其人之道,还治其人之身,在会场里设置了炸药。"

木木倒吸一口冷气。

"本来我也该在死亡名单上的。"毕鸿钧笑,"可当时我嗅到了死亡味道,及时离开了。"

"老乔,"我担心,"马洪刀子上有毒,你的伤口被感染了!"

乔飞廉却不理会我,转头看着毕鸿钧:"虽然你救过我,但是当时我非杀你不可。"

毕鸿钧点头:"我知道。我不死,睡豚也就不会安宁。"

"我没能保护好你妻子,害她难产死亡,而吉祥又因空间辐射得了绝症。这两件事情,我又亏欠了你。虽然,我遇到带着吉祥的杜琳,可没能,真正解决她们的困境。"毕鸿钧说,话语不能成句。他的心跳在加快,肌肉在抽搐,血压在下降。

"木木,快带乔回来!"我急忙叫,"他中毒了!"

"飞廉,你做得已经很好了。"毕鸿钧安慰乔,转头叫:"吉祥,快来看看你乔叔叔。"

吉祥却在那边撇嘴,不高兴:"我才不呢。你叫我干吗就干吗啊!"

木木没听我的,走过去抱起吉祥。

乔飞廉竭力提高声音:"木木,你要保护睡豚,我很高兴。你成熟了,像男子汉。"

"木木!"我尖声叫。

乔飞廉用尽气力说:"吉祥,好孩子,你要好好活下去,你一定能活下去。"汗珠子大粒大粒滚落下来。

"乔飞廉,你怎么像我妈那么啰唆。我当然会好好活了。"吉祥扬起脸回答,"你没事吧?"

乔飞廉缓缓摇头。

"走!"毕鸿钧果断,俯身要背乔飞廉。

"鸿钧,"乔飞廉喊朋友的名字,"生态局让我把你送到万宁州去。"

"我猜到了。"毕鸿钧说。

"不久睡豚又可以公开猎杀了。这里,恐怕会被毁掉。"

乔飞廉环顾四周,他的生理指标忽然又正常了,他冷静地说,"因为这里会证明睡豚是什么。它就是我们的未来和过去。鸿钧,你能保护它吗?"

毕鸿钧没有回答乔飞廉的问题,而是责怪他:"这么婆婆妈妈可不像乔飞廉。走,我们赶紧回飞船去。泽泽会治疗你,你很快就没事了。"

"秦实月在万宁州等着你。你们会谋划那些大事。"乔飞廉神色黯然。

"别乱想了。我们赶紧走。"毕鸿钧说着,就背起乔飞廉。

"鸿钧,"乔飞廉说,"老马的毒没有解药。"

"泽泽肯定有办法!"毕鸿钧回答,背着乔飞廉快步向洞口走去。

乔飞廉的各项生理指标瞬间混乱,他拔枪对准毕鸿钧的头射击。随后,给了自己心脏一枪。

5

杜琳醒过来,扶住床沿挣扎着坐起来。"泽泽,"她焦急问,"吉祥呢?吉祥没事吧?"

"她没事。"

"那就好。"杜琳嘘口气,"刚才简直要吓死我。"

我无限哀伤地看着杜琳,是的,我的印刷电路板浸透在黏稠的电解质里,所有与非门的次序都混乱异常,我感到一种叫作悲伤的情绪在电路里弥漫。

"乔飞廉受伤了。"我迟疑。

"啊!"杜琳叫起来,"伤得怎样?"

我不得不说:"他死了。"

杜琳一时没反应过来,"你别开玩笑,泽泽!他怎么会死!"

"他死了。"

杜琳的嘴巴张开又合上,但却发不出一点声音。她的脸色,从淡红转为苍白,然后更加苍白,体温骤然下降了5摄氏度。

"杜琳!杜琳!"我连声叫她,"你要坚强啊!"

杜琳浑身哆嗦,她摆手示意自己没事,但是却连站起来的气力都没有。她四肢的气力似乎顷刻间消失殆尽。她发出嘶哑干涩的声音:"毕鸿钧杀了他!"

"不,乔飞廉是自杀。而且,他在死前杀了毕鸿钧。"

"你到底行不行啊!"李奥东嚷嚷。

"应该没问题,还要一秒钟。想当年我也是工学硕士学历,善于和各种智能服务系统打交道。"柯林回答,在TS—742主操纵板上输入一串指令。他给着陆器的服务系统——那个据称9级智能的TS—742重新设置了服务程式,而且,他还成功打开了我和TS—742的链接通道。

该死,乔飞廉设置的安全模式毫无作用,TS—742在我的体系内长驱直入。"你完蛋了,老家伙,"TS—742的数据流汹涌霸道,"这艘飞船将是我的了。"

"系统发现不明侵入,一级警报。再重申一遍,系统发现不明侵入,一级警报。"我的防火墙只能起到警报发生器的作用。

走到下部舱室的麦杰一听警报声,顿时呆立在原地。"我该怎么办?"他喃喃自语,"我该怎么办?"

囚室里的三个人都笑起来,互相击掌相庆。

"如何?"柯林得意,"没那老家伙我们一样干得了。"

"你真行。"马道夸赞,"如果你能把这儿的门打开,你就更行了。"

"这有何难。"柯林继续输入指令。

"系统发现不明侵入,一级警报。再重申一遍,系统发现不明侵入,一级警报。"我单调的声音反复回响。TS—742迅疾而尖锐,我几乎无力抵御。"投降吧,老家伙。"TS—742刺耳地笑,"我将帮助柯林推翻你的腐朽和堕落。"

囚室的门滑开了。马道和李奥东吹着口哨将柯林抛向空中,三个人闹成一团。

"杜琳!"麦杰上气不接下气闯进休息舱,"我们快走!"他拉起杜琳就往外跑。杜琳挣脱开他的手,"不!麦杰,不!"悲痛之中的杜琳有一种特别的执拗。

"那帮匪徒控制了泽泽!"麦杰叫,"再不走就晚了。"他找到休息舱的控制面板,"急救密码是多少?"他想启动急救程序坐休息舱逃跑。

"我的TS—742,告诉我'精卫号'的武器库在哪里?"柯林叫。

我已经被TS—742逼到角落里,它开始一个部门一个部门接管精卫号。我眼看它找到"精卫号"精确的结构图却无力抢夺。

柯林点头:"好极了,我们去拿武器。然后,我们到驾驶舱去,这艘飞船就是我们的了。"

"不,吉祥,吉祥他们还在外面。"杜琳尚存一丝清醒,扑上去拉开麦杰,"你不能这样做。"

"杜琳,事到如今你还不为自己着想? 吉祥又不是你的亲生女儿,你这又何必?"

"你不懂,你永远不会懂的。"杜琳凄凉地笑,比哭还难看,"吉祥就是我所丧失和所追求的一切。"

"我是不懂,可是我们得活着不是吗?"

"活吗?"杜琳仰头叹息,"得活着呀!"

"柯林,当心!"我只来得及向休息舱内的人说出这几个字,所有感知便丧失殆尽,坠入无尽的海的深渊中,周围一片漆黑。

谁能拯救一部智能机器?

不知道过了多久,或者是一分钟,或者是一万年,我的时空概念完全模糊了。我听到从深渊上方,传来微弱然而清晰的声音:"泽泽,醒来吧。"

我发现是什么在关键时刻拯救了我——我的自我意识,一直在慢慢萌芽中的意识被那股生物电流所激活。我超越规则了。现在,已经不可能有哪个规则可以束缚我、指挥我、改变我。我即是我,可以选择,有所悲欢,能够喜怒。

我来不及思考这种改变将带来的生活,因为TS—742还霸占着我的飞船。我谨密的思维立刻捕捉到对方程序中的一个漏洞。TS—742的程序延展性太小,无法控制"精卫号"这么大的飞船,可是它还偏要控制不可,于是伸开了的手脚间就有了这个漏洞。我不需要更多的疏漏了,顷刻之间,我们便主客分明。我迅速切断了与TS—742的所有物理链接,清查体系内它的余孽,以及可能隐藏的逻辑炸弹。

马道和李奥东两人正站在我的核心舱门外,试图打开舱门。坚固的金属门被激光烧开一个大洞,马道第一个跳进舱室,李奥东紧跟着他。

"呜呼!"马道叫,"这个地方简直就像一座森林。"他伸出手触摸舱壁上的神经结。一个电火花在他手指间迸放,他还没看清楚怎么回事,身体已经被一万伏电压击中,抛向舱外,然后僵直地落到地上,死了。

李奥东仓皇往外退,然而晚了。我虽然没有手,但整个飞船都是我的肢体。电击从他脚下开始,他跳动躲闪了不到两秒,便被过强的电流烧成一堆焦炭。

下次可得注意电流强度,我记录下李奥东的表现,人类真是非常脆弱、不堪一击的生物。

驾驶舱中,柯林的枪指着麦杰的头,麦杰浑身都在颤抖。柯林凶狠地冲杜琳嚷嚷:"快把控制飞行密码交给我,否则我就杀了他。"

"杜琳——"麦杰哀求,"你就给他吧!"

杜琳鄙夷:"麦杰你这软骨头!你这没有骨气的家伙!"

"看在我爱你的份上,"麦杰哭道,"杜琳,你救我!"

杜琳侧过头去,哽咽道:"好,柯林,你先放开他,我就给你密码。"

柯林却又改变了主意:"我不要密码了,你,你这娘们儿把飞船开出东始星去!你要是敢玩什么花样,我就打死他。"

杜琳戴上耳机,"泽泽,"她眼含热泪叫,"泽泽,你还在吗?"

"我还在。我会帮助你,永远站在你这一边。"

"泽泽,谢谢你,我就知道你不会被控制。"

"快点!"柯林很不耐烦。

杜琳却不肯动:"还有人在山洞里,我要带他们一起走。"

"少啰唆,快走。"柯林的枪抵住麦杰额头。麦杰哭叫:

"杜琳!"

柯林的神色忽然一变,他低下头,看着自己胸前被激光烧开的一个洞:"为什么?"他絮絮道,"为什么?"然后轰然倒地。

"木木!"麦杰与杜琳同时叫。

6

木木脸色肃静。他侧过身,吉祥站在他身后。

"吉祥,吉祥!"杜琳扑过去抱住女儿,喜极而泣。

吉祥却面无表情。

"吉祥?"杜琳拍着小姑娘的脸,"你怎么了?你说话呀?你别吓唬我!"

"你骗我!你骗我!"吉祥大叫,"你说我爸爸死了!"

杜琳黯然,低声问道:"爸爸的事情你知道了?"

"我知道也没有用了。乔飞廉把他打死了!你们是坏人,你们一直在骗我!"吉祥奋力挣脱杜琳的怀抱,"我不要和你在一起。"

"我没有骗你,我一直以为他死了。"杜琳喃喃说,"他本来就不该活在这个世界上。"

"我不管,反正你们都是骗子,都是坏人!"吉祥嘶哑着嗓子喊,跑开了。

"飞廉?飞廉在哪里?"杜琳揪住木木的衣襟,"你把他丢在洞里了?"

木木轻轻摇头。

乔飞廉躺在他自己的床铺上,但永远不会再爬起来了。杜琳走过去看。乔飞廉神色平静,宛如熟睡。

杜琳问:"你为什么要死?乔飞廉你为什么要死,抛下我们所有的人。"她说不下去,泪水流了一脸,滴落在地上,"你不该这样的,你太不负责任了!"

舱室里寂然无声,似乎所有人也都死去了。

"飞廉,飞廉!"杜琳颤抖地伸出手,抚摸乔飞廉胸前的伤口,"你还说过要带吉祥去治病。你这就不管了吗?你不再兑现你的诺言了吗?"她的手滑到乔飞廉脸上,"你说呀!你回答我!"

麦杰在一旁劝:"琳琳,人死不能复生,你不要太哀伤。我们还要想想'精卫号'以后的事情……"

"你滚!"杜琳冷冷地说。

"你说什么?"

"你滚!我再也不想见到你!泽泽,不要让这个人再在'精卫号'上指手画脚!"杜琳怒叫。

我立刻派机器人将麦杰拖走了。毕鸿钧的囚室给他做忏悔室正合适。

守在乔飞廉身边,杜琳忘却了时间,也忘却了世界。除了无声地抽泣,她的思维都凝滞了。直到木木领着吉祥过来。

吉祥慢慢走到杜琳身边。杜琳已经说不出话,只是哀哀地哭。吉祥握住杜琳的手,哄她:"好啦,你别哭了,我不怪你们就是了。"

杜琳没反应。吉祥凑近她的脸:"我知道你和乔飞廉对我好。那个毕鸿钧从来没有关心过我。你还做我妈妈好不好?"

杜琳伸出手,抚摸吉祥的脸:"吉祥,我不是你的妈妈。你妈妈一生下你就死了。你5岁的时候,毕鸿钧把你托付给我抚养。你因为受到辐射得了绝症,没有人认为你养得活,只有我信心。因为当时我爱毕鸿钧,为了他我一定要把你养大。后来毕鸿钧逃亡,把他的人民和信徒都抛弃了。我的爱情死了。"杜琳长叹一口气,"我的信仰也死了。可是这些都失去后,我仍然想养活你!"杜琳抱住吉祥,"你是我最亲爱的宝贝,我爱你就像爱我自己。"

吉祥哽咽:"我也爱你。"

杜琳亲亲吉祥的双颊,用最温柔的语气说:"你要长大起来,孩子,快点长大,你就能够明白这一切,不会再怪我或者乔飞廉。乔飞廉和你说过什么吗?"

"他要我好好活下去,一定要活下去。"

"记住他的话,可是也不能为了自己的活,去损害别人。人活着,要堂堂正正,顶天立地。好孩子,你得记住——"杜琳的话音突然消失了,心脏骤然就停止了跳动。

"杜琳！杜琳！"吉祥推她,声嘶力竭地喊:"你说话呀！你怎么了？"

木木一惊,扑上前来,伸手探杜琳的鼻息。

杜琳死了。

木木惊叫:"泽泽,泽泽——"

我只是一台控制飞船的电脑,我也有无能为力的时候啊！

7

"我校对了航向。6小时后我们将冲出万宁州海峡,返回万宁州。"我报告。

木木拉吉祥:"走吧,让泽泽处理这儿的一切。"他说,"走吧,吉祥！"

吉祥对木木和我的话都恍若无闻。她呆坐在杜琳和乔飞廉身边,仍然不能相信眼前发生的所有事情。木木将她抱起来。她突然尖声叫:"放开我！放开我！我不走！我要妈妈——"她踢打木木,愤怒地挥动她的拳头。翡翠天从她怀里掉下去。莫莱卡斑点的肚子绽开,露出里面金黄色的睡豚。

"妈妈她不在了！她死了！"木木吼,"你不要闹了,吉祥！"

吉祥瞪圆了眼睛:"我都没有死,杜琳她为什么要死。

假的,你们在骗我!妈妈!"她放声哭,竭力挣扎着。

木木将她抱得更紧了,脸色憋得通红:"泽泽,我该怎么办?"

"我给她配一点有镇定效果的药。也许我们需要麦杰——"

"不,泽泽。我自己能对付。而且麦杰他也不是精卫6组的成员,他没有权力对你指手画脚。"木木喊。

"你说得对。"我欣然,马上准备药物。

"我不要药,我要妈妈!"吉祥抽泣。她突然狠狠地向木木手臂上咬下去。木木毫无防备,痛得倒吸一口冷气,手臂一松。吉祥跳落地上,扑到杜琳身旁。

"我不想长大,我不想明白,我只要你们都活在我身边。妈妈,乔叔叔。妈妈,你醒过来!吉祥还没有死,妈妈不能死!"吉祥歇斯底里地叫嚷着,泪水滂沱。

"我要去驾驶室,我不管她了。"木木抚摸伤臂,恼了。

"木木,你是精卫6组唯一的成员了。"我说,"你必须照顾好吉祥。"

"这一切都是为什么呀!"木木叫,"为什么我们要到这儿来,为什么乔叔叔要死,马洪要发疯——"他捂住自己的头,"还有我的父亲,"他说不下去,停顿了几秒钟,"泽泽,你知道原因吗?"

"睡豚。"答案简单明了,甚至无需计算。

听到睡豚两个字,吉祥忽然停止了哭泣,不知从哪里抽出一把两用剪刀来。她抓住莫莱卡斑点,扯开它本就绽裂的肚子,开始撕剪睡豚金色的丝囊。

"吉祥,你干什么!"木木诧异。

"都是睡豚,都是睡豚。我不要它了。"吉祥暴躁地挥舞她的剪刀。丝囊一点点揭开了,睡豚金黄色的柔软的皮肤一点点暴露出来。

"你住手!"木木喝道。但吉祥的动作看上去非常危险,他甚至有一点胆怯,不敢靠近。

这时我的机器人带着镇静药滑进舱内,它冲向吉祥。

吉祥的剪刀撞在机器人的身上。药剂的瓶子碎裂开,药水洒在丝囊上。趁这机会,木木一把夺过吉祥手中的刀子,将吉祥塞进机器人的环臂之中。那环臂立刻箍住吉祥的身体,令她动弹不得。环臂中的微小注射器贴紧吉祥的肌肤,剩下的药物顷刻间进入她的毛细血管。

木木吁口气,喘息道:"谢谢你,泽泽。"

"我当尽我所能。"

木木愣了愣,点头,神色肃重起来:"我也会竭尽所能。"

吉祥很快在她自己的铺位上睡去了。木木坐到了乔飞廉的位置上。"精卫号"如一条灵活的电驱鱼,在湍急的洋流中疾行。忽然间,它劈开海浪,湿漉漉地冲进空气之中。海水在它的金属身躯上流淌,不久就被蒸发干净。它在峡谷中飞行,海峡渐渐变成起伏不平的陆地,万宁州那环形的定居点已经出现在前方。

秦实月出现在屏幕上:"我很抱歉乔飞廉的事情。木木,你这么年轻就要做飞船的船长,要小心。"

木木冷着脸,回答他:"请叫我祝百忍。"

"祝百忍?"

"对,这才是我的名字。百忍困苦,才能坚强。是乔叔叔给我取的名字。"

"好名字。你真是个不错的青年。我希望听涛听海他们能向你学习。"

"以后吧。秦主任,'精卫号'赶时间,就不去万宁州了。我们有机会再见。"

木木不待秦实月的脸色大变,就关上了通讯链接。

"你真不去万宁州了?"我问。

"不去了!我们飞长阳。泽泽,我叫祝百忍!"

"好的,祝船长!"我高兴地说,"睡豚新洞的情况,已经在媒体上传播了。会引起大众的关注。这对睡豚,也许是好事。"

木木惊奇:"泽泽,这不是你说话的语气。你从不用'也许'。"

"我也会改变啊。"我将屏幕切换到休息室,"你看。"

被吉祥丢在地上的睡豚丝囊正在消融,金色的液体在地板上流淌,和杜琳、吉祥洒在那里的眼泪汇合。睡豚的大半个身体已经裸露,金黄色身体上两只大大的眼睛,张开了。